dtv
premium

Savyon Liebrecht

Ein Mann und eine Frau und ein Mann

Roman

Deutsch von Stefan Siebers

Deutscher Taschenbuch Verlag

Deutsche Erstausgabe
September 2000
Deutscher Taschenbuch Verlag GmbH & Co. KG, München
www.dtv.de

Titel der hebräischen Originalausgabe:
›Isch weIscha weIsch‹ (Keter, Jerusalem)

Umschlagkonzept: Balk & Brumshagen
Umschlagfoto: © Arie Bar Lev
Satz: KCS GmbH, Buchholz/Hamburg
Gesetzt aus der Bembo 10,5/13˙ (QuarkXPress)
Druck und Bindung: Kösel, Kempten
Gedruckt auf säurefreiem, chlorfrei gebleichtem Papier
Printed in Germany · ISBN 3-423-24200-0

Für meine Neffen
und ihre Eltern

Inhalt

Erstes Kapitel

»Ich bin es, Mama – Chamutal«

Als sie an der Glastür stehen blieb und den Schal festzog, ehe sie in den Sturm hinaustrat, rief die Krankenschwester ihr hinterher: »Entschuldigen Sie, Sie sind doch die Tochter von Schifra. Wo Sie gerade gehen, kann ich Sie um etwas bitten? Sehen Sie den Mann mit der grünen Jacke dort? Halten Sie ihn auf und sagen Sie ihm, dass die Windeln für seinen Vater schon wieder aus sind.« Und nach einer Pause fügte sie hinzu: »Besten Dank.«

Unvermittelt an die Zeit erinnert, in der sie »die Tochter von Schifra« gewesen war, hatte Chamutal ihren Kopf der Schwester zugewandt und sie über ihren Schal hinweg angeblickt.

»Er soll Maxi kaufen. Wenn's geht, heute noch, aber spätestens morgen früh. Sagen Sie ihm das bitte. Aus Super-Maxi läuft schon alles raus, so dünn ist er geworden.«

Und so fing alles an.

Auf dem Parkplatz unterhalb der Pflegestation, an seinem Wagen, in dem sich hinter dem Rücksitz jede Menge Zeitungen häuften, vor dem Gebäude, dessen Fenster sie wie Dutzende Augenpaare anstarrten, während der Sturm die Enden ihres Schals nach rechts riss und den Kragen seiner Jacke nach links, standen sie sich zum ersten Mal gegenüber. Sie hatte ihn die Wagentür öffnen sehen und ihm hastig zugerufen: »Entschuldigen Sie bitte«, damit er nicht losfuhr. Und dann, als er sie hörte, sich zu ihr umdrehte und sah, wie sie winkend auf ihn zulief, hatte er sich wieder aufgerichtet und ihr entgegengeblickt, als wäre sie ein Bote, der eine unheilvolle Nachricht überbringt.

Sie fand nicht sofort die richtigen Worte: »Ich ... Die Schwester bat mich Ihnen auszurichten ... Es geht um ... um Ihren Vater ...«

Erst jetzt begriff sie die ganze Tragweite der Mitteilung, die sie ihm machen sollte. Sie sah, wie er erwartungsvoll dastand – sehr ernst und mit geneigtem Kopf, wie ein Arzt, der geduldig einem schwierigen Patienten zuhört – und sie neugierig und überlegen zugleich anschaute, als wollte er sagen: »Was soll das Theater? Erst läufst du mir hinterher – und jetzt dieses Gestottere?« Sie spürte, dass sie vor Verlegenheit rot wurde und sich über den Botendienst, der ihr angetragen worden war, zu ärgern begann: einfach so in die Privatsphäre eines Fremden einzudringen und einer derart peinlichen Situation ausgesetzt zu sein!

Sie sagte: »Die Windeln ... das heißt, Sie werden gebeten ... Die Schwester bittet Sie, noch heute ... Seine Windeln gehen zu Ende ... und er braucht ... braucht welche in Maxi ... weil ... weil aus den Super-Maxi« – sie brachte die Worte nicht über die Lippen –, »Super-Maxi passt ihm nicht mehr.«

Einen Augenblick standen sie da, durch diesen Satz voneinander getrennt, zwei gut gekleidete Menschen, der eine seinen Jackenkragen umklammernd, der andere – die Frau – die Enden ihres Schals haltend. Sie wurden Zeugen der Ohnmacht, Erniedrigung und Verzweiflung, der Lächerlichkeit und der Trauer, die aus den Worten drangen, die zwischen ihnen waren. – Als hätte sich, für eine Sekunde nur, ein Vorhang geöffnet und ihnen in überraschender Klarheit die Welt offenbart, so wie sie ist, und ihnen gezeigt, wer sie selber sind: An einem zufälligen Ort, in einem unvorhersehbaren Moment erhalten zwei Fremde einen Einblick in gewisse Dinge, der alle Fremdheit auflöst, ohne dass die beiden erfassen, was ihnen widerfährt; und die schöne Maske, die sie tagein, tagaus tragen, ist mit einem Mal fehl am Platz. Als hätten sie ein Spiel, dessen Regeln jeder kennt, an einem neuen Punkt begonnen.

Mit einem Ausdruck, aus dem aller Hochmut verschwunden war, sagte er: »Vielen Dank«, und sie entgegnete mit gedämpfter Stimme, froh, dass sie sich vor dem Besuch bei ihrer Mutter noch die Haare gewaschen hatte: »Aber das war doch selbstverständlich«, und ging zu ihrem Auto, auf dessen Rücksitz Spielzeug lag und an dessen Stoßstangen Aufkleber prangten, auf denen »Lasst die Tiere leben« stand.

Sie stiegen in ihre Autos und fuhren los.

»Was machst du heute für ein Philosophengesicht?« Ihr Mann hielt ihr ein Stück Birne hin, nach dem sie wie ein Fisch schnappte. Doch plötzlich dachte sie wieder an die Pflegestation und nahm das Stück Birne lieber mit der Hand.

»Ich war heute bei meiner Mutter«, sagte sie und wich den Fingern, die abermals ein Stück Birne zu ihrem Mund führen wollten, aus.

»Die Birnen sind noch zu fest«, sagte sie, aber er ignorierte ihren Einwand und betrachtete die Frucht aus nächster Nähe.

»Sie hat mich sofort erkannt. Immer wieder bat sie mich, sie nach Hause zu bringen«, fuhr sie fort; sie verweigerte sich seinem Versuch, das Gespräch von der Pflegestation abzubringen. »Aber da war jemand, der noch viel schlechter dran ist. Ein Mann mit blauen Augen. Stell dir vor, er trägt Windeln, ein erwachsener Mann in Windeln. Von seinem Bett aus starrte er die ganze Zeit zur Tür hin ohne auch nur ein einziges Mal zu blinzeln. Sein Sohn war bei ihm –«

»Bevor ich's vergesse, unsere Tochter lässt dir ausrichten, du sollst sie nach dem Unterricht bei Smadar abholen.«

»Dem Sohn nach zu urteilen war er früher ein gut aussehender Mann. Er hatte bestimmt viele Geliebte« – sie wusste nicht, weshalb sie das sagte –. »Allein der Gedanke daran, dass er jetzt bettlägerig ist und wildfremde Frauen ihm die Windeln wechseln –«, sie verstummte.

»Was ist schon dabei?«

»Kannst du dir etwas Schlimmeres vorstellen?«

»Bestimmt.«

»Das glaube ich nicht.«

»Vielleicht stimuliert es.« Er ließ sich auf den Rücken fallen, Arme und Beine von sich gestreckt wie ein Säugling.

»Du bist verrückt«, lachte sie und war erstaunt, wie es ihm gelungen war, sie von ihren trüben Gedanken zu befreien.

»Das erinnert mich an unsere Schulschwester im Gymnasium. Habe ich dir mal von ihr erzählt?«

»Ich erinnere mich nicht.«

»Es hieß, sie sei aus Finnland. Eine echte Schönheit, wie ein Playboy-Titelbild. Sie sah immer aus, als wäre sie gerade einem zerwühlten Bett entstiegen – du weißt, was ich meine. In den Pausen lauerten wir ihr auf und schlichen ihr über die Flure nach. Ganze Unterrichtsstunden träumte ich davon, dass ich von einer Schlange gebissen werde und ins Schwesternzimmer darf. Dort zieht sie mir alle Kleider aus, um die Bissstelle zu suchen – warum grinst du so vielsagend?«

»Du hättest die Schlange selbst mitbringen müssen.« Kein Gedanke mehr an die Pflegestation.

»Tolle Idee.«

»Denn nach allen Regeln der Statistik ist die Wahrscheinlichkeit, dass ausgerechnet in deiner Schule eine Schlange auftaucht, die noch dazu dich beißt –«

»Schade, dass ich dich damals noch nicht kannte. Du hast immer so praktische Einfälle.«

»Wenn man will, dass Fantasien Wirklichkeit werden, muss man handeln.«

»Ist das ein Naturgesetz?«

»Ja. Sonst gelingt es dir nicht, dich selbst zu überlisten.«

»Heißt das«, fragte er vorsichtig, »darf ich daraus schließen –«

Er betrat ein Gebiet, dessen Grenzen sich in den zurückliegenden Monaten verwischt hatten. In solch fröhlich-absurden Diskussionen gelang es ihnen manchmal noch, die alte Leichtigkeit wiederzufinden. Doch unternahm er nun den Versuch, etwas, das ihnen spontan geglückt war, in ein Terrain zu schleusen, das äußerst schwierig geworden war. Sie verstand nicht gleich, worauf seine Frage zielte, und versuchte das Spiel weiterzuspielen und die ausgelassene Stimmung aufrechtzuerhalten: »Selbstverständlich.«

»Wenn dem so ist«, sagte er, »darf ich dann hoffen, dass du mir heute Nacht nicht in Schlaf fällst, ehe –«

Jetzt wusste sie, worauf er hinauswollte. Um ihre Verlegenheit zu überwinden, sagte sie, etwas zu laut und allzu fröhlich lachend: »Ich möchte dich nur daran erinnern, dass heute der Schreiner da war, er hat die Tür mitgenommen, um die Scharniere zu reparieren.«

»Die Scharniere werden uns also nicht stören.«

»Und woher nehmen wir die Schlange?«, fragte sie und überließ sich ganz der künstlich geretteten Heiterkeit.

»Ich bin bereit die Rolle der Schlange zu spielen.«

»Und was ist mit der finnischen Krankenschwester?«

»Die wurde sicher längst ins Pflegeheim eingewiesen. Übernimm du ihren Part.«

In dieser Nacht unterdrückten sie ihr Stöhnen, denn sie fürchteten, die Kinder, die auf der anderen Seite des Flurs schliefen, könnten sie hören. Sie spielten einander vor, dass alles wie immer sei, wie das amüsante Gespräch, das sie am Abend geführt hatten. Dies war der Wirklichkeit, in der sie bis vor ungefähr drei Monaten zusammen gelebt hatten, zum Verwechseln ähnlich gewesen, und doch hatte es jene Realität nicht wieder aufleben lassen. Trotzdem konnten sie immer noch der fehlenden Schlafzimmertür die Schuld geben, obwohl sie beide bereits andere, unterschwellige Strömungen wahrnahmen, die in den unkontrollierbaren Regungen des Körpers, dem schlimmsten aller Lügner, zum Ausdruck kamen.

Und die ganze Zeit über, selbst als sie ihm mit geschlossenen Augen die gewohnten Worte ins Ohr keuchte, war, einem Gespenst gleich, der in Windeln gewickelte alte Mann gegenwärtig. Bleich lag er neben ihnen im Bett, den erstaunten Blick auf die klaffende schwarze Öffnung zum Flur hin geheftet, und ein Ekel erregender Saft rann aus dem Spalt, der sich zwischen seinen mageren kalkweißen Schenkeln und den faltigen Kunststoffrändern der Windel aufgetan hatte, sammelte sich um seinen Unterleib zu einer schmierigen Lache und befleckte die Rieseniris, die auf das Laken gezeichnet war.

Früher, davon war sie fest überzeugt, hatten schöne Frauen das Bett mit ihm geteilt. Jetzt aber schrumpfte er zusammen, reglos in einem Raum gegenüber dem Zimmer ihrer Mutter liegend, und schon bald würde er vielleicht wieder eine andere Windelgröße brauchen. Sie vergrub sich jäh unter der Decke, zog das Lilienmuster dicht vor ihre Augen und wusste plötzlich, dass auch der Mann in der grünen Jacke die ganze Zeit über bei ihnen im Zimmer gewesen war. Aus traurigen Augen blickte er sie ununterbrochen an, sah alles, was sie tat, und fragte sich, wo er heute Nacht Windeln der Größe »Maxi« für seinen Vater auftreiben könne.

Noch befangen von dem Unbehagen, das den Sex mit Arnon begleitet hatte, und dem Gedanken an die Folgsamkeit des Körpers, der sich wie ein fleißiger, aber gelangweilter Schüler abrackerte, saß sie anderntags im Büro. Vor ihr lagen die Abbildungen, die Noa, die Grafikerin, dort gestapelt hatte: »Mir scheint es am besten, Gemälde von Dalí, Max Ernst und Frida Kahlo ins Heft zu nehmen, und vielleicht noch was von van Gogh. Das passt zu dem Thema am besten. Liebend gern hätte ich auch Magritte drin, aber man hat mich gewarnt, ich solle die Finger von ihm lassen. Seine Agenten seien völlig übergeschnappt und verlangten Unsummen für die Abdruckrechte. So schwer es mir fällt, ich muss wohl auf ihn verzichten. Schau dir mal das an: Das würde wunderbar zu dem Traum von der Frau und den beiden Männern in der Arche Noah passen – ein Landschaftsbild von Dalí.«

Während Chamutal konzentriert auf das Gemälde blickte, übersahen ihre Augen die schwarzen Inseln, die am Horizont aus blassfarbigem Wasser auftauchten, und die Menschen und den Engel, die auf einer Klippe weilten. Stattdessen fokussierten sie ein völlig nebensächliches Detail, einen Mauerstein. Eine Kamera schien in ihren Pupillen platziert, das Objektiv auf Nahaufnahme gestellt.

»Was ist los, Chamutal?«

Chamutal nahm die Abbildung in beide Hände und begriff plötzlich, weshalb ihr Blick von dem Stein gefesselt wurde: Er hatte dasselbe Grün wie die Jacke des Mannes, dem sie tags zuvor ausgerichtet hatte, er solle Windeln für seinen Vater kaufen.

Bedächtig legte sie die Abbildung zurück und wurde sich der drängenden Erregung und der Gewissheit bewusst, die in ihr keimten, und auch des vorsichtig tastenden Klangs von Noas Stimme, die hartnäckig ihre Frage wiederholte: »Was ist los, Chamutal?«

»Nichts.« Chamutal fing Noas forschenden Blick auf, dachte noch einmal kurz an die Pflegestation und schüttelte dann die Gedanken, die nichts mit ihrer Arbeit zu tun hatten, ab.

Im selben Augenblick meldete die metallene Stimme der

Sekretärin über die Gegensprechanlage: »Entschuldigen Sie, wenn ich Sie störe, Chamutal, aber Ihre Tochter ist hier.«

»Wer?!«, rief sie und wusste sofort, dass es ihr nicht gelungen war, die Dinge, die in ihr gärten, ganz zu verdrängen.

»Sie möchte mit Ihnen sprechen.«

Chamutal hielt einen Augenblick inne und fragte sich, ob Noa, die jetzt wieder die Abbildungen betrachtete und deren Augen und Ohren mehr aufgenommen hatten, als Chamutal ihnen mitzuteilen bereit war, auch die Erschütterung in ihrer Stimme bemerkt habe. Sie hatte sich bei ihr entschuldigt und fürchtete nun sich dadurch verraten zu haben. Chamutal stand auf und verließ das Büro. Sie fand Hila im Warteraum: Das Mädchen hielt seine Schultasche an die Brust gepresst, als wollte es etwas verbergen, und seine stolze Körperhaltung schien das Abbild eines herausfordernden Schreis.

»Ist etwas passiert, Hila?«

»Keine Katastrophen – wenn du das meinst.«

Chamutal stand vor Hila und überlegte, wie sie sich in Noas Hörweite und unter den Blicken der Sekretärin ihrer Tochter gegenüber verhalten sollte; die beiden Frauen waren bestimmt neugierig geworden. Sie hob ihre Hand zu dem Ellbogen, der gegen die Schultasche gedrückt war, und spürte, dass sie und das Mädchen sich gleichermaßen der Künstlichkeit dieser Geste bewusst waren, denn normalerweise berührten sie einander nicht.

»Störe ich?«, fragte Hila vorwurfsvoll, indem sie die Finger von ihrem Ellbogen abschüttelte.

»Nein, nein –« Gekränkt zog Chamutal ihre Hand zurück.

Nun folgte eine unverhüllte Anklage: »Man sagte mir, du wärst mitten in einer Sitzung.«

»Die Grafikerin ist bei mir im Büro …« Unwillkürlich überlegte Chamutal, wessen sie eigentlich beschuldigt wurde. »Aber wir beeilen uns. Warte einen Moment –«

Doch Hila drehte sich schon zur Tür, und als sie mit einer

heftigen Bewegung die Schultasche über ihre Schulter schleuderte, bildete Chamutal sich ein, dass die Tasche nun Hilas Rücken vor ihr verbergen sollte.

»Gleich habe ich Zeit für dich«, rief Chamutal, als könnte ihre Stimme das Mädchen stoppen, das genau wusste, dass die Sekretärin, die seit geraumer Zeit in das Telefonbuch vertieft schien, die Ohren spitzte. Es führte die Hand zur Türklinke und rief: »Gleich ist zu spät für mich.«

Als die Tür zuschlug, warf Chamutal wie eine routinierte Theaterdiva den Kopf zurück und versuchte den schmerzhaften Zorn, den sie empfand, zu überspielen. Energischen und ärgerlichen Schrittes ging sie in ihr Büro zurück. Dort wartete Noa, doch nachdem sie für den folgenden Tag eine weitere Unterredung vereinbart hatten, entließ Chamutal sie.

Dann nahm sie eine Kopfschmerztablette. Sie bedeckte ihr Gesicht mit den Handflächen und ließ die Fingerkuppen zur Beruhigung auf ihren Lidern kreisen; das hatte sie schon bei den Klassenarbeiten im Gymnasium immer gemacht.

Als Hila ungefähr acht Jahre alt war, hatte sie begonnen sich von ihrer Mutter zu distanzieren. Die Gründe dafür sollten all die Jahre ihr Geheimnis bleiben. Sie wurde immer verschlossener, begann die Badezimmertür hinter sich zu verriegeln und knappe Antworten zu geben; sie hörte auf um Dinge zu bitten und vermied fortan jeden Körperkontakt. Damals schloss sie auch den Pakt mit ihrem Vater: Von Besuchen bei ihren Freundinnen kehrte sie immer erst dann zurück, wenn er von der Arbeit heimkam; auch weihte sie ihn in ihre kleinen Geheimnisse ein und bot sich an, ihn zur Werkstatt, der Bank und den anderen Orten, an die er nach Dienstschluss fuhr, zu begleiten. Nur ab und an gelang es Chamutal, sich ihnen anzuschließen, wenn sie mit dem Hund spazieren gingen. Oder sie lauerte Hila auf, wenn sie einmal früher nach Hause kam, und bemühte sich, mit ihr ins Gespräch zu kommen, solange Arnon nicht da war. Doch Hila entzog sich, so gut sie konnte, antwortete belangloses Zeug, schloss sich in ihr Zimmer ein und verließ es erst wieder, wenn sie den Vater heimkommen hörte.

Chamutal versuchte mit Arnon über das Problem zu reden, doch er drückte sich, indem er Witze machte. Chamutal glaubte, er tue nur so, als verstünde er nicht, was sie ihm sagen wollte. Und vielleicht hatte er sogar Recht und es war besser so, weil die Dinge sich manchmal von selbst entwickeln müssen, einer ihnen innewohnenden Logik folgend. Ihr fiel ein chinesisches Sprichwort ein, wonach der Weg weiser ist als die, die darauf gehen. Ließe sie also Hila einfach gewähren und ignorierte ihr bockiges Verhalten, dann würde vielleicht alles wieder so, wie es einst gewesen war.

Heute – Chamutal probierte weiterhin das Zucken ihrer Lider mithilfe der Massage zu beheben – heute hatte die erhoffte Gelegenheit sich plötzlich ergeben, aber sie hatte sie ungenutzt verstreichen lassen. Auf ihre schroffe Art versuchte Hila, die Barriere, die sie zwischen ihnen beiden errichtet hatte, niederzureißen, Chamutal jedoch hatte im entscheidenden Augenblick gezögert. Nahm Hila die Schwingungen wahr, die die Beziehung ihrer Eltern stetig verschlechterten, und bot sie sich als Vermittlerin an? Doch noch während Chamutal dies dachte, meldete sich eine boshafte Stimme in ihr: Keinerlei hehre Absicht hat sie zu dir geführt; sie kam nur, um mit dir zu streiten; sie war ja nicht einmal bereit kurz zu warten, bis du deine Unterredung beendet hattest, die ihretwegen unterbrochen werden musste; hinter ihre Tasche verschanzt hatte sie dagestanden – plötzlich erschrak Chamutal und ihr Nacken versteifte sich: Hatte ihre Tochter auf diese Weise unbewusst zu erkennen gegeben, dass sie schwanger war?

Hastig packte sie ihre Sachen und lief zum Auto. Als sie zu Hause eintraf, saß Hila allein im Wohnzimmer und sah fern.

»Wenn du möchtest, können wir uns jetzt unterhalten.« Sie schaute auf den Bauch ihrer Tochter.

»Ich gucke gerade einen Film.« Hila zeigte sich kein bisschen erstaunt, dass ihre Mutter früher heimkam.

»Ich wollte dir sagen, dass ich mich über deinen Besuch gefreut habe.«

Hila beugte sich zum Bildschirm vor. »Das war dir aber nicht anzusehen.«

»Aber es ist wahr.«

»Die Sache hat sich erledigt«, sagte Hila spitz.

»Ich kann warten, bis der Film zu Ende ist«, schlug Chamutal vor, insgeheim empört über die eigene Unterwürfigkeit.

»Danach muss ich weg.«

»Willst du mich nicht zu Großmutter begleiten? Sie würde sich freuen.«

»Danke, ich verzichte.«

Chamutal überwand ihren Stolz: »Sag mir nur, warum du mich so dringend sprechen wolltest.«

»Ich wollte nur ein bisschen angeben: Ich hab eine Eins in Mathe.«

»Das war alles?« Schon als sie es sagte, wusste sie, dass sie einen Fehler machte und dass damit alles verloren war.

Hila löste ihren Blick vom Bildschirm und sah ihre Mutter durchdringend an.

»Ich meine natürlich nicht deine Note. Eine Eins in Mathematik, das ist wirklich … Ich wollte sagen: Mir schien, dass du wegen etwas anderem zu mir gekommen bist.« Doch die Situation war nicht mehr zu retten.

»Nein, das war alles«, sagte Hila kühl und konzentrierte sich wieder auf den Film.

Die Ohnmacht, die Chamutal beim Anblick des unbewegten Gesichts ihrer Tochter fühlte, stimmte sie aggressiv. Sie erschrak über die unbekannte Lust, Gewalt anzuwenden, und spürte ein Stechen in der Hand, die ausholen wollte, um auf diese starre Wange zu klatschen und sie wieder und wieder zu schlagen, bis sich der Sturm in ihrem Innern gelegt hätte.

Als sie das Zimmer ihrer Mutter betrat, war die Erinnerung an Arnons Berührung bereits verblasst, und das Unbehagen, das sie bis zum Mittag begleitet hatte, hatte sich mit den Eindrücken von dem Zwischenfall mit Hila verbunden mit dem Zorn über ihr provokantes Benehmen und dem Wissen, dass das Verhältnis zu ihrer Tochter von einer schlimmen Krankheit befallen war und alle der Heilung dienlichen Kräfte von den Schrecknissen der Pflegestation absorbiert wurden. Vergeblich versuchte Chamutal sich nicht weiter aufzuregen, doch der Gedanke, dass Hila schwanger sein könnte, ließ sie nicht los. Und doch kamen ihre Sorgen nicht gegen das Beben an, das der Mann mit der grünen Jacke in ihr ausgelöst hatte. Ein Stromstoß schien von ihm ausgegangen, der in Chamutal Erloschenes neu entzündete, so dass sie sich dem Fremden fortan durch eine unerklärbare Macht verbunden fühlte und sie der unausweichlichen Fortsetzung ihrer Beziehung atemlos entgegensah.

Im Anschluss an den Moment, der ihr jeden Tag von neuem die Kehle zuschnürte, in dem sie eilig die Symptome zusammenzählte und sich versicherte, dass der Zustand ihrer Mutter sich seit dem Vortag keineswegs verschlechtert habe, zog sie den Stuhl vom Kopfende des Bettes ans Fußende, um nicht zu verpassen, wenn jemand in das gegenüberliegende Zimmer ging. Während sie ihrer Mutter die üblichen Fragen stellte, folgte sie mit dem Blick jedem, der den Flur entlangkam, und harrte der Ankunft des Mannes mit der grünen Jacke.

»Wie hast du geschlafen?«, fragte sie ohne auf die Antwort zu warten.

»Bist du in der Nacht aufgewacht?«

»Bist du allein aus dem Bett aufgestanden?«

»Hat man dir vor dem Einschlafen eine Tablette gegeben?«

Aus dem Bett neben ihrer Mutter sah eine neue Zimmergenossin sie an; sie nahm jetzt den Platz der alten Frau ein, die Nacht für Nacht mit zittriger Stimme Kinderlieder gesungen hatte. Eines Tages war die alte Frau verstummt und eine Woche später war sie tot und begraben gewesen. Der Blick der neuen Nachbarin schien Chamutal zu durchbohren; ein Verlangen lag auf ihrem Gesicht, als wüßte sie, dass gleich etwas geschähe, und als hätte sie den Kopf aus dem Kissen gehoben, um diesen wichtigen Augenblick nicht zu versäumen.

Ihre Mutter fing an zu reden; sie schien mitten in einer längeren Rede: Sie formulierte, was sie im Stillen bereits begonnen hatte, zwischen Dingen, die nur gedacht, und solchen, die ausgesprochen wurden, nicht unterscheidend. Die Worte, die sie hervorbrachte, klangen tief und monoton: »... die Schabbateinkäufe müssen auch noch erledigt werden. Vor allem musst du den Käse umtauschen, hörst du? Er ist verdorben. Ich bekam gestern auch keine schönen Tomaten mehr, aber er hat mir gesagt, er würde heute welche mitbringen. Also vergiss die Tomaten nicht. Die Eier musst du in das Körbchen legen –«

Chamutal dachte an Hila, wie sie im Büro in herausfordernder Pose dagestanden und später daheim mit verzerrtem Mund die Worte »Das war alles« vor sie hingespuckt hatte. Sie dachte an die verschlungenen Bande, die zwischen Müttern und Töchtern existieren, und daran, dass sie gemeinsam in einer Falle saßen – es bedurfte eines gewaltsamen Aktes, um sich voneinander zu lösen. Eines Tages, wenn die Wunden, die dieser Akt hinterließe, verheilt wären, würden sie sich mit einer gewissen Sehnsucht an das Vergangene erinnern und wünschen noch einmal dorthin zurückzukehren. Doch bestand nicht die Gefahr, dass dieser Tag zu lange auf sich warten ließ und, wenn er eintraf, eine von ihnen beiden kaum noch Kraft hatte und es für eine echte Aussöhnung zu spät, für ein Verstehen jedoch noch zu früh war?

In dem Zimmer jenseits des Ganges, neben dem Bett, das in unmittelbarer Nähe der Tür stand, sah sie den Stuhl: An diesem Abend war keine grüne Jacke über die Lehne gehängt. Wenige Minuten zuvor, auf dem Weg zu ihrer Mutter, hatte sie sich dazu verleiten lassen, vor jenem Zimmer innezuhalten. Sie hatte hineingeschaut und dabei so getan, als richtete sie nur die Schnalle ihres Gürtels. Sie hatte den Vater des Mannes mit der Jacke in seinem Bett liegen und zum Eingang starren sehen und sich eingebildet, in den Augen des alten Mannes entfachte sich ein Funke, seine Lider erzitterten und er blickte ihr direkt ins Gesicht. Vielleicht hatte er sie aufgrund der wenigen Male, die sie sich auf dem Flur begegnet waren, tatsächlich wiedererkannt – jedes Mal war er von einem Pfleger geführt worden, während sie an der Seite ihrer Mutter ging: zwei sonderbare Paare, die sich mühsam einander näherten, um schließlich nur aneinander vorüberzuwanken. Sie hatte den Eindruck gehabt, er richtete den Kopf auf, um sie besser zu sehen, so als erwartete er, dass sie an sein Bett träte. Aber sie war auf dem Flur stehen geblieben, die Hände an ihren Gürtel geheftet und den Blick auf die Bettdecke, die über seinem Bauch dicke Falten warf. Plötzlich hatte es sie gedrängt, zu ihm zu gehen und ihn richtig zuzudecken, so als nähme er in ihrem Leben bereits einen festen Platz ein und als läge ihr sein Wohlbefinden am Herzen. Doch dann hatte sich Widerwillen in ihr geregt; sie hatte sich zum Zimmer ihrer Mutter umgedreht und die rationale Seite ihres Wesens hatte für ihren Widerwillen eine Ausflucht gesucht: Er könnte anfangen zu schreien, wenn eine Fremde seine Bettdecke anfassen würde.

Nun aber ließ sie den Redefluss ihrer Mutter an ihren Ohren vorbeirauschen, ein lästiges Summen, das nicht aufhören wollte, bis sie unvermittelt einen neuen, erregten Ton wahrnahm, der sich, tief aus der Kehle der alten Frau kommend, aus dem gleichförmigen Strom heraushob: »Hörst du mir zu?!«

»Wie bitte?«

»Du musst noch Karpfen holen.«

»Was muss ich holen?«

»Karpfen!«

Chamutal staunte über diesen Apparat, dessen Räder plötzlich von dem dringenden Bedürfnis, das Schabbatmahl zu bereiten, in Gang gesetzt wurden, während die Augen das Zimmer ignorierten, wo in drei weißen Betten drei blasse Frauen lagen und über dessen Tür eine Uhr hing, welche eine Zeit anzeigte, die an anderen Orten gültig war. In diesem Raum gab es keinerlei Anzeichen für das Verrinnen der Tage – außer am Schabbat, dann nahm die Zahl der Besucher schlagartig zu.

»Karpfen?«

»Ja natürlich, Karpfen!«, sagte ihre Mutter mit einer jungen, lebendigen Stimme, die voller Energie steckte, so dass die Schwester, die mit einem großen Plastiksack in der Hand den Raum betrat, sie verwundert anschaute.

Was bedeutete der Sturm, den die Karpfen in ihrem Innern auslösten? Aufmerksam betrachtete Chamutal den zusammengezogenen Mund, die konzentriert blickenden Augen und den entschlossenen Ausdruck, der auf dem Gesicht ihrer Mutter lag. Eben noch hatte ihre Stimme schwächlich geklungen, als sie die Waren aufzählte, die aus dem Lebensmittelladen beschafft werden mussten: saure Gurken, ein Würfel Hefe, drei Tütchen Backpulver; doch dann hatte sie sich unvermittelt erhoben und laut und deutlich nach Karpfen verlangt.

»Wozu brauchst du Karpfen?«

»Der gehört dazu, verstehst du?« Auf ihre Ellbogen gestützt beugte sie sich zu ihr vor wie jemand, der eine Herausforderung annimmt und demonstrieren muss, dass er gefährlich ist. »Hörst du mich?«

»Ja«, antwortete Chamutal nachgiebig.

»Verlange den dicksten Karpfen.«

»Gut.«

»Vorige Woche hat er dir ein mickriges Exemplar angedreht, daran waren mehr Gräten als Fleisch. Wirst du nicht vergessen ihm zu sagen, dass er groß sein soll? ›Groß‹ musst du ihm sagen.«

»Gut, Mama.«

»Außerdem muss das Wachs von den Leuchtern entfernt werden. Es ist schon kein Platz mehr für neue Kerzen.«

»In Ordnung.«

»Und wenn er dir einen kleinen gibt, sag ihm: Mutter hat gesagt, er soll groß sein. Es ist nicht nett, kleine Kinder zu betrügen. Wirst du daran denken?«

»Ja.«

Er durchdrang die Kleider der Kunden, kroch in ihr Haar, eroberte die Luft draußen vor dem Geschäft und befiel sogar die Wartenden an der Bushaltestelle – so war ihr der Gestank des Fischgeschäfts in Erinnerung geblieben, der sich nun mit den Ausdünstungen mischte, die ihre Mutter seit drei Monaten umgaben, seit dem Tag, als sie auf der Pflegestation eingeliefert worden war. Im Altenheim hatte Chamutal diesen sonderbaren Geruch nie wahrgenommen. Erst in dem Zimmer auf der Pflegestation war sie sich seiner bewusst geworden. Sie hatte ihn nicht gleich bemerkt, doch im Laufe der Zeit hatte er sie immer öfter angesprungen, ihr in die Nasenlöcher geschlagen und den scharfen Geruch überdeckt, der von den Medikamenten und den selbstreinigenden Toiletten herrührte. Und eines Tages hatte sie ihn identifiziert: Es war der unerbittliche Gestank von Fäulnis, der an unratübersäte Plätze und schlechte Zähne erinnerte und an den Pesthauch, der einst einen ganzen Winter lang aus dem Luftschutzraum heraufgekrochen kam, bis die Männer von der Gesundheitsbehörde erschienen und die Kadaver der Katzenjungen beseitigten, die die Nachbarn vergiftet hatten.

»Was riecht hier so?«, fragte sie die Schwester, als sie den Geruch zum ersten Mal wahrnahm.

Die Schwester schaute auf Chamutals zuckende Nasenflügel und erwiderte ungerührt: »Das sind ihre Körper. Da drinnen fault es schon.«

Und Chamutal musste an das Holzbrett denken, auf dem der Metzger das Geflügel zerteilte, ehe er die Herzen und Mägen der Tiere in zwei Schalen und ihre Gedärme in einen dunkelblauen, weißfleckigen Behälter warf, in den sie wie schleimige Nudeln hinabglitten, vom Gestank körperlichen Abfalls begleitet.

Sie zog einen Flakon aus ihrer Tasche und versprühte Lavendelwasser, das nach frisch gewaschenen Säuglingen duftete.

»Da können Sie bis morgen früh sprühen« – immer noch fixierte die Schwester Chamutals Nase, die sich allmählich beruhigte –, »aber am besten gewöhnen Sie sich einfach dran, glauben Sie mir.«

Jetzt sagte ihre Mutter: »Richte ihm aus, dass Schifra aus der Arztpraxis einen großen Karpfen möchte«, und jede ihrer Bewegungen ließ eine Geruchswolke aus ihren Laken aufsteigen.

Die Schwester, die darin geübt war, sich nichts anmerken zu lassen, sagte auch in dieser Situation nichts. Ihr Mund schwieg wie der eines Schlafenden und nur die Fältchen um ihre Augen verrieten die Anstrengung, die es sie kostete, ein Grinsen zu unterdrücken. Mit ihrer Linken hielt sie den Müllsack, während ihre Rechte die Essensreste und zerknüllten Papiertaschentücher von den Nachttischen fegte.

Auch der Enkel der orthodoxen Frau, die am Fenster lag und die meiste Zeit über schlief, verhielt sich still. Schweigsam, wie es seine Art war, saß er an der Seite seiner Großmutter, deren Gesicht immer dem Himmel zugewandt war, und hielt ihre auf der Decke ruhende Hand.

Chamutal glaubte in dem Raum gegenüber eine Bewegung wahrgenommen zu haben. Sie erhob sich, überquerte den Flur und schaute in das Zimmer des alten Mannes. Doch ihr fiel nur sein verrutschtes Schlafanzughemd auf, die meisten Knöpfe waren geöffnet, so dass sie seine Brust sah. Schnell kehrte sie zu ihrer Mutter zurück und nahm wieder auf dem Stuhl Platz, von dem aus sie den Flur überblickte.

»Warst du fort?«

Die Augen der Mutter waren weit aufgerissen und mit der Hand hielt sie ihre Kehle umschlossen, als wollte sie sie vor etwas schützen.

»Ich war nur einen Moment draußen.«

»Es ist nicht nett, Kinder hinters Licht zu führen.« Der Ausdruck auf dem Gesicht ihrer Mutter hatte sich überraschend gewandelt: Ihr Mund wirkte traurig und eingefallen. »Ist jetzt Morgen oder Abend?«

»Es ist drei Uhr nachmittags.«

»Wie ist das möglich? Vor zehn Minuten war es schon halb vier.«

»Es ist Punkt drei, ich habe meine Uhr um.«

»Dann ist der Laden noch geschlossen. Geh um vier, damit du die Erste bist. Und sag ihm: Groß soll er sein.«

Die Schwester beeilte sich den Raum zu verlassen. Chamutal blickte ihre Mutter an und fragte sich beklommen, was sich hinter ihrer vor Anstrengung gerunzelten Stirn abspielte und wohin all ihr Wissen entschwunden war: die Namen der vielen Krankheiten und Arzneien, mit denen sie sich so gut ausgekannt, die Sprachen, die sie perfekt beherrscht, und die Gedichte Mickiewicz', die sie auswendig gekannt hatte – das polnische Original aus den Büchern, die sie mit ins Land gebracht, und die hebräische Übersetzung aus den Literaturbeilagen der Zeitungen, deren Ausschnitte sie zwischen den Seiten der Bücher aufbewahrt hatte? Waren ihre Gedächtniszellen, ausgelöst durch einen Kollaps, von ihrem angestammten Platz aufgebrochen, um zwischen den Hirnwänden wie Millionen Teile, eines nie rekonstruierbaren Puzzles umherzuirren? Hatten sich die Überbleibsel ihres Gedächtnisses, einem dem Verstand unzugänglichen Gesetz gehorchend, an einer anderen Wichtigkeitsskala neu geordnet, und war so die Sorge um die Größe des Karpfens auf wundersame Weise an die Oberfläche gelangt? Wenn Chamutal einem Spezialisten Glauben schenkte, der einmal in einer nächtlichen Radiosendung behauptet hatte, dass das, was wir in Erinnerung behielten, das Wichtigste überhaupt sei – war dann nicht sie ihrer Mutter am wichtigsten? Weshalb erinnerte sie sich nie an Zipi, die als Mädchen ihr Liebling gewesen war? Und welche Rolle spielten ihr Mann, der vor zweiundzwanzig Jahren nach langem Leiden gestorben war, und ihre Enkelkinder und Freundinnen? Und schließlich: Worin bestand eingedenk all dieser Menschen die Bedeutung des Karpfens, den sie in ihren lichten Momenten nun schon dreimal erwähnt hatte? Brachte er sie zu den Erinnerungen ihrer Kindheit zurück? Hatte ihre Großmutter in jener fernen Stadt Polens, in der sie als Minderheit unter Fremden lebten, sie zum Karpfenkaufen geschickt und ihr eingeschärft: »Groß soll er sein!«? Andererseits konnte ein Geschäft, das erst um vier Uhr nachmittags, also nach der orientalischen Siesta, öffnete, nicht Teil ihrer Kindheit in Osteuropa sein. Was für ein Chaos!

Chamutals Augen ruhten auf ihrer Mutter, die wieder eingedöst war und den Hals noch immer wie zum Schutz umschlossen hielt. Wie gebannt blickte sie in ein grausames Durcheinander, als beobachtete sie das Geschehen in einem Teich, der siebzig Jahre lang Bilder, Geräusche und Gerüche in sich aufgenommen hatte und in dem nun die aufwirbelnden Erinnerungspartikel einander jagten und verschlangen.

Meistens wartete sie, bis sich die Lider ihrer Mutter geschlossen hatten und sich ihr Atem beruhigte. Erst dann stand sie rasch auf und sagte zu der Schwester: »Wenn meine Mutter wach wird, sagen Sie ihr bitte, dass ich hier war.«

Diesmal rührte sie sich nicht. Ihr Gesicht blieb ihrer Mutter zugewandt, während sie aus den Augenwinkeln in Richtung Flur spähte. Ein Pfleger trat in das gegenüberliegende Zimmer und kam kurz darauf wieder heraus. Chamutal hoffte, dass er den Oberkörper des alten Mannes zugedeckt hatte. Dann erschien die Schwester mit einem Wagen, auf dem sich ein Wassereimer, Reinigungsmittel und eine Art Schrubber befanden, ein Schrubber aus vielen Stoffstreifen, der Chamutal wie eine überdimensionale Halskrause erschien.

»Ihre Mutter ist eingeschlafen«, sagte die Schwester.

»Ich möchte noch einen Moment bleiben. Ich habe kaum mit ihr sprechen können«, entgegnete Chamutal, die die Tür zum Zimmer gegenüber nicht aus den Augen ließ.

»Selbstverständlich.«

Ein paar Sekunden herrschte angespanntes Schweigen. Chamutal bemerkte den rasselnden Atem ihrer Mutter und wurde verlegen. Jetzt, da sie schlief, konnte sie sie genauer betrachten. Mit unbarmherzigem Blick prüfte sie jede Linie ihres Gesichts und stellte fassungslos fest, wie sehr sie sich in den vergangenen drei Monaten verändert hatte: Ihr Gesicht schien ihrem Gedächtnis in die Verderbnis gefolgt zu sein.

In ihrer Kindheit hatte Chamutal ganze Nachmittage in der Arztpraxis, in der ihre Mutter arbeitete, zugebracht. An dem weißen Kunststofftisch des Behandlungszimmers, umgeben von dem stechenden Alkohol- und Arzneigeruch, den sie im Lauf der Zeit zu lieben lernte, machte sie Hausaufgaben und malte Blumen und Fische auf Blätter, die am oberen Rand das Zeichen der staatlichen Krankenversorgung trugen. Manchmal half sie den Schwestern, indem sie Injektionsnadeln spitz schliff, doch behielt sie dabei stets die Zeiger der Uhr im Auge, um ihre Mutter zwanzig Minuten vor Ende der Sprechstunde daran zu erinnern, dass es an der Zeit war, die Instrumente zu sterilisieren. Kurz darauf stand sie vor dem mit kochendem Wasser gefüllten Behälter und sah zu, wie Spritzen und Holzspatel allmählich sauber wurden. Die meiste Zeit aber saß sie einfach da und beobachtete die Patienten, die eintraten und wieder gingen, Erwachsene und weinende Kinder, die sich wegen eines aufgeschlagenen Knies, zerschrammter Arme oder einer Verbrühung einfanden. Alle stöhnten und verzogen vor Schmerz das Gesicht, wenn ihre Wunden verbunden wurden;

bisweilen drang sogar ein Schrei hinter dem Vorhang hervor – dann wurde jemandem die spitze Nadel ins Fleisch getrieben.

Ihre Mutter verrichtete ihre Arbeit sehr gewissenhaft. Sie war zielstrebig und genau und vermied überflüssiges Gerede. Zu Kindern und alten Leuten sprach sie in sanftem Ton und den kleinsten Besuchern strich sie zärtlich über den Kopf. Sie erklärte freundlich und geduldig, was zu beachten sei, und beruhigte ihre Patienten, indem sie ihnen das Gefühl gab, dass sie das Richtige tat und der Schmerz bald verginge, wenn sie nur auf sie hörten. Mit den Leuten aus Polen redete sie polnisch, mit den Deutschen deutsch und mit denen, die Jiddisch sprachen, jiddisch. Dankbar, dass sie sich in so schmerzlichen Augenblicken, statt nach fremden Wörtern suchen zu müssen, in ihrer Muttersprache verständigen konnten, wünschten sie ihr ein langes Leben und segneten sie und ihre Familie, insbesondere die Tochter, die die ganze Zeit über dabei gewesen war und sie beobachtet hatte.

Wenn später die Praxistüren abgesperrt und sie beide allein in dem hellen Zimmer waren, räumte ihre Mutter noch restliche Dinge fort, überprüfte den Inhalt der Schubladen und fischte mithilfe einer Zange die metallenen Instrumente aus dem siedenden Wasser. Und die Nervosität, die Chamutal nur allzu gut kannte, kehrte in ihre Bewegungen zurück. Wenn ihre Mutter den Schwesternkittel auszog und auf den Bügel hängte, wartete Chamutal schon an der Tür, auf den Augenblick gefasst, in dem der Zauber verpuffte, in dem die langmütige, freundliche Krankenschwester die weiße Tür von außen abschließen und sich in ihre stets unzufriedene Mutter zurückverwandeln würde, in deren Schläfen der übliche Kopfschmerz zu hämmern begann, noch ehe sie daheim angekommen waren.

Doch zunächst – nahm Chamutal sich vor – würde sie von dem Aufsatz sprechen.

»Hast du Brot geholt?«, kam ihre Mutter ihr zuvor.

»Ich habe Weißbrot gebracht. Es gab kein Graubrot.«

»Nächstes Mal gehst du rechtzeitig los –«

»Ja …«

Gerade wollte sie ansetzen, um von dem Aufsatz zu sprechen, doch ihre Mutter fuhr fort: » … bevor das Graubrot ausverkauft ist.«

»Ja«, sagte Chamutal und fügte ungeduldig hinzu: »Die Lehrerin hat meinen Aufsatz vor der ganzen Klasse vorgelesen.«

»Welchen Aufsatz?«

»Ich habe einen Aufsatz über ein Gedicht von Adam Mickiewicz geschrieben.«

»Was weißt du schon von Adam Mickiewicz?«, fragte die Mutter unbeeindruckt und ohne ihren Schritt zu verlangsamen.

»Ich habe in der Enzyklopädie nachgeschaut.«

»Und die Lehrerin meint, dass der Aufsatz gut ist?« Der Spott in ihrer Stimme war unüberhörbar. Er sagte: »Was versteht eine Sabre von dem großen Adam Mickiewicz?!«

»Sie meinte, der Text wäre mit Talent geschrieben.«

»Welcher Text? Mickiewicz'?«

»Nein, mein Aufsatz.«

»Ach so … Ich wollte dich vorhin etwas fragen … Ist die Wäsche schon aus der Wäscherei zurück?«

»Ja.«

»Hast du sie aufgehängt?«

»Ja, aber nur die kleinen Wäschestücke. Die großen nicht.«

»Also muss ich mich darum kümmern, ich bekomme schon wieder Kopfschmerzen.«

Der Husten, der Chamutal seit ihrem dritten Lebensjahr im Winter befiel und jedes Mal bis zum Frühling anhielt, ließ ihre Mutter stets gleichgültig. Nur ab und zu sagte sie, bevor sie zur Arbeit ging: »Trink heißen Tee. Der tut der Kehle gut. Sirup wirkt auch nicht besser.«

Mitunter bemerkte eine Lehrerin, dass Chamutal selbst an kalten Wintertagen in Sommerschuhen oder ohne Jacke zur Schule kam, und sprach sie darauf an. Und einmal rief die Schulschwester sie zu sich, als sie mit ihren Freundinnen über den Flur ging. Sie führte sie ins Untersuchungszimmer und fragte sie verwundert: »Du bist doch die Tochter von Schifra Baum, der Schwester von der Krankenversorgung?«

»Ja.«

»Ich habe dich in den Pausen auf dem Schulhof gesehen. An solchen Tagen solltest du besser drinnen bleiben.«

»Ich bin mit meinen Freundinnen rausgegangen.«

»Aber deine Freundinnen haben festes Schuhwerk an. Merkt deine Mutter nicht, dass du mit Sandalen zur Schule gehst?«

»Sie ist vor mir aus dem Haus gegangen.«

»Und nimmst du etwas gegen den Husten ein?«

»Ich trinke Tee.«

»Vielleicht sollte sie dir eine Arznei mitbringen. Dein Husten hört sich gar nicht gut an.«

»Sie gibt mir Sirup«, schwindelte Chamutal und schaute der Schwester fest in die Augen.

Mit einem lauten Schnarchen drehte ihre Mutter den Kopf auf die andere Seite und entblößte die Wange, die sie sich vor vielen Jahren verbrüht hatte und die seither dünne, an eine feine Tätowierung erinnernde Narben aufwies. Die Schwester blieb neben ihr stehen, warf den Saum der herabhängenden Decke auf die Matratze und wischte mit kreisenden Bewegungen den Staub auf, der sich unter dem Bett gesammelt hatte.

»Ihre Mutter hat die ganze Nacht erzählt. Seit einer Woche brabbelt sie ununterbrochen … Entschuldigen Sie, dass ich das so sage.«

Ungeachtet der Worte der Schwester sprang Chamutal plötzlich auf und eilte zur Tür des gegenüberliegenden Zimmers. Sie lugte kurz hinein, dann kehrte sie zu ihrem Stuhl zurück.

»Worüber hat sie gesprochen?«

»Über alles Mögliche. Sie müssen diese Leutchen mal nachts erleben, da fragen Sie sich, wo Sie hier sind! Eine Schwester hier reißt Witze darüber. Sicher ist es nicht schön, sich lustig zu machen, aber sie sind wirklich komisch. Ich komme gerade von einer Frau im Zimmer nebenan. Die geht allen auf den Geist, weil sie ständig Kirschen will. Ich hab zu ihr gesagt: Liebe Frau, vielleicht gab es in Polen, da, wo Sie herstammen, Kirschen. Sie sind jetzt in Israel und in Israel isst man Sabres. Man muss mit dem zufrieden sein, was da ist. Und dann gab es eine Frau, die Vorgängerin Ihrer Mutter – eine vornehme Person, eine Dame. Man hätte glauben können, sie wäre mindestens in der Residenz des Staatspräsidenten erzogen worden, mit Maniküre, Pediküre und dem ganzen Tralala. Aber Sie hätten mal miterleben sollen, wie die im Schlaf fluchte, auf Arabisch, auf Russisch, in jeder Sprache, die Sie sich vorstellen können. Meinen Lebtag hab ich keinen Mann so fluchen hören! … Was Ihre Mutter erzählt hat? Sie sprach jiddisch – wie soll ich sie da verstehen? Vielleicht ging es immer noch um die Karpfen. In den Köpfen dieser Leutchen ist alles durcheinander, wie in einer großen Salatschüssel.«

»Sagen Sie, ich habe eine Frage: Der alte Mann mit den Windeln, der von gestern –«

»Vielen Dank, dass Sie seinem Sohn Bescheid gesagt haben.« Die Schwester richtete sich auf, stützte sich für einen Augenblick auf den Stiel des Schrubbers und blickte Chamutal unverwandt ins Gesicht.

»Ich hoffe … Hat es genützt?«

»Klar. Besten Dank. Nach einer Stunde war er wieder da, die Windeln im Gepäck. Ein großartiger Sohn! Manche Kinder kümmern sich einen feuchten Dreck um ihren Vater, soll er doch daliegen und ins Bett machen. Sie haben Besseres vor, weder Zeit noch Interesse für Windeln. Der ist anders, alle Achtung! Er hat sich auf den Weg gemacht, obwohl er nicht mal wusste, wo er suchen sollte. Aber er hat welche aufgetrieben, in Maxi, wie ich gesagt hatte. Respekt! Wirklich.«

»Weshalb wusste er nicht, wo man Windeln bekommt? Sicher musste er nicht zum ersten Mal welche besorgen.«

»Er ist nicht von hier. Er weiß nicht, wo man bei uns nachts einkaufen kann. Das hat er zumindest gesagt.«

»Aha«, erwiderte Chamutal und sah, wie die Hand der Schwester, die jetzt mit energischen Bewegungen den Metallbügel über dem Bett putzte, einen Moment lang innehielt.

»Was hat sein Vater?«

»Was die Leute hier haben: Er ist alt.«

»Aber nicht alle alten Menschen kommen auf die Pflegestation.«

Chamutal betrachtete die Schwester fasziniert: Die Worte sprudelten über ihre Lippen, während ihre Hände ständig in Aktion waren. Und die ganze Zeit über lag eine ernst blickende Maske auf ihrem Gesicht, die sie wie eine Uniform trug. Offenbar hatte sie sich angewöhnt, ihr Lachen hinter einem Ausdruck, der ihrem Arbeitsplatz angemessen war, zu verbergen.

»Sie landen alle hier. Heute sehen Sie sie noch auf der Mattscheibe, Minister, wichtige Männer, die hochtrabende Dinge sagen, und ein halbes Jahr später treffen Sie sie bei uns. Das ist so unausweichlich, wie der Zeiger der Uhr, der immer weiterläuft. Dann kratzen sie sich und können nicht mehr an sich halten wie ein x-Beliebiger, der nicht Lesen und Schreiben gelernt hat. Bei uns sind alle gleich. Wir praktizieren sozusagen die Demokratie in ihrer höchsten Form.«

Chamutal sah auf die Uhr und spähte abermals zu dem Zimmer auf der anderen Seite des Ganges.

»Sein Sohn –«

»Er verdient Anerkennung. Wirklich ein guter Sohn.«

»Um wie viel Uhr kommt er normalerweise?«

Als wollte sie sich ausruhen, stellte die Schwester den Schrubber ab, und das Bündel aus Baumwollstreifen breitete sich wie ein weißer Krake zwischen ihren Füßen aus. Sie schaute Chamutal an, doch ihr Gesicht, das gelernt hatte, Dinge zu erkennen und trotzdem stumm zu bleiben, verriet ihre Gedanken nicht.

»Manchmal sehe ich, wie er mitten in der Nacht zu Besuch kommt: Er geht in das Zimmer, deckt seinen Vater zu und macht sich dann wieder auf den Weg. Ein andermal taucht er frühmorgens auf, um sechs oder sieben Uhr. Aber immer kommt er zum Abendessen, um seinen Vater zu füttern. Sie wissen ja, das Abendessen gibt's um sechs Uhr.«

»Danke«, sagte Chamutal und bereute es sofort.

»Keine Ursache«, entgegnete die Schwester, deren Stimme unverändert neutral klang.

»Wenn meine Mutter erwacht –«

»Selbstverständlich, das ist doch klar.« Schon lag der Stoffkrake gewrungen und ausgedrückt in ihren Händen. »Ich sage ihr, dass Sie hier waren.«

Als sie heimkam, fand sie das Haus verlassen vor und freute sich, dass Arnon noch nicht da war. Sie sank in den Sessel, die Tasche auf dem Schoß. Ihr Körper war kraftlos und ihr Kopf summte vor lauter Gedanken. Sie schloss die Augen und versuchte sich von der Stille und dem sauberen Duft des Hauses aufsaugen zu lassen. Etwas vollkommen Neues war in ihr Leben getreten. Sie dachte an die brennende Lust, Hila zu schlagen, und das Verantwortungsgefühl, das sie emp-funden hatte, als sie den Vater des Mannes halb entblößt in seinem Bett sah. Was sie jetzt brauchte, war Ruhe, um die Gedanken, die ihr durch den Kopf schossen, in den Griff zu bekommen und alles abzuwägen. Am Abend zuvor war sie zu unruhig und am Morgen zu beschäftigt gewesen, um sich ernsthafteren Überlegungen zuzuwenden. Während der Arbeit hatte sie ständig an Hilas Auftritt in ihrem Büro denken müssen, doch je mehr Zeit verstrich, desto leichter fiel es ihr, den Verdacht einer Schwangerschaft zu verdrängen; inzwischen schien er ihr schon völlig haltlos. Dann rief sie sich ihren Besuch auf der Pflegestation ins Gedächtnis, der damit begonnen hatte, dass ihre Augen unwillkürlich nach seinem Auto ausschauten, als sie ihren eigenen Wagen vor dem Gebäude abstellte. Dieser Besuch hatte das Gefühl der Dringlichkeit noch verstärkt, das seit dem vorigen Abend in ihr wuchs und das sie anfangs nicht hatte wahrhaben wollen. Auch die Minuten, die dem Sex mit Arnon folgten, fielen ihr wieder ein: die Kränkung, die der Körper empfindet, wenn er die Verlogenheit seines Gefährten entdeckt. Aus einem unbestimmbaren Grund war auch dieser Augenblick mit dem Sohn des in Windeln liegenden alten Mannes verknüpft.

Sie erhob sich. Sie räumte die Beilagen der Wochenendzeitung und die Briefe, die sich in den zurückliegenden Tagen angesammelt hatten, fort und glättete das Tischtuch. Anschließend kochte sie Kaffee und dann setzte sie sich wieder, um ihn im Angesicht der neugewonnenen Ordnung zu trinken.

Der Mann in der grünen Jacke – das zwang sie sich einzugestehen – war ständig in ihrer Nähe. Und das Beben, das sie seit ihrem Kennenlernen verspürte, hatte noch keinen Moment aufgehört. Zwar schien es sich manchmal ein wenig zu entfernen, doch kurz darauf kehrte es wieder, um einige Zeit später erneut von irgendwelchen Alltagssorgen beiseite geschoben zu werden. Jedes Mal, wenn sie sich seiner, und sei es nur für Sekunden, bewusst wurde, fing ihr Herz wild zu schlagen an. Bin ich verliebt?, überlegte sie und kam sich lächerlich vor bei diesem Gedanken. Dennoch verbot sie sich der Frage auszuweichen. Plötzlich, wie ein Zeichen, kippte die Kaffeetasse um. Chamutal holte schnell einen Lappen, um die Flüssigkeit aufzufangen, die sich unversehens über den halben Tisch ausbreitete und vom Gewebe der Tischdecke aufgesaugt wurde. Kann man sich denn in einem Lebensalter, das längst nicht mehr zur Jugend gehört, aufgrund einer einzigen Begegnung verlieben und einem Gefühlssturm anheim fallen, der einen aller Klarsicht beraubt? Sie nahm die Decke vom Tisch und versuchte die Flüssigkeit, die dem Lappen zu entrinnen drohte, in Schach zu halten. Was war überhaupt vorgefallen? Sie hatten einander angesehen und zwei oder drei Sätze gesagt: »Vielen Dank« und »Das ist doch selbstverständlich«. Unterdessen gelang es ihr, den Kaffeefluss zu bändigen, und sie schenkte sich nochmals ein.

Jenseits aller Selbsttäuschung sah sie deutlich das Gesicht des Mannes in der grünen Jacke vor sich und gestand sich ein, dass tags zuvor ein Bund zwischen ihnen geschlossen worden war, dessen Gültigkeit unanfechtbar war, und sie dachte an den bedrückenden Blick, in dem kein Funke Fröhlichkeit gewesen war, an diese Augen, die auch im Dunkeln nicht von ihr abließen. Ihr fiel ein, wie Arnon sich rücklings auf den Teppich geworfen und seine Arme und Beine gespreizt hatte, wie ein Säugling, der frische Windeln will. Wie könnte sie ihm, der sich aus Spaß auf dem Fußboden wälzt, das Gesicht ihrer Mutter beschreiben, die sie furchterfüllt anblickt wie ein kleines Mädchen, das sich verlaufen hat? Und wie die Kraft, mit der ihre Mutter sich an ihrer Hand festklammert, bis sich tiefrote Flecken auf ihrer Haut zeigen? Und wie die suchenden Augen, als sie drei Tage zuvor fragte: »Wo bin ich?«

»Du bist auf der Pflegestation. Es ist alles in Ordnung.«

»Ich will heim.«

»Du bist daheim.«

»Das ist nicht meine Wohnung.«

»Doch, jetzt wohnst du hier.«

»Wer bist du?«

»Ich bin es, Mama – Chamutal.«

Wenn sie ihrem Mann von den Besuchen bei ihrer Mutter erzählte, musste sie sich mitunter erst räuspern und tief Luft holen, um dann in möglichst unbewegtem Ton zu berichten, ob ihre Mutter sie diesmal erkannt hatte oder nicht. Dabei bemühte sie sich ihre Erzählung beiläufig klingen zu lassen und das Zittern zu unterdrücken, das ihre Stimme erfasste, wenn sie wiederholte: »Ich bin es, Mama – Chamutal.« Wie konnte sie ihm die Bedeutung dieser Worte vermitteln? Vielleicht würde der alptraumhafte Satz ihn zu einem albernen Scherz inspirieren. Womöglich käme er zu Purim in Frauenkleidern und mit einer Lockenperücke auf dem Kopf ins Zimmer gesprungen und schrie: »Ich bin es, Mama – Chamutal!« Der Mann in der grünen Jacke hingegen würde die Angst und den furchtbaren Schmerz, der in diesem Satz steckte, begreifen – dessen war Chamutal gewiss.

Sie blickte auf die Wanduhr: Es war fünf Minuten vor sechs. Ohne sich über ihr Handeln Rechenschaft abzulegen, ohne nachzudenken, ob sie das Richtige tat, stand sie auf, zog sich den Mantel über, hängte die Handtasche über ihre Schulter und eilte aus dem Haus. Auf der Fahrt zum Altenheim bog sie in eine Nebenstraße ein und hielt an, um ihr Gesicht im Rückspiegel zu inspizieren. Sie zog das Schminktäschchen hervor und begann sich die Wimpern zu tuschen.

Als sie sah, dass sein Wagen nicht auf dem Parkplatz stand, stieg eine Unruhe in ihr auf, die sie überraschte, als sei ein Jagdtrieb in ihr erwacht, von dessen Existenz sie bis dahin nichts gewusst hatte. Wieder schaute sie auf die Uhr: zwanzig Minuten nach sechs. Bestimmt füttert er jetzt seinen Vater. Möglicherweise hat er seinen Wagen anderswo abgestellt; oder er ist heute zu Fuß gekommen.

Als sie in den Speisesaal trat, erblickte sie den Vater des Mannes, noch ehe sie ihre Mutter wahrnahm. Er saß am Ende eines

Tisches und stierte auf seinen Teller. Neben ihm saß ein kleinwüchsiger Greis, der mit dem Kinn gegen die Tischkante stieß, wenn er den Löffel von seinem leergegessenen Teller zum Mund führte, um nichts als Luft zu schlürfen.

Ein Besucher blieb neben dem alten Mann stehen und fragte ihn: »Schmeckt es?«, worauf dieser nickte.

Ihre Mutter saß am Nebentisch, sie war mit einem Gummiriemen am Stuhl festgebunden. Suppe lief ihr vom Mund über den Hals hinab und sie betrachtete verwundert den Löffel, den sie in ihrer Hand hielt, als rätsele sie, was man mit diesem merkwürdigen Gegenstand, den jemand zwischen ihre Finger geschoben hatte, gemeinhin tat.

»Wie geht es dir, Mama?«

Chamutal setzte sich, zog eine Papierserviette aus ihrer Tasche und säuberte den Mund ihrer Mutter.

Ihre Mutter sah sie an, mit Augen, die müde schienen vom vielen Auf- und Niederschlagen der Lider; und was wie ein vorwurfsvoller Blick wirkte, war wahrscheinlich nur ein Ausdruck des Befremdens. Chamutal berührte die schlaffe Hand, drückte ihre Fingerkuppen auf die alte, vertrocknete Haut, sah auf den verzogenen Mund und fürchtete, gleich würden seine Lippen den Satz formen: »Ich will heim.« Er würde aufheulen, beschwörend flüstern oder schreien, und immer träfen die Worte sie wie ein entsetzlicher Hieb, genau wie beim ersten Mal.

»Wie geht es dir, Mama?«

»Schlecht.«

»Weshalb?«

Ihre Augen waren weit geöffnet. »Ich habe nichts zu essen bekommen«, sagte sie mit ausdrucksloser Stimme.

»Ich sehe doch, dass du gegessen hast.«

»Das ist kein Essen.«

»Was war es dann?«

»Stroh. Alles schmeckt nach Stroh.«

»Dabei sieht es gut aus.«

Sie presste die Lippen zusammen, bis sie in ihrem Mund fast verschwanden. »Ich habe keine Geschmacksnerven mehr. Alles schmeckt nach Zement. Nach Stroh und Zement.«

»Das ist schade.«

Vor kurzem noch hatte ihre Mutter sie bei jedem ihrer Besuche gleich zu Beginn gefragt: »Hast du schon gegessen?«

Doch seit zwei Wochen zeigte sie kein Interesse mehr an anderen Menschen; selbst ihre Enkelinnen erwähnte sie nicht mehr.

Ihrer Mutter gegenüber saß eine langgliedrige Krankenschwester mit hellem Teint. Sie gab einer alten Frau von einem Porzellanteller zu essen, der mit dicken roten Kirschen bemalt war, ein Teller, der sich von dem übrigen Geschirr, das auf den Tischen stand, unterschied. Mit ihrem zittrigen Zeigefinger wies die alte Frau unablässig auf die aufgemalten Früchte. Die Schwester sagte mit fremdem Akzent: »Und noch einen Happen«, und schob einen weiteren Löffel Brei in den Mund der Frau.

Eine neue Schwester, die sehr jung wirkte, näherte sich dem Vater des Mannes mit der grünen Jacke und sprach laut in sein Ohr: »Ihr Sohn kommt heute nicht, Ja'akov. Er hat angerufen und gebeten Ihnen auszurichten, dass er arbeiten muss. Verstehen Sie mich? Er kann heute nicht kommen.«

Der alte Mann nahm die Nachricht gleichmütig auf – falls er sie überhaupt verstand.

»Hören Sie mich, Ja'akov? Ihr Sohn muss länger arbeiten.«

Chamutal stand hastig auf und sagte zu ihrer Mutter: »Ich muss gehen. Morgen bringe ich dir Birnen mit.«

Sekunden später stand sie bereits am Aufzug.

Gewöhnlich blickte sie, während sie auf den Lift wartete, noch einmal zu ihrer Mutter, diesmal jedoch stand sie mit dem Rücken zum Speisesaal: Sie wollte das undurchdringliche Gesicht des alten Mannes und den leeren Blick ihrer Mutter nicht sehen; sie war ganz auf den Gedanken konzentriert, den Mann mit der grünen Jacke zu finden.

Es regnete, sie flüchtete in ihr Auto und startete so rasant, als spielte sie bei einer Verfolgungsjagd in einem Actionfilm mit. Sie preschte auf die Ampel zu, blinkte nach links wie jemand, der genau weiß, was er vorhat, und vergaß dabei, dass sie nicht einmal gefragt hatte, wo er arbeitete, und dass die meisten Büros zu dieser Stunde bereits geschlossen waren. Als sie an der Ampel nahe dem Bahnhof in der Arlosorovstraße stoppte, besann sie sich und strengte sich an durch den dichten Regen etwas zu erkennen. Ihr Fuß wippte nervös über dem Gaspedal und für die Dauer einer Sekunde wunderte sie sich, wie sie an all den Ampeln der Namirstraße vorbeigerauscht war ohne sich im Nachhinein zu erinnern, auch nur eine einzige gesehen zu haben. Es wurde grün und sie schob den Gedanken beiseite, als ihr Wagen einen Satz vorwärts machte, um die übrigen Autos einzuholen und über die kurvige Fahrbahn zu fegen, die am Museum endete. Dort musste er sein. Kein bisschen erstaunt über das Wissen, das ihr unerwartet zugefallen war, drosselte sie das Tempo und suchte einen Parkplatz.

Dicht an dicht reihten sich die Autos auf dem Museumsparkplatz. Sie zögerte nicht, in der zweiten Reihe zu parken und so eine Spur der Fahrbahn und dem Auto neben ihr die Ausfahrt zu versperren. Eilig ging sie auf das Museum zu. Sie fragte sich, ob sie die Tür ihres Wagens abgeschlossen und das Licht ausgeschaltet hatte, aber sie konnte nicht mehr stehen bleiben, um zurückzuschauen. Sie dachte an die Geschichte von Lots Weib, als ihre Füße nach ein paar ausladenden Schwebeschritten die Schwelle des Museumsgebäudes erreichten. Der Pförtner wollte ihr den Zutritt verwehren, aber sie ließ sich nicht bremsen und sagte: »Ich suche nur jemanden. Es ist sehr wichtig«, und mit ihrer Rechten wies sie auf das städtische Krankenhaus, das sich vis-à-vis der großen Straße befand.

Weder protestierte der Pförtner, noch rührte er sich von seinem Platz, er blickte ihr lediglich verdutzt hinterher. Ohnehin war sie inzwischen ein erhebliches Stück von ihm entfernt und strebte entschlossen auf den Eingang des Impressionistensaals zu. Als sie, dort angekommen, kurz innehielt, nahm sie die grüne Jacke wahr, die sich unverkennbar in einer Gruppe anderer Jacken vor einem Gemälde fand. Zielsicher ging sie auf ihn zu und blieb hinter ihm stehen. Offenbar war die Dringlichkeit ihres Anliegens ihrem Gesicht anzusehen, denn die Dame, die gerade den Einfluss des Lichts auf den Malstil Monets erläuterte, unterbrach ihre Ausführungen und blickte sie an. Und der Kopf, der aus der grünen Jacke ragte, wandte sich zu ihr um, verwundert und fremd, während sie in ihrem Rücken eine keuchende Stimme vernahm: »Liebe Frau, Sie haben mein Auto zugeparkt.« Zu all den Gesichtern, die sie jetzt anstarrten, sagte sie: »Verzeihung.« Dann drehte sie sich um und sagte auch zu dem Mann, der hinter ihr stand: »Verzeihung.« – »Ich habe von der Bibliothek aus beobachtet, wie Sie Ihren Wagen abgestellt haben. Sie haben mich eingekeilt«, erklärte er. Sie sagte noch einmal: »Verzeihung«, doch er fuhr fort: »Sie haben Glück, dass ich Sie gesehen habe. Sie haben Ihren Wagen nämlich nicht abgeschlossen.« Dann wandte er sich den anderen Gesichtern zu: »Die Leute werden immer dreister.« Sie aber bahnte sich bereits einen Weg die abschüssige Ebene hinunter, die zum Foyer des Museums führt; die Muskeln ihrer Schenkel schmerzten von der Anstrengung, die es sie kostete, zu gehen und nicht zu rennen, und eine Stimme in ihrem Innern sagte: Das muss ein Alptraum sein.

Noch immer regnete es, als sie an den Skulpturen auf dem Platz, der das Museum von der Straße trennt, vorüberlief. Schon von fern sah sie die Schlange der Autos, die hinter ihrem Wagen feststeckten und auf einen günstigen Augenblick lauerten, um sich in den Verkehr auf den übrigen Fahrspuren einzufädeln. Noch bevor sie ihr Auto erreichte, die wütenden Blicke der Frau, die unmittelbar dahinter wartete, ignorierend, waren ihr Haar und ihre Schultern klatschnass und sie sagte laut zu sich: »Ich glaube, ich werde langsam verrückt.«

Erst als sie vor Kälte schlotternd zu Hause ankam, wurde ihr vollends bewusst, dass der traumähnliche Vorfall Wirklichkeit gewesen war, und sie dachte mit Besorgnis, dass sie ganz und gar die Fassung verloren hatte. Michal stand in der Tür und fragte vorwurfsvoll: »Wo bist du gewesen?«

»Ich habe Großmutter besucht.« Chamutal musste aufpassen, dass ihr die Kontrolle über ihre Stimme nicht entglitt; Attacken vonseiten Michals war sie nicht gewöhnt. Sie wartete darauf, dass ihre Tochter auf sie zutreten und sie küssen würde. Doch Michal fragte widerborstig: »Ist sie wichtiger als ich?«, und Chamutal begriff, dass sie auf den Kuss verzichten musste.

»Was ist das für eine Frage, Michal?«

»Du warst zur Elternversammlung eingeladen.«

»Heute?«

»Ja, heute!«

»Bist du sicher?« Chamutal schaute auf die Uhr.

»Du hast es vergessen«, raunzte Michal.

»Ich kann es noch schaffen«, sagte Chamutal mutlos.

»Du hast es einfach vergessen.« Verwunderung klang aus Michals Stimme, als sei das Mädchen zu einer überraschenden Erkenntnis gelangt.

»Ich mache mich sofort auf den Weg.«

»Das ist nicht mehr nötig. Die Lehrerin hatte hier angerufen, da habe ich Papa angerufen und der ist direkt von der Arbeit hingefahren.« Michal wandte sich ab, um in ihr Zimmer zu gehen. »Du musst mich morgen vom Tanzunterricht abholen. Wenn du vorhast auch das zu vergessen, dann sag es lieber gleich.«

An diesem Abend fühlte sie sich um Jahrzehnte zurückversetzt, auf einen der einst alljährlich stattfindenden Eilat-Ausflüge: Ihre Freundinnen hatten sie verstoßen, weil sie sich bei dem Exkursionsleiter beschwert hatte, dass sie ihr Schuhcreme ins Gesicht geschmiert hatten. Die Mädchen sprachen nicht mehr mit ihr, trotzdem bereitete Chamutal für sie Brote, die sie mit besonderer Hingabe garnierte, obwohl sie wusste, dass sie sie am folgenden Tag unberührt vorfände. – Arnon kam spät nach Hause und sein Gesicht war ernst. Er ließ sich an dem Tisch im Esszimmer nieder. Michal setzte sich an seine Seite, legte ihm die Hand auf den Arm und sie begannen verschwörerisch zu flüstern. Von der Küche aus, wo Chamutal Gurken schnitt, sah sie, wie die beiden die Köpfe zusammensteckten, und war beleidigt, weil keiner sie aufforderte sich zu ihnen zu gesellen. Sie überlegte kurz, ob es nicht besser wäre, das Gefühl der Kränkung, das in ihr hochkroch, runterzuschlucken und nicht auf ihrem Stolz zu beharren: Mit einem Teller voll belegter Brote könnte sie zu ihnen gehen, wie selbstverständlich bei ihnen Platz nehmen und fragen, was die Lehrerin gesagt hatte. Aber sie wusste: Sie würden ihr lediglich einen schrägen Blick zuwerfen, ähnlich dem, mit dem Hila sie in letzter Zeit traktierte. So verließ sie, als die Brote fertig waren, die Küche und zog sich mit vor Enttäuschung glühenden Wangen ins Schlafzimmer zurück.

Erst in der Nacht fragte sie Arnon: »Was hat Michals Lehrerin gesagt?«

»Sie wunderte sich, warum du nicht kommen oder wenigstens absagen konntest.«

»Ich war bei meiner Mutter«, entgegnete Chamutal, sich seinem Zorn verschließend, und dachte an den glühenden Himmel über dem Parlamentsgebäude, den sie auf einem Monet-Gemälde im Impressionistensaal des Museums gesehen hatte.

»Michal ist in Physik und Englisch durchgefallen, hat aber die Chance, sich nach den Pessachferien noch einmal prüfen zu lassen. Wenn sie es dann wieder nicht schafft, bekommt sie zwei Fünfen im Zeugnis.«

»Die Probleme in Physik sind nicht neu.«

»Dann bist du ja im Bilde«, bemerkte er und fügte boshaft hinzu: »Nur schade, dass du dein Geheimwissen nicht besser genutzt hast.«

»Ich hatte Michal gebeten sich nach einem Nachhilfelehrer zu erkundigen.«

»Wirklich nett von dir. Jedenfalls fragte ihre Lehrerin, ob es in letzter Zeit Probleme daheim gäbe und es sinnvoll wäre, Michal zu einem Gesprächstermin anzumelden oder im Sommerhalbjahr zur Therapie.«

»Was hast du geantwortet?«

»Ich habe den Mund gehalten, so, wie es bei euch zu Hause Usus war: bloß keine schmutzige Wäsche waschen! Ich habe nur gesagt, dass ihre Großmutter ins Pflegeheim eingewiesen wurde und das Auswirkungen auf unser Familienleben hat.«

Normalerweise hätte sie jetzt seinen wunden Punkt ins Visier genommen und mit aller ihr möglichen Gehässigkeit eine Bemerkung über das Schmutzige-Wäsche-Waschen im Kibbuz gemacht. Diesmal jedoch zog sie sich die Decke ans Kinn und sagte nur: »Das ist wahr«, während sie sich insgeheim fragte: »Was weiß ausgerechnet ich von der Wahrheit?«

Als Chamutal anderntags wieder am Bett ihrer Mutter saß, musste sie unablässig an den Irrsinn denken, der sie am Abend zuvor gepackt hatte. Voll Erstaunen vergegenwärtigte sie sich, wie sie mit dem Auto durch den strömenden Regen gerast war, ohne zu wissen wohin, es mitten auf der Fahrbahn abgestellt, die Treppen hinaufgestürmt und schließlich vor dem Monet-Gemälde gestanden hatte.

Plötzlich hörte sie neben sich ein forderndes Krächzen und wurde sich bewusst, dass es aus der Kehle ihrer Mutter kam.

Ein fremdartiger Ausdruck lag auf dem Gesicht der alten Frau, als sie Chamutal aus blinzelnden Lidern anschaute: Ihre Lippen verschwanden fast in ihrem Mund, als würden sie von den Kiefern zerkaut; ihr ganzer Ausdruck zeugte von äußerster Anstrengung, als bemühte sie sich verzweifelt sich an etwas Bestimmtes zu erinnern.

»Was ist geschehen, Mama?«

Der Mund ihrer Mutter öffnete sich weit und ihre Lippen waren derart gespannt, dass sie ganz weiß aussahen. Sie schrie: »Niemand kommt mich besuchen!« Danach schien ihr Mund jäh ermüdet und erschlaffte.

»Gestern war ich zweimal bei dir.«

»Ihr lügt mich alle an. Ich kriege nie Besuch.«

»Du hast mich doch gebeten für Schabbat einzukaufen. Ich sollte Karpfen holen gehen.«

»Alle bekommen Besuch, nur ich nicht.«

»Das ist nicht wahr, Mama.«

»Nur der Pfleger besucht mich und fasst mich an.«

»Welcher Pfleger?«

»Der mit den vielen Haaren.«

»Wo fasst er dich an?«

»Da, wo es sich nicht gehört. Da unten.«

»Was tut er?« Chamutal versuchte ihrer Stimme einen neutralen Klang zu verleihen, ihr Entsetzen nicht an die Oberfläche zu lassen.

»Ja, ja. Er kommt zu mir und fasst mich an.«

»Wie bitte?!«, rief Chamutal, die sich nicht länger beherrschen konnte.

»Ja, da unten«, sagte ihre Mutter, und indem sie den Kopf hin und her schwenkte, schlug sie die Decke zurück, steckte beide Hände in die Schlafanzughose, entblößte ihre kahle Scham, deren Anblick Chamutal erschütterte, und rieb sich die Innenseite ihrer Schenkel, als wolle sie eine Verunreinigung wegwaschen, die sie allein sah. Hastig deckte Chamutal ihre Mutter wieder zu, um den erbarmenswerten Körper zu verbergen, der seine Glut nicht mehr kontrollieren konnte. Ihre Mutter jedoch riss die Decke abermals weg und griff sich an die Brust: »Auch hier. Er berührt mich immerzu, die ganze Nacht.«

Im zweiten Monat des siebten Schuljahrs, gleich nach den Ferien zu Rosch HaSchana, war die Schulkrankenschwester mit unheilvoller Miene in Chamutals Klassenzimmer getreten und hatte den Jungen befohlen, hinauszugehen, und den Mädchen, näher zusammenzurücken. Einander angrinsend waren die Jungen aufgestanden und hatten den Raum verlassen, während die Mädchen aufgeregt wartend zurückblieben. Alle wussten, worüber die Schulkrankenschwester reden würde: über die monatliche Regel. Zwei Mädchen standen im Verdacht, sie während der Ferien bekommen zu haben. Alles war mucksmäuschenstill, als die Schwester sich an die Tafel stellte, die Worte »Das Fortpflanzungssystem« anschrieb und ein merkwürdiges Gebilde daneben zeichnete. Mit lauter Stimme, die über ihre Verlegenheit hinwegtäuschen sollte, erklärte sie den Aufbau von Gebärmutter und Eierstöcken und den Lebenslauf eines Eis, das an seinem angestammten Platz im Verborgenen warte, bis das Mädchen strauchle und etwas Verbotenes tue; in diesem Fall, sagte sie, könne sich das Ei mit einer Samenzelle vereinigen und das Mädchen werde schwanger. Aber normalerweise, so verkündete die Schwester düster, löse sich das Ei an einem bestimmten Tag des Monats auf und werde zu Blutflecken in der Unterhose. Die Mädchen machten große Augen, als sie von dem Blut in der Unterwäsche hörten. Die Schwester hielt einen Augenblick inne, dann drehte sie sich um, putzte die Tafel und eilte aus dem Klassenzimmer.

Erschrocken von der überdimensionalen Zeichnung und der Geschichte vom Werdegang des heimtückischen Eis, das nur darauf lauerte, diejenige, in der es wohnte, zu überlisten, legte Chamutal den ganzen Nachhauseweg im Laufschritt zurück. Da der Kopfschmerz ihre Mutter an diesem Tag bereits morgens heimgesucht hatte, war sie im Bett geblieben und las. Als Chamutal heimkam, hielt sie sich noch immer die rechte Schläfe. Dem Prinzip gehorchend, demzufolge Chamutal ihre Mutter erst stören durfte, wenn sie die Seite zu Ende gelesen hatte, wartete sie voller Ungeduld, bis ihr Daumen an den unteren Rand des Buches gelangt war.

Die Schultasche noch auf dem Rücken und am Handgelenk noch den Pausenbrotbeutel, brach es aus Chamutal hervor: »Wir Mädchen hatten heute eine Stunde mit der Schulkrankenschwester!«

»Hat sie euch auf Läuse untersucht?«

»Nein. Sie hat mit uns geredet. Die Jungen mussten hinausgehen, nur die Mädchen blieben in der Klasse.«

»Gut. Dein Essen ist im Topf. Nimm dir ohne alles schmutzig zu machen.«

»Sie hat uns das mit dem Ei erklärt und mit dem Blut in der Unterwäsche«, sagte Chamutal atemlos.

Ihre Mutter ließ das Buch auf ihren Bauch sinken: »Was hat sie erklärt?«

»Sie hat gesagt, dass man jeden Monat schwanger werden kann oder Blut in der Unterhose hat!« Beide Vorstellungen beängstigten Chamutal gleichermaßen.

»Das hat sie gesagt?«

»Ja«, antwortete Chamutal krächzend. »Entweder gibt es ein Baby oder Blut.«

»Dann weißt du ja Bescheid. Nimm dir jetzt etwas zu essen«, wiederholte ihre Mutter, und das Buch hob sich und war wieder zwischen ihnen.

Alles, was sie über »das Verbotene« wusste, das die Leute taten, um das Ei an sein Ziel zu bringen, hatte sie später an anderen Orten gelernt. Mit ihrer Mutter sprach sie über dieses Thema bis zum Abend ihrer Hochzeit nicht mehr: Den Moment abwartend, in dem die ersten Gäste eintrafen, so dass keine Zeit für ein Gespräch blieb, fragte ihre Mutter sie mit gesenkter Stimme: »Du weißt doch alles, was eine Frau über die Beziehungen zu ihrem Ehemann wissen muss, nicht wahr?«

Und Chamutal antwortete: »Ja, ist schon in Ordnung«, und unter dem eng anliegenden Spitzengewebe des Brautkleids spürte sie ein Stechen – sie musste an die eleganten, fast erotischen Handbewegungen der Ärztin denken, die die durchsichtigen Handschuhe überstreifte und sich auf die Abtreibung vorbereitete.

Auch danach kam das Thema über Jahre hinweg nie mehr zur Sprache, bis zu diesem Augenblick, in dem ihre Mutter sich mit einer Hand an die Scham und mit der anderen an die Brust fasste, während ihr verzerrtes Gesicht sagte: »Nachts kommt er zu mir und fasst mich an. Immerzu vergewaltigt er mich, wenn es dunkel ist und keiner es sehen kann.«

Wenige Wochen zuvor, bei einem ihrer ersten Besuche, hatte Chamutal die Station zufällig in dem Augenblick betreten, in dem eine Patientin mit gespreizten Beinen dalag und lauthals einen Pfleger beschuldigte: Er hätte sich nachts, als sie geschlafen habe, in ihr Zimmer geschlichen, sie aufgedeckt und seinen Kopf zwischen ihre Schenkel gepresst. Die Frau hatte ihr Nachthemd hochgezogen, um den Umstehenden, die mit großer Verlegenheit reagierten, ihre nackten Schenkel zu zeigen. Von der Szene unbeeindruckt drückte der Pfleger die Beine der Frau zusammen, zog ihr Nachthemd herunter und sagte: »Schlafen Sie jetzt. Gute Nacht. Für heute haben Sie genug Unfug getrieben.«

Bevor sie nach Hause gegangen war, hatte Chamutal den Pfleger aufgesucht und ihn gebeten ihr den Vorfall zu erläutern. Das Gespräch sollte ihm verdeutlichen, dass er es im Falle ihrer Mutter mit einer Patientin zu tun hatte, deren Kinder es nicht zulassen würden, wenn man ihr wehtäte.

»Am besten fragen Sie den Doktor«, hatte er ihr, peinlich berührt und ohne sie anzuschauen, empfohlen, so dass er tatsächlich wie ein Schuldiger aussah. »Er kann Ihnen das besser erklären. Ihr Gehirn erfindet Geschichten. In diesem Zustand fantasieren sie oft, sehr oft von … wie soll ich es ausdrücken? … von Sex …«

Chamutal schaute auf die sich öffnenden Augen ihrer Mutter und dachte an den Tag, an dem sie ohne zu verschnaufen von der Schule bis nach Hause gerannt war: eine Schülerin der siebten Klasse, die entsetzt war von dem, was die Schulkrankenschwester berichtet hatte, und darum flehte, dass ihre Mutter daheim wäre, um sie zu trösten. Nun blickte sie in die Augen dieser Mutter, die erschrocken zu ihr aufsah, und auf den schneeweißen Haaransatz, der sich unter ihrem gefärbten Schopf zeigte. Sie empfand Mitleid mit der Frau, deren Körper mit solcher Wildheit aufbegehrte, jetzt, wo er die Kontrolle über den Verstand verloren hatte, und dachte mit Trauer an all die versäumten Gelegenheiten, die verschwendeten Energien und jene wunderbare Sache, die genussvoller als alles sonst auf der Welt war und nun plötzlich als etwas Schändliches erschien.

Jemand näherte sich ihr von hinten und sagte: »Entschuldigen Sie.« Als sie sich umwandte, erkannte sie den Mann vom Parkplatz.

Wäre sie nicht so erschüttert gewesen, hätte ihr bebendes Herz in dieser Sekunde vor Freude einen Sprung gemacht. Aber sie war zu aufgewühlt von den Worten ihrer Mutter und den Erinnerungen, die von dort, wo sie sicher ruhten, aufgescheucht worden waren. So schaute sie stumm in seine traurigen Augen, die aussahen, als bäte er sie um Verzeihung.

»Ich wollte Ihnen danken für … für den Botendienst, den Sie gestern für mich geleistet haben. Darf ich Sie zu einem Kaffee einladen?«

»Meine Mutter behauptet, dass der Pfleger sie an der Scham berührt.« Das war der erste Satz, den sie zu ihm sprach, noch ehe er sie fragen konnte, was sie trinken wolle, um dann auf einem mit großen Melonenstücken bemalten Tablett zwei Tassen Kaffee zu bringen.

Und als wären dies die üblichen Worte, mit denen man das Gespräch mit einem Fremden eröffnete, antwortete er: »Sie hat sexuelle Halluzinationen. Das ist ein bekanntes Phänomen bei Leuten in diesem Stadium. Was möchten Sie trinken?«

Bis er mit dem Melonentablett zurückkehrte, dachte sie über die Ruhe nach, die sie in seiner Nähe empfand und die die Zusicherung zu enthalten schien, dass nichts Peinliches oder Schockierendes passieren würde, sondern dass alles selbstverständlich und zulässig war. Sie wusste, den Satz, den sie zu ihm gesagt hatte, hätte sie Arnon gegenüber nie aussprechen können.

»Wer behauptet, das sei ein bekanntes Phänomen bei Leuten in diesem Stadium?«, fragte sie, als er zurückkam und das Tablett zwischen ihnen abstellte.

»Die Fachliteratur.«

»Hat Ihr Vater auch solche Halluzinationen?«

»Mein Vater spricht seit ein paar Wochen überhaupt nicht mehr.«

»Ist etwas mit seinen Stimmbändern nicht in Ordnung?«

»Nein, er leidet an Depressionen.«

»Ich muss gestehen: Die Geschichte mit den Windeln hat mich ziemlich verwirrt.«

»Ja, den Eindruck hatte ich.«

»Auf dem Parkplatz.«

»Ja, ich erinnere mich. Ich nehme an, Ihre Mutter braucht keine.«

»Nein.«

»Hier brauchen die meisten Patienten welche.«

»Kein Wunder, wenn Ihr Vater Depressionen hat.«

»Ja.«

»Er wirkt stolz.«

»Und er ist noch vergleichsweise klar im Kopf. In seinem Zustand wäre es vielleicht besser, wenn er nicht mehr so viel mitbekäme.«

Wie eine dumpfe, ferne Erinnerung war dieses Gespräch in ihrem Leben schon vorher präsent. Der Klang der Worte erschien ihr wie eine vertraute, doch vergessene Melodie. Und sie kannte die besondere Atmosphäre, in der sich Fremdheit und Vertrautheit mischten. Hatte sie das alles schon einmal geträumt? Sie betrachtete eingehend die mit Zucker und Süßstoff gefüllten Tütchen, die aufrecht aneinander gereiht in einem kleinen Holzbehälter standen, und versuchte sich ins Gedächtnis zu rufen, wann das Gespräch, das an der Schwelle zur Vergangenheit aufblinkte und sich hartnäckig weigerte zu verlöschen, schon einmal geführt worden war.

»So alt zu werden ist schrecklich«, sagte sie, und während sie laut aussprach, was sie gerade dachte, setzte sie die Befragung ihres Gedächtnisses fort.

»Ja«, erwiderte er und stellte die Kaffeetasse vor sie hin. »Wurde Ihre Mutter eingeliefert, weil sie geistig verwirrt war?«

»Ja. Sie wohnte drei Jahre lang in einem Altenheim. Aber vor ein paar Monaten fing sie an zu vergessen, den Gaskocher auszuschalten, und einmal griff sie sogar eine Mitbewohnerin tätlich an. Eines Tages spazierte sie schließlich mit nichts als einem Nachthemd am Leib durch den Hauptausgang auf die Straße … Aber mittlerweile ist sie auch körperlich behindert. Den größten Teil des Tages liegt sie im Bett. Wir haben sie vor drei Monaten hergebracht. Ihr Verfall schreitet so schnell voran, dass ich mich jedes Mal auf der Fahrt hierher ängstlich frage, in welchem Zustand ich sie antreffen werde. Gestern hatte man sie am Stuhl festgebunden.«

Chamutal griff nach einem Papiertütchen. Sie riss eine Ecke ab, schüttete den Inhalt in ihre Tasse und rührte gedankenverloren um.

»Dass sie durcheinander ist, ist nichts Neues. Das kam in der letzten Zeit öfters vor. Aber was sie heute sagte, dieses Thema – sie hat nie über solche Dinge gesprochen. Das war ein Tabu bei uns, schon in meiner Kindheit.«

»Alles Verdrängte kommt jetzt zum Vorschein, weil die Willenskraft nachlässt. Das Unterbewusste wird hochgespült.«

»Ja, ich kenne diese Theorie. Aber sie macht es einem nicht leichter, wenn die Dinge tatsächlich geschehen.« Noch einen Augenblick lang dachte sie an das Unterbewusste, das nun emporgespült wurde, und bildete sich ein, in den Schädel ihrer Mutter zu schauen: Vor ihr lag ein großer See, von dessen Grund immer neue Insektenschwärme aufstiegen, die allmählich die Wasseroberfläche bedeckten.

Plötzlich wurde sie sich der Farbe seiner Augen bewusst: Sie hatten das Braun des Kurkarsteins und ihr Anblick erinnerte sie daran, dass das Gefühl der Verbundenheit, das sich so rasch zwischen ihnen eingestellt hatte, die Abläufe, die das erste Zusammentreffen von Mann und Frau üblicherweise bestimmten, in Unordnung gebracht hatte. Gewöhnlich waren die Augen das Instrument, mit dem man die fremden Gesichtszüge erkundete und sie sich nach und nach einprägte. Die Augenfarbe ihres Gegenübers war sonst immer das Erste, das sie wahrnahm.

»Noch ein bisschen Milch?« Der Kurkarblick sah sie an, als würde er sie seit langem kennen.

»Ja, danke. Lebt Ihre Mutter noch?«

»Nein.« Er führte den Schnabel des Edelstahlkännchens an ihre Tasse.

»Mein Vater starb, als ich siebzehn Jahre alt war.« Sie wusste, dass er danach fragen wollte. »Woran genau leidet Ihr Vater?«

»Alles in ihm ist angegriffen, aber das größte Problem ist sein Prostatakrebs. Er hat eine Operation hinter sich, die nicht besonders erfolgreich war.«

»Sie ähneln ihm, aber das hat man Ihnen bestimmt schon oft gesagt.«

»Ja.«

Einen Augenblick lang tranken sie schweigend ihren Kaffee, dann sagte Chamutal, als legte sie eine Beichte ab: »Meine Mutter hat Alzheimer.«

»Das hatte ich mir schon gedacht.«

»Sind Sie Psychologe?«

»Nein, ich habe mit Computern zu tun.«

»Sie sprachen vom Unterbewussten, das hochgespült wird, da habe ich gedacht –«

»Ich habe viel über das Thema gelesen. Ich glaubte, dass es einem helfen würde, wenn man informiert ist.«

»Nein, es ändert nichts.«

»Sie haben Recht.«

»Und was hilft einem wirklich?«

»Nichts.«

Sie senkte den Blick, sah das Tablett an und sagte: »Ich habe Appetit auf Wassermelone.«

Und plötzlich fiel es ihr wieder ein: Es war im Wartezimmer von Tippat Chalav, in dem auf einer langen Bank lauter Frauen saßen, die sich allesamt ähnlich sahen: Alle hielten Säuglinge auf ihrem Schoß und auch diese ähnelten einander. Manche schliefen, andere waren unruhig; und die Mütter betrachteten neidisch oder abweisend die fremden Kinder und verglichen sie mit ihrem eigenen. In diesem Wartezimmer fand das Gespräch statt, dessen Widerhall sie vernommen hatte, als sie anfing sich mit dem Mann in der grünen Jacke zu unterhalten.

»Kann er sich schon alleine umdrehen?«

»Ja, seit er fünf Monate ist, dreht er sich vom Bauch auf den Rücken.«

»Meiner schaffte es schon mit vier Monaten vom Rücken auf den Bauch.«

»Der Sohn meiner Nachbarin konnte sich sogar schon mit drei Monaten ohne fremde Hilfe umdrehen.«

Und jetzt: »Die Geschichte mit den Windeln hat mich ziemlich verwirrt.«

»Ja, den Eindruck hatte ich. Ich nehme an, Ihre Mutter braucht keine.«

»Nein.«

»Hier brauchen die meisten Patienten welche.«

Er sagte: »Da müssen Sie bis zum Sommer warten.«

Sie entgegnete: »Wie bitte?«

Er sagte: »Auf die Wassermelone.«

Nun verstand sie: »Ach ja.«

Er fragte: »Woran dachten Sie?«

Sie: »Daran, dass dies der unmenschlichste Ort ist, den man sich vorstellen kann.«

Er: »Sind *Sie* Psychologin?«

»Nein. Aber ich bin Redakteurin einer Zeitschrift, die auf psychologische Themen spezialisiert ist.«

»Ist das eine interessante Arbeit?«

»Ja, meistens. Das Heft, an dem ich zur Zeit arbeite, ist Träumen gewidmet.«

»Träumen?«

»Ja, Alpträumen.«

»Ein ganzes Heft über Alpträume?«

»Ja. Eigentlich ist es eine Art Resümee eines internationalen Kongresses, der vor zwei Monaten an der Universität Tel Aviv stattfand.«

»Es gab einen ganzen Kongress zu diesem Thema?«

»Ja, Sie haben Recht, das klingt seltsam. Psychologen und Psychiater stellten Fälle aus ihrer Praxis vor. Die Methode, die untersucht wurde, hatte jemand von der Columbia-Universität entwickelt. Das Behandlungsprinzip ist, dass der Träumende später seinen Traum korrigieren muss, ohne dass dieser zuvor analysiert oder gedeutet wird. Die Korrektur findet also auf der Ebene der im Traum erlebten Geschichte statt. Dabei geht man von der Annahme aus, dass der Mensch sich unbewusst darüber im Klaren ist, auf welches Problem sein Traum zielt – und das korrigiert er dann, indem er der Geschichte einen neuen Verlauf gibt. Man könnte von einem ungelenkt-gelenkten Spiel der Fantasie sprechen –« Sie lachte.

»Was ist lustig daran?«

»Nichts, aber plötzlich merke ich, wie ich doziere. Jedenfalls später, nach der Korrektur, versucht der Betroffene die Bedeutungen des Traums bewusst zu begreifen und dann fängt die eigentliche Arbeit an. So in etwa lässt sich das Prinzip umreißen.«

»Zum Beispiel –«

»Zum Beispiel«, sie öffnete ihre Tasche, um einen Stoß Papiere herauszuziehen. Nachdem sie sie durchgesehen hatte, reichte sie ihm ein Blatt:

(Seite 5 Schrifttype: den ganzen Text in Times unfett (12 Punkt), die ersten beiden Wörter des Artikels fett/14 Punkt. Eine Viertelseite freilassen für Picasso-Gemälde (Guernica)).

Traum eines Mannes, der seine Frau verdächtigt ihn zu betrügen; dem Symposion vorgestellt von Dr. Margareth Longley, Trinity College, Irland.

Die Rede ist von einem Mann, 46 Jahre alt, einem gläubigen Christen, wohlhabend, Vater von zehnjährigen Zwillingen, dessen geliebte Frau nach dreizehnjähriger Ehe starb. Ein Jahr nach dem Tod der Ehefrau heiratete er auf Zureden seines Vaters deren jüngere Schwester, eine ledige Kindergärtnerin, die ein langjähriges Verhältnis mit einem verheirateten Mann gehabt hatte. Obwohl er unter dem Tod seiner ersten Frau noch sehr litt, gelang es der neuen Frau, sein Herz zu gewinnen, einerseits durch die Zuneigung, die sie seinen Kindern entgegenbrachte, andererseits durch ausgefallene erotische Praktiken, die sie ihm vorschlug und die seine Fantasie auch tagsüber stimulierten.

Zirka drei Monate nach ihrer Hochzeit begab sich der Mann auf eine mehrtägige Geschäftsreise. Seinen ersten Alptraum hatte er in der ersten Nacht seiner Abwesenheit, nachdem er an den vormaligen Liebhaber seiner zweiten Frau dachte, der sich jetzt, so seine Imagination, bestimmt mit ihr amüsierte. Nach seiner Heimkehr engagierte er einen Privatdetektiv, der herausfinden sollte, ob sein Verdacht begründet sei. Er teilte ihm auch den Namen und die Anschrift des Mannes mit, doch während der einmonatigen Beschattung stellte der Detektiv nichts Verdächtiges fest, abgesehen von der Tatsache, dass die Ehefrau häufig teure Schuhgeschäfte aufsuchte, wo sie zwar Schuhe anprobierte, aber nie welche kaufte. Trotzdem kamen die Alpträume des Mannes immer wieder.

Der Mann träumt, er säße im Sessel und läse die Zeitung. Da erscheint ihm Gott und verkündet ihm, dass in Kürze eine Sintflut hereinbrechen werde und er von jeder Tierart ein Paar auswählen und zu einer Höhle in einem hohen Berg bringen müsse. Der Mann begreift, dass er Noah ist, und beeilt sich dem Befehl Gottes zu gehorchen. Er befestigt einen riesigen Lautsprecher auf dem Gipfel des Berges und fordert von jeder Tierart ein Paar auf, zu ihm zu kommen. Die Lebewesen folgen dem Aufruf, doch kommen sie nicht zu zweit, sondern zu dritt, und er erschrickt sehr, weil er weiß, dass nicht für alle Platz sein wird. Am Ende der Reihe der eintreffenden Tiere sieht er zwei Affen, die sich eng umschlungen und auf den Hinterbeinen fortbewegend nähern. Etwas am Gang des Affenweibchens scheint ihm vertraut, er schaut ihr ins Gesicht und sieht, dass es seine Frau ist. Das Gesicht des Affenmännchens hingegen ist ihm fremd. Er stellt sich in den Eingang der Höhle, um immer nur je zwei Artgenossen Eintritt zu gewähren. Doch die übrig bleibenden Tiere weigern sich fortzugehen und versuchen sich mit den anderen in die Höhle zu zwängen. Er erklärt seiner Frau, dass der Affenmann, der sie begleitet habe, umkehren müsse, weil er selbst ihr Partner sei, aber der Affenmann lacht ihn aus. Unterdessen entsteht ein großer Tumult und es gelingt dem Mann nicht, die überzähligen Tiere zurückzudrängen. Er wendet sogar Gewalt an, doch sie überwältigen ihn und strömen alle in die Höhle. Auch seine Frau und der fremde Affenmann begeben sich, immer noch eng umschlungen, hinein. Der Mann ruft nach Gott, kann ihn jedoch nirgends finden.

Bei der Korrektur seines Traums entschließt sich der Mann, sich ein Jagdgewehr zuzulegen. Er setzt sich ins Innere der Höhle und schießt auf jeden überzähligen Partner, der gewaltsam eindringen will. Die meisten Tiere sind erschrocken und fliehen. Diejenigen, die weiterhin versuchen ohne Erlaubnis hineinzugelangen, werden von ihm erschossen, ihre Kadaver beiseite geschafft. Als es bereits zu regnen beginnt, treffen die beiden Affen ein: seine Frau und der fremde Affenmann. Seine Frau will sich aus der Umarmung des Affen befreien, doch lässt der sie nicht los. Der Ehemann schießt auf ihn und er bricht vor dem Eingang der Höhle tot zusammen. Die Frau beeilt sich in die Höhle zu kommen, deren Pforte sich unmittelbar hinter ihr schließt. Der Regen wird immer heftiger und spült den Kadaver des Affenmanns den Berghang hinunter.

Während er las, blickte Chamutal hinaus in den hinter dem Gebäude liegenden Garten und beobachtete einen alten Mann, der so klein wie ein Kind aussah und unter großem Kraftaufwand einen Rollstuhl schob. Darin saß eine Frau, vielleicht seine einstige Jugendliebe. Aus ihrem offen stehenden Mund hing die Zunge und ihre Augen blickten stumpf geradeaus, während ihr Körper sich zwischen dem Gurt, der über ihrer Brust lag, und der Rückenlehne des Stuhls hin und her warf und ihr Kopf bisweilen gegen die Schulter des Mannes schlug, als wäre ihr Nacken gebrochen.

Er schaute von dem Blatt auf und sah sie mit großen Kurkaraugen an.

»Damit beschäftigen Sie sich?«

»Ja, die ganze Zeit.« Sie ließ das Paar draußen nicht aus den Augen.

»Beeinflusst das nicht Ihren Alltag?«

»Es ist mein Alltag.« Sie sah, wie der alte Mann eine Papierserviette aus seiner Jackentasche zog und damit sanft über den Mund der Frau fuhr.

Und so nahmen die Dinge ihren Lauf: als diktierte jener Anfang, der sich auf dem Parkplatz zugetragen hatte, das, was künftig zu geschehen hätte; als hätten sie einander in einem früheren Leben gekannt und bräuchten nun Bilder und Worte nur aus der Erinnerung zu schöpfen; als wäre ihr Gespräch die

Fortsetzung einer lange zurückliegenden Konversation, deren einleitende Worte sich nun wie von selbst ergaben; als hätten sie stets gewusst, dass sie sich – träfen sie einander irgendwann wieder – selbst in einer großen Menschenmenge sofort erkennen würden.

Verwundert fragte sie sich, wie sie so viele Jahre, meist mit dem Gefühl, dass alles vollkommen sei, hatte leben können, ohne dass der Mann, dessen Namen sie noch nicht einmal kannte, ein Teil davon war. Seine Gegenwart schien ihr natürlich, als wäre er ihr schon immer nahe gewesen, und die irrsinnige Unruhe, die sie tags zuvor geschüttelt hatte, kam ihr auf einmal befremdlich vor, denn jetzt war sie sicher, dass ihr Gespräch, dem einst ein anderes vorausgegangen war, auch eine Fortsetzung fände. Doch mit ihrem Zusammentreffen verband sich auch Trauer: An diesem Ort, angesichts des kleinen alten Mannes, der sich auf dem Schotterweg abmühte, schien ihr einem Blitz gleich die Erkenntnis auf, wie zerbrechlich das Leben war und wie vergänglich all das, was zwischen ihr und dem Mann, der ihr gegenübersaß, Gestalt annahm. Kein einziges Mal hatte er gelächelt oder vor ihr aufgetrumpft, um sie zu beeindrucken, so wie es zwei Menschen bei ihrer ersten Begegnung meist tun; er wusste, dass es überflüssig war, ihr etwas vorzuspielen, vor allem an einem solchen Ort. Vielmehr spiegelte sich in seinen tief liegenden Augen Besorgnis, als hätte ihn gerade eben die Nachricht von einem schweren Unglück erreicht.

»Ich muss gehen.« Mit Schrecken sah sie auf ihre Uhr, sprang auf und begann die Papiertaschentücher und ihre Schlüssel vom Tisch aufzusammeln und in ihre Tasche zu stopfen. »Ich muss meine Tochter vom Tanzunterricht abholen.«

»Lernt sie Ballett?«

»Jazztanz.«

»Ist sie das Mädchen mit dem Zauberwürfel?«

»Nein.« Aus seinen Worten schloss sie, dass er tags zuvor

durch die Heckscheibe ihres Wagens gespäht hatte, bevor er bis zur Ampel hinter ihr hergefahren war. »Ihre Schwester spielt mit dem Zauberwürfel und außerdem Schach – diese hier tanzt.«

»Danke, dass Sie mit mir Kaffee getrunken haben«, sagte er und dachte dabei nicht an das Kaffeetrinken.

»Danke, dass Sie mich eingeladen haben«, entgegnete sie, um ihm zu bedeuten, dass sie wusste, dass er etwas anderes meinte.

Während sie im Auto vor der Tanzschule wartete, versuchte Chamutal den unvermittelten Gefühlssturm, der in ihr tobte, zu bändigen. Sie nahm den Aktenordner und schaute das Material durch, und obgleich sie wusste, dass sie nicht konzentriert genug war, bemühte sie sich zu lesen:

> TRAUM EINER FRAU, DIE NACH EINEM SELBSTMORDVERSUCH INS KRANKENHAUS EINGELIEFERT WURDE; AUF DEM INTERNATIONALEN SYMPOSION DER UNIVERSITÄT TEL AVIV VORGESTELLT VON DR. EMILIO MORERA VON DER UNIVERSITÄT PADUA.
>
> Es handelt sich um eine Frau von 26 Jahren, allein erziehende Mutter eines viereinhalbjährigen Mädchens. Ihre Eltern, die sehr religiös sind, brachen den Kontakt zu ihr ab, als sie erfuhren, dass sie schwanger war. Der Vater des Kindes, ein verheirateter Mann, unterstützte sie emotional und finanziell und versprach ihr seine Frau zu verlassen und sie zu heiraten, sobald seine anderen Kinder groß wären. Sie planten sogar ein weiteres gemeinsames Kind in die Welt zu setzen. Nach einem Verkehrsunfall wurde der Mann jedoch schwer verletzt ins Krankenhaus eingeliefert. Fortan lag er im Koma und die finanzielle Hilfe für die junge Mutter blieb aus. Eines Tages erschien sein Bruder bei ihr und bedrohte sie: Ihr und ihrem Kind würde

Schlimmes widerfahren, falls es ihr in den Sinne käme, der Familie zur Last zu fallen oder gar die Ehefrau seines Bruders (die weder von ihr noch von dem Kind wusste) über die wahren Verhältnisse aufzuklären.

Mehrere Monate hoffte sie, dass sich der Zustand des Kindsvaters bessern würde; einige Male besuchte sie ihn sogar heimlich. Nach einem halben Jahr, in dem keine Besserung eintrat, spitzte sich die Situation der Frau dramatisch zu. Weil sie die Rechnungen nicht mehr bezahlte, wurden der Strom und das Telefon in ihrer Wohnung abgestellt; zudem lief der befristete Mietvertrag aus und die Bank gewährte ihr keinen Kredit mehr. Schließlich erkrankte ihre Tochter und benötigte eine kostspielige Behandlung; die Frau selbst wurde in immer stärkerem Maße depressiv. Zum fünften Geburtstag des Mädchens machte sie ihm folgendes Geschenk: Sie schrieb einen Brief, in dem sie ihre Tochter zur Adoption freigab, damit sie in einer ordentlichen Familie mit beiden Eltern aufwachse. Noch in derselben Nacht versuchte die Frau sich das Leben zu nehmen, indem sie Tabletten schluckte. Doch dank der schnellen Reaktion ihrer Tochter wurde sie gerettet: Die Kleine alarmierte die Nachbarn, als sie das Röcheln ihrer Mutter hörte.

Die Frau träumt, sie sei bei sich zu Hause. Ein kleines Mädchen ist bei ihr und sie muss viele Dinge gleichzeitig tun. Das Mädchen ist hungrig und schreit in seinem Bettchen. Sie verschüttet Milch und läuft zurück, um einen Lappen zu holen. Im selben Moment klingelt das Telefon. Der Anrufer sagt: »Einen Augenblick bitte«, und schaltet sie in die Warteschleife, wo klassische Musik zu hören ist. Unterdessen klingelt es an der Tür. Sie läuft zu dem Kind, doch da wird die Melodie im Telefonhörer unterbrochen und jemand spricht bedrohlich laut ihren Namen aus. Draußen heult eine Sirene auf und eine Lautsprecherstimme verkündet, dass die Häuser wegen Einsturzgefahr geräumt werden müssten. Sie nimmt das jetzt ohnmächtige Kind aus dem Bett, läuft mit ihm ans Fenster und beugt sich hinaus, um nachzusehen, was los ist. Draußen tobt ein Unwetter. Auf der Straße wimmelt es von Polizisten und die Leute strömen aus den Hauseingängen. Jemand hämmert gegen ihre Tür. Plötzlich reißt eine Windböe das Kind aus ihren Armen, wie ein großer Vogel schwebt es davon. Die Frau rennt die Treppe hinunter auf die Straße, um es einzuholen, doch sie kann es nicht erreichen, es fliegt zu hoch. Der Sturm zerrt heftig an ihr. Zunächst reißt er ihre Armbanduhr ab, dann den Ring und die Haarspangen und all ihre Kleidungsstücke, bis sie vollkommen nackt ist. Plötzlich verliert sie auch das Haar und ihre Brüste und Fingernägel fallen ab. Schließlich fliegen sogar die Eingeweide aus ihrem Körper: das Herz, die Lunge, der Magen, die Gedärme, die Blase, die Eierstöcke und alle anderen Organe, von denen sie viele nicht zu identifizieren vermag. Zuletzt bleibt von ihr nur das Skelett.

Ein Lehrer kommt mit einer Gruppe von Schülern an ihr vorüber. Der Lehrer stellt sie neben einen Baum, und die Kinder setzen sich um sie herum, öffnen ihre Mappen und holen Hefte und Bleistifte heraus. Der Lehrer hält eine Unterrichtsstunde über den menschlichen Körper ab. Er bohrt seinen Stock in sie hinein und erklärt: »Hier war das Herz und hier war das Gehirn.« Sie versucht ihm zu sagen, dass ihr Herz und ihr Gehirn noch existieren, aber sie ist nicht imstande den Mund zu öffnen, denn auch ihre Zähne und ihre Zunge sind abhanden gekommen. Dann bemerkt sie, dass sie auch die Beine nicht mehr bewegen kann, und sieht, wie ihr Kind sich immer weiter von ihr entfernt, bis es nur noch ein weißer Punkt ist, der am Himmel verschwindet.

Die Korrektur des Traums: Während der ersten Sitzung versucht die Frau den Verlauf des Geschehens durch Aggressivität zu ändern. Sie ergreift den Stock des Lehrers, verwandelt ihn in eine Eisenstange und drischt damit auf den Lehrer und die Schüler ein. Danach versucht sie das Kind mit einem riesigen Schmetterlingsnetz zu fangen, doch gelingt ihr dies nicht und sie verletzt es sogar. Bei der zweiten Sitzung macht sie einen anderen Vorschlag: Sie legt sich zunächst hin, um sich mithilfe von Entspannungsübungen zu beruhigen. Anschließend holt sie ihre Eingeweide, ihr Haar und ihre Haut zurück und verwandelt das Skelett wieder in einen weiblichen Körper. Sie kleidet sich an und geht hinaus, um sich auf eine Bank neben dem Hauseingang zu setzen. Der Sturm lässt nach, und fern am Himmel taucht ein weißer Punkt auf: Es ist ihr Kind, das ruhig auf einer Wolke schlummert. Die Wolke kommt näher und legt sich auf ihre Knie. Dann löst sie sich auf und bettet das schlafende Mädchen in ihren Schoß.

(Seite 19, Schrifttype: Times (den ganzen Text unfett mit Ausnahme der ersten beiden Wörter, wie auf den vorigen Seiten); Text in Blocksatz (umrahmt; Trennungen vermeiden, doch nicht zu viel Abstand zwischen den Wörtern lassen); eine Viertelseite für die Todesanzeige von Prof. Ben-Jitzchak vorsehen)

TRAUM EINER MANISCH-DEPRESSIVEN FRAU; AUF DEM INTERNATIONALEN SYMPOSION VORGESTELLT VON DR. ORA SIRKIN VON DER UNIVERSITÄT BEERSCHEVA.

Eine 60-jährige verwitwete Frau, die unter Depressionen leidet und deren Sohn im Libanonkrieg ums Leben kam –

Als die ersten Mädchen auf die Straße traten, unterbrach Chamutal die Lektüre; sie legte die Blätter in den Ordner zurück und hielt Ausschau nach Michal. Nach einer Weile hatten alle Mädchen das Gebäude verlassen, doch Michal war nicht unter ihnen gewesen. Chamutal wartete noch eine Zeit lang, dann stieg sie aus dem Auto und suchte nach der Tanzlehrerin. Als sie sie fand, streifte diese gerade ihre Tanzschuhe ab und zog ihre Cowboystiefel an. Sie erklärte, Michal habe ihr durch eine Freundin ausrichten lassen, dass ihr Hund sich verletzt habe und sie ihn zum Tierarzt bringen müsse.

»Aber gut, dass ich die Gelegenheit habe, mit Ihnen zu sprechen.« Ihr Blick war auf die komplizierte Schnürung der Stiefel konzentriert. »Ist bei Ihnen zu Hause irgendetwas vorgefallen?«

»Was meinen Sie?« Chamutal erschrak.

»Ich weiß es nicht. Sie ist seit einiger Zeit unkonzentriert.« Sie schaute Chamutal forschend an. Und Chamutal, beinahe glücklich, weil sie nun begriff, worum es der Lehrerin ging, sagte mit fester Stimme: »Ihre Großmutter ist ins Pflegeheim gekommen.«

»Und das macht solchen Eindruck auf sie?«

»Bei uns allen hat es Spuren hinterlassen«, sagte Chamutal und war sich ihres pathetischen Tonfalls ebenso bewusst wie der Wahrhaftigkeit ihrer Worte.

Was ihr in der Cafeteria des Pflegeheims als richtig, unvermeidlich und so einfach erschienen war, offenbarte seine ganze bedrohliche Kraft, als sie zu Hause eintraf.

Schon am Gartentor hörte sie das Geschrei der Mädchen, und ehe sie die Tür öffnete und im Wohnzimmer Hila mit vier ihrer Freundinnen sah, ging sie in sich und versuchte sich auf daheim einzustellen, wie ein Tourist, der aus fernen Ländern zurückkehrt und sich bemüht seine innere Uhr wieder der örtlichen Zeit anzupassen.

»Wir brauchten Platz zum Proben, darum sind wir runtergegangen«, erklärte Hila und Chamutal hatte den Eindruck, dass in ihrem Ton keinerlei Feindseligkeit lag. »Aber gleich werden alle brav bye-bye sagen und verschwinden. Ich sterbe nämlich vor Hunger und ich habe im Karton vom Supermarkt leckere Dinge gesichtet.«

Offenbar war ihr die Umstellung nicht vollkommen gelungen, denn noch in der Küche fiel es ihr schwer, sich von dem Gefühl des Schwebens, das von ihr Besitz ergriffen hatte, zu lösen, als hätte sich ein Teil ihrer selbst von ihr abgespalten und gehörte nun nicht mehr ihr. Von einem sicheren Platz aus schien er den Rest von ihr zu locken, indem er ihr die Gefahren, aber auch den Schutz, den jener Ort bot, vor Augen führte: Sie sollte überzeugt werden ganz dort hinüberzuwechseln; deshalb wurden alle Chancen und Konsequenzen eines solchen Schrittes aufgezählt und sie wurde daran gehindert, sich hier, in der Küche, wieder ihrem alten Erscheinungsbild anzunähern und dem Getriebe der Stunde, die dem Abendessen vorausgeht, zu überlassen.

Während sie den Karton auspackte, den der Supermarkt angeliefert hatte, war sie hin und her gerissen zwischen der Routine jener Handgriffe, die ihre Hände gleichsam von selbst erledigten, und dem Gedanken an das Neue, das in ihr Leben eingebrochen war und ihm eine Aura des Unwirklichen aufzwang. Lange starrte sie auf einen Becher Himbeerjoghurt – die seltsam gerundete Frucht erinnerte sie an Ohrringe, die sie einmal getragen hatte.

Wie von fern, als trennten sie weit mehr als sieben Schritte, hörte sie undeutlich, was im Wohnzimmer vorging: Hila und ihre Freundinnen probten eine Szene aus einem Theaterstück und machten sich ständig übereinander lustig, Michal jagte quer durchs Zimmer dem Hund hinterher, um dessen Verletzungen zu desinfizieren, und im Hintergrund lief ein Nachrichtenbericht über bis aufs Skelett abgemagerte Kinder, die in einem Keller eines abgelegenen Dorfes in Irland gefunden worden waren.

Während Chamutal noch immer die Himbeere betrachtete sann sie über Hilas überraschende Freundlichkeit nach und beschloss, sich zu zwingen wieder zu sich zu kommen, aus dieser albernen, aus Hoffnung und Nervosität bestehenden Stimmung, die sie nun schon seit zwei Tagen im Griff hielt, auszubrechen und in ihr Zuhause zurückzukehren. Mit schnellen, präzisen Handgriffen leerte sie den Karton, während sie tadelnd und mit größtmöglicher Überzeugungskraft Zwiesprache mit sich hielt und dabei das seit dem Vortag Geschehene rekonstruierte und befand, dass alles nur eine Täuschung gewesen sei. Denn was war vorgefallen? Sie war gebeten worden mit einem nicht besonders freundlichen Fremden zu reden, und das, was sie ihm ausrichten sollte, hatte sie in Verlegenheit gestürzt. In einem Zustand leichter Beklommenheit hatte sie Emotionen nachgegeben, die der Situation nicht angemessen waren, einem vermeintlichen Gefühl der Nähe, die einzig in ihrer Fantasie existierte; und der Fremde hatte, dank seines Jagdinstinkts, ihre Unsicherheit gespürt, er hatte ihre Schwäche für die melancholische Stimmung, die er so gut zu erzeugen verstand, gewittert und sie zu einer Tasse Kaffee eingeladen. War darüber hinaus überhaupt etwas vorgefallen? Nicht einmal seinen Namen kannte sie, und als er angefangen hatte, über den Prostatakrebs seines Vaters zu sprechen, hatte sie Ekel empfunden und eine belanglose Frage gestellt, um das Thema zu wechseln. Bestand wirklich eine Verbindung zwischen ihr und ihm? Wie konnte sie sich einbilden, er bedrohe die Konstanten ihres Daseins? Siehst du, jetzt kannst du sie deutlich hören: Hila, die den Sieg über ihre Freundinnen davongetragen hat und laut jubelt, und Michal, die so liebevoll und zärtlich zu dem jaulenden Hund spricht. Wie kann man da glauben, eine Zufallsbekanntschaft, ein Mann von der Straße, namenlos und ohne Bedeutung, brächte all dies ins Wanken? … Beschwingt zog sie die Eierpackung aus dem Karton, doch sie musste feststellen, dass er völlig durchweicht war: Aus den zerbrochenen Schalen hatten sich das Eiweiß und Eigelb in die Vertiefungen des Pappbehälters ergossen.

Plötzlich trat Hila in die Küche, um Saft für ihre Freundinnen zu holen, und blieb vor ihrer Mutter stehen.

»Ist alles in Ordnung mit dir?«

Spontan stellte Chamutal den Eierkarton ab, ging zur Tür und schloss sie. Sie wollte den günstigen Augenblick und ihre neuerliche Entschlossenheit nicht verpuffen lassen.

»Hila, ich wollte dich nach dem Besuch in meinem Büro fragen.«

»Ich hab dir doch schon gesagt, das hat sich erledigt.« Ihre Stimme klang eher überdrüssig denn aggressiv.

»Ich muss wissen, ob es wirklich um die Mathematiknote ging«, sagte Chamutal in Richtung des Rückens ihrer Tochter, die noch immer in den geöffneten Kühlschrank blickte.

Hila wandte sich um und schaute ihre Mutter neugierig an. Chamutal erinnerte sich an ihren Wutausbruch vom Vortag, an dem sie bereit gewesen war dieses Gesicht zu schlagen.

»Mathematik, Physik oder sonst was – ist doch egal.« Chamutal wurde sich des ehrlichen Erstaunens ihrer Tochter bewusst und mit einem Mal war ihr leichter ums Herz.

Bis Arnon heimkam, ging sie geschäftig ihren häuslichen Aufgaben nach. Und als wäre es nur ein Theaterstück, das sie gesehen hatte, vergegenwärtigte sie sich, wie sie ihrer Einbildung gestattet hatte sie in ein Abenteuer mit einem fremden Mann zu verstricken; sie war verwundert über sich selbst und die Tatsache, dass sich der Mensch derart überraschen kann. »Ich bin es, Chamutal – Chamutal.«

Später, als Arnon aus der Dusche kam, nachdem Hilas Freundinnen nach Hause gegangen, der Hund beruhigt und die Nachrichtensendung beendet waren, versammelten sie sich alle vier um den Tisch unter dem leuchtenden Schirm der Muranoglaslampe, aßen und planten von neuem den schon so oft verschobenen Ausflug zur großen Schlucht. Und Chamutal, die gut gelaunt zuhörte und eine Scheibe Brot aus dem Korb nahm, den Hila ihr mit einer ausladenden, großzügigen Armbewegung reichte, war überzeugt, dass die Präsenz des Mannes in der grünen Jacke zu Dunst zerstoben war. Michal begann von den Umtrieben des dummen Katers der Nachbarn zu berichten. »Egal, wo man ihn hinschmeißt, er fällt immer auf den Kopf«, prustete sie los und amüsierte sich über ihren eigenen Witz, während Hila von einem Nachbarn zu erzählen anfing, der sein Auto neuerdings in der Dizengoffstraße gegenüber der Polizeiwache parkte, weil die Kinder aus der Nachbarschaft es ständig beschädigten. Danach sprach Michal von ihrem Besuch beim Tierarzt und machte alle Hunde, die sie dort gesehen hatte, samt ihren Herrchen nach; besonders ein Tier hatte es ihr angetan, das Experte im Schnullerlecken war und alle zwei Monate wegen verschluckter Schnuller am Magen operiert werden musste.

»Schnullerlecken … Wer behauptet, dass Hunde dumm sind?«, sagte Arnon ohne von der Scheibe Brot, die er gerade bestrich, aufzublicken. Er schien zu sich selbst zu sprechen. Hila verstummte; sie schaute ihn an wie einen Agenten, der ein geheimes Losungswort öffentlich preisgab, und fragte vorsichtig: »Worauf willst du hinaus, Papa?«

»Was redest du so bedeutungsschwanger? Wie ein Richter vom Obersten Gerichtshof.«

»Ich glaube, ich weiß, was du meinst.«

»Und was, glaubst du, meine ich?«

»Etwas Unanständiges.«

»Wie kommst du denn darauf?«, mischte Michal sich ein. »Das ist nichts Unanständiges, sondern ein Euphemismus.«

»Ein was?«, fragte Arnon.

»Du weißt nicht, was ein Euphemismus ist?!«

»Nein, ich war nur auf einer Kibbuzschule. Da wissen nicht mal die Lehrer, was so etwas ist.«

»Na, ein Euphemismus ist, wenn man das Gegenteil von dem sagt, was man meint, so ungefähr.«

»Schön, dann habe ich jetzt etwas gelernt. Wovon war eben die Rede?«

Allmählich kam Chamutal zu sich und in alle Regionen ihres Körpers zog Ruhe ein. Sie erinnerte sich, wie sie noch am Morgen gefürchtet hatte, ihre ganze Existenz würde zusammenbrechen, und dachte über das Wunder nach, dass manche Probleme sich ganz von allein lösten.

Sie lehnte sich zurück, lauschte den geliebten Menschen und dem verheißungsvollen Flüstern, das ihre Worte in sich trugen, und stellte sich vor, wie sie dereinst, wenn sie auf einer Pflegestation läge und sich die vollkommensten Minuten ihres Lebens, jene Augenblicke, die die Quintessenz des Daseins selbst enthielten, in Erinnerung riefe, diesen Augenblick aus den Tiefen ihres Bewusstseins zurückbeordern würde: den Lichtschein, der über ihren Köpfen leuchtete, das Lachen der Mädchen, den Brotkorb, der von Hand zu Hand wanderte, das Marmeladenglas, das Michal ihrem Vater reichte, damit er den widerspenstigen Deckel lockere, die Flüche, unter denen er ihn öffnete, den Hund, der satt und zufrieden zu ihren Füßen ruhte, und den intensiven Duft des Clementinenbaums aus dem Garten der Nachbarn.

Gab es einen Zusammenhang zwischen der plötzlichen Fremdheit, die sie in den zurückliegenden Wochen gegenüber ihrem Zuhause und ihrer Familie empfunden hatte, und der Pflegestation? Zehrte Letztere an ihren Kräften und machte sie allem anderen gegenüber gleichgültig? Hatte sie den Dingen, die in ihrem Leben passierten, eine fantastische Bedeutung beigemessen, als identifizierte sie sich unbewusst mit ihrer Mutter, die die Realität nicht mehr begriff?

»Unsere Mutter träumt heute«, sagte Hila vorwurfsvoll, indem sie ihre Hand in die Salatschüssel führte und eine unversehrte Gurke herausfischte, die sie wie ein Kind, das eine tote Maus aufhebt, mit spitzen Fingern am Stängelansatz hielt. »Guckt mal, was für einen fein geschnittenen Salat sie uns vorsetzt!«

Chamutal erschrak angesichts der Attacke, die sie grausam aus ihren Gedanken riss.

»Was ist heute mit unserer Mutter los? Warum träumt sie nur?«, wiederholte Hila und sie dehnte die Worte, als erzählte sie eine Geschichte für kleine Kinder.

»Hila«, tadelte Michal sie, »das ist nicht nett.«

»Auch der Salat nicht«, erwiderte Hila und schwenkte die Gurke hin und her.

»Hör sofort damit auf«, befahl Chamutal, erstaunt über den brutalen Ton, der aus ihrer Kehle schlug.

Es war offensichtlich, dass sie unangemessen aggressiv reagiert hatte, denn nahezu gleichzeitig wandten Arnon und die Mädchen ihr die Gesichter zu und schauten sie verwundert an wie Menschen, die im vertrauten Kreis beisammensaßen und mit einem Mal einen Fremden in ihrer Mitte entdeckten.

»Womit soll ich aufhören?«, fragte Hila, während die Gurke weiter zwischen ihren Fingerspitzen baumelte.

»Damit«, schrie Chamutal und schlug ihr auf die Hand, so dass die Gurke in die Schüssel zurückfiel.

Arnon beugte sich zu Chamutal vor, aber sie wich zurück. Es schien ihr, als wäre sie aus Glas und als könnte Arnon in sie hineinblicken und problemlos ihre Gedanken lesen und sehen, wie die Rädchen in ihrem Gehirn fiebrig rotierten, während sie sich bemühte in gemäßigtem Ton zu sagen: »Ich kann es nicht leiden,wenn man Essen anfasst. Das ist alles. Ich kann es einfach nicht leiden.«

Um den Tisch wurde es still und Chamutal hörte sich sprechen, ohne zu merken, wie absurd ihre Worte waren: »Ich verstehe nicht, was heute los ist. Der Supermarkt hat die Waren geliefert und von zwölf Eiern waren acht zerbrochen.«

Alles schwieg und Chamutal glaubte, sie wären traurig über die Störung des Familienfriedens und über die Bedrängnis, in die Hila sie gebracht hatte. Doch dann vernahm sie Arnons Stimme, die in ruhigem, gleichmütigem Ton sagte: »Was meinen Euer Ehren vom Obersten Gericht zu diesem Fall?« Chamutal zuckte in ihrem Stuhl zusammen.

»Zum Thema Eier hätten wir etwas Wichtiges zu bemerken, aber es wäre unanständig in Anbetracht der Ehre des Hohen Gerichts«, sagte Hila in gespielt seriösem Ton und Arnon brach in Lachen aus. Michal hingegen gelang es, noch einen Augenblick an sich zu halten und die Solidarität mit ihrer Mutter zu wahren. Dann jedoch musste sie sich geschlagen geben und stimmte in das Gelächter der Schwester und des Vaters ein.

Unbeholfen erhob Chamutal sich; dabei rang sie mit ihren Gliedern, die ihr ausgerechnet jetzt den Dienst versagten und sie wie ein Anker in den Stuhl zurückzogen. Mit Mühe raffte sie sich hoch, presste ihren Körper durch den schmalen Zwischenraum zwischen Stuhl und Tisch und lenkte ihn zur Toilette; sie war wie ein Blinder, der den Weg kennt, ihn jedoch nicht sieht, und ihr Mut sank, je länger sie die anderen lachen hörte. Als sie die Tür hinter sich verschlossen hatte, klappte sie den Toilettendeckel herunter und setzte sich darauf. Sie fühlte sich klein und zerbrechlich und sehr einsam. Später hielt sie den Kopf unter den Wasserhahn und ließ das Wasser ihr Haar durchnässen. Als sie sich wieder aufrichtete und in den Spiegel blickte, sah sie ihr vom Kummer graues Gesicht und ihr Haar, das an ihrem Schädel und ihren Wangen klebte, und dachte an den Mann, der sich den Kopf gestoßen hatte und von Wasserhähnen träumte, die platzten und seine Wohnung überfluteten. Und plötzlich erlag sie einer Sehnsucht, deren Bedeutung und Macht sie zuvor nicht erahnte: Für den Mann mit der grünen Jacke hatte sie längst einen Platz in ihrem Leben geschaffen.

Zweites Kapitel

»Schau genau hin und erinnere dich: Das ist deine Mutter, das dein Vater, und das bist du im Alter von fünfzehn Jahren«

(Seite 34, Schrifttype: Times (unfett oder fett wie oben, jedoch die gefetteten Wörter zugleich kursiv); Platz lassen für eine Anzeige der Akademie für Alternativmedizin (Größe steht noch nicht fest) oder ersatzweise Traueranzeige (Prof. Jochanan Gratin)

Traum eines Mannes, dessen Unterkörper infolge eines Verkehrsunfalls gelähmt ist; dem internationalen Symposion vorgelegt von Professor Henry Wasserman von der Duke University, North-Carolina.

Der Mann träumt, dass er durch ein Gebirge läuft. Während er läuft, sieht er das Haus seiner Eltern. Seine Mutter steht im Garten und hängt seine Unterhosen zum Trocknen auf. Neben ihm geht ein Tier, das er allerdings keiner Spezies zuzuordnen vermag. Es knurrt ihn an und weicht nicht von seiner Seite, als wäre es sein Schatten; und er weiß, dass es ein männliches Tier ist. Nach und nach gesellen sich weitere Tiere hinzu: Löwen, Tiger, Gazellen. Plötzlich versinkt alles in einem lärmenden Chaos und die Landschaft ist nicht mehr zu erkennen. Ihm wird klar, dass die Tiere einen Wettkampf austragen und dass auch er daran teilnimmt. Er rennt, so schnell er kann, und beinahe gelingt es ihm, die anderen Tiere hinter sich zu lassen. Doch dann schaut er ihnen in die Augen: Es sind die Augen von Raubtieren, allesamt Weibchen. Nun weiß er, dass sie ihn fressen werden, wenn er vor ihnen ans Ziel kommt, und so drosselt er sein Tempo immer mehr, bis er stehen bleibt und sie in der Ferne verschwinden sieht. Auch das männliche Tier, das sein Schatten war, ist verschwunden. Endlich fühlt er sich in Sicherheit, doch ohne seinen Schatten auch einsam und verlassen. Unterdessen hängt seine Mutter weiter Wäsche auf und er erkennt, wie sie ihn selbst aus dem Korb zieht, zerknittert und ausgewrungen, und ihn glatt streicht, als wäre er ein T-Shirt. Er schreit vor Schmerz auf, aber sie hört ihn nicht, hängt ihn auf die Leine und befestigt ihn mit metallenen Klammern, die seine Hoden durchspießen.

Bei der Traumkorrektur schlug der Mann folgendes Ende vor: Nachdem sich die Tiere entfernt haben, verliert er das Bewusstsein und fällt hin. Seine Mutter schreit auf, und die Tiere bleiben stehen. Sie nähern sich, bilden einen Kreis um ihn und betrachten ihn, während er auf dem Boden liegt. Dann streicheln sie ihn und lecken ihn mit ihren Zungen. Schließlich setzt er sich auf den Rücken einer Löwin, die ihn in das Haus seiner Mutter trägt.

Chamutal las die Niederschrift dieses Traums immer wieder. Insbesondere der Mutter, die die Unterhosen ihres Sohns zum Trocknen aufhängt, galt ihr Interesse. In ihrem Elternhaus fiel Chamutal die Aufgabe zu, die Wäsche aufzuhängen, und sie erinnerte sich des Ekels, der sie befiel, wenn ihre Hände die feuchte Unterwäsche ihrer Eltern berührten: die Schlüpfer und Büstenhalter der Mutter und die Unterhosen des Vaters, die sie mit spitzen Fingern aufnahm und vor den Augen der Nachbarn zu verstecken suchte, indem sie sie hinter Handtüchern und Bettbezügen platzierte, auf der Leine direkt an der Mauer.

Sie verscheuchte den Gedanken und zwang sich in den Packen Unterlagen vor ihr zu schauen: der Fall eines Mädchens, das als Einzelkind bei seiner Mutter lebte, weil seine Eltern sich hatten scheiden lassen. Es träumte immer, wenn es von seinen Besuchen beim Vater zurückkehrte; der Vater hatte noch einmal eine jüngere Frau geheiratet, die ihm Zwillinge gebar. Alle Träume handelten von Unglücken, die den Zwillingen zustießen; meist stürzten sie in ein tiefes Loch ... – Die bedrückenden Visionen, die eine Holocaust-Überlebende seit einer Polenreise heimsuchten. Dort war sie zu dem Haus gegangen, in dem sie bis zum Alter von zwölf Jahren gelebt hatte, und zu dem Kirchhof, wo sie von ihren Eltern hatte Abschied nehmen müssen. Meist begannen ihre Träume mit einem angenehmen Erlebnis, das dann gewaltsam unterbrochen wurde ... – Träume eines Kindes, das seine Briefmarkensammlung einbüßte, weil der fünfzehnjährige Bruder im Zimmer des Kindes mit einer brennenden Zigarette einnickte und einen Brand verursachte ... – Träume eines Taxifahrers, der eine behinderte Frau, die die Fahrbahn überquerte, totfuhr ... – Träume einer jungen Lehrerin, die von dem Vater eines ihrer Schüler, einem polizeibekannten Verbrecher, bedroht wird. Der hatte die Absicht geäußert, ihrem kleinen Sohn etwas anzutun ... – Träume einer Blinden, die als Telefonistin arbeitete und zufällig mit anhörte, wie –

Um Punkt halb sechs unterbrach sie ihre Lektüre mitten im Satz, legte den Briefbeschwerer auf den Unterlagenstapel und rief zu Hause an, um sich zu versichern, dass Michal schon daheim war, und um Bescheid zu geben, dass sie selbst erst später käme. Danach verließ sie eilig das Büro.

Schon vom Sitz ihres Autos, das sie vor der Pflegestation abstellte, sah sie ihn: Er stieg gerade aus seinem Wagen. Obgleich sie sich unterwegs auf den Augenblick der Begegnung vorbereitet hatte, indem sie sich einbläute, sie müsse vernünftig bleiben, begann bei seinem Anblick ihr Herz zu rasen, und ihre Augen hefteten sich an ihn und folgten ihm: Ihn zum ersten Mal von hinten betrachtend beobachtete sie, wie er raschen Schritts zum Eingang des Gebäudes ging. Manches an ihm kam ihr vertraut vor: die Bewegungen eines Mannes, der immer in Eile war, die Ungeduld, mit der seine linke Hand in die Sakkotasche fuhr, und die Art, wie sein Kopf sich gleichsam tadelnd nach links neigte. Und doch wirkte er vollkommen fremd – vielleicht war sein marineblaues Jackett daran schuld, dass sie einen Augenblick zweifelte, ob er es wirklich war.

Von der Mischung aus Bekanntem und Unbekanntem fasziniert versuchte sie ihre Finger im Zaum zu halten die nervös zur Hupe schnellten. Er aber, als hätte er tatsächlich ein Hupen gehört, schaute sich, als er den Weg betrat, um, sah sie und blieb stehen. Er hob seine Rechte wie zum Schwur, während seine Linke in seiner Sakkotasche verharrte. So stand er da und erwartete sie.

Chamutal rührte sich nicht. Sie wusste, dass es zu spät war, um ihr Make-up in Ordnung zu bringen; sie betrachtete sich flüchtig im Rückspiegel und stellte fest, dass der Lidschatten verblasst und in ihrem Mundwinkel das Rot des Lippenstifts verwischt war. Sein Blick zwang sie auszusteigen. Dabei streiften ihre Augen den Zauberwürfel, der noch immer auf der Ablage unter der Heckscheibe lag.

Als sie auf ihn zuging, trat er ihr einen Schritt entgegen, als vollziehe er ein Ritual. Dann reichte er ihr die Hand, eine Geste, die Chamutal unangebracht feierlich vorkam; er schien Regeln zu gehorchen, die sie nicht kannte. Wieder ergriff jenes Gefühl der Nähe und Fremdheit von ihr Besitz.

»Nach unserem letzten Treffen fiel mir auf, dass ich unhöflich war. Ich habe mich gar nicht vorgestellt. Scha'ul Inlander ist mein Name.«

Zwischen seinem Daumen und seinen übrigen Fingern tat sich eine Lücke auf, in die es ihre Hand hineinzog wie ein Tier, das in eine Falle ging. Er umschloss ihre Hand und in der Wärme verschmolzen ihre Handflächen. Diese erste Berührung war angenehm und vertraut. Ihre beider Hände hielten inne und gestatteten der Wärme weiter vorzudringen; zugleich versuchten sie einander zu erkennen oder etwas übereinander zu lernen.

»Ich glaube, wir kennen uns schon gut genug, dass ich auch Ihren Namen erfahren darf.«

»Chamutal«, offenbarte sie ihm.

»Ist das nicht ein biblischer Name?«

»Genau wie Scha'ul«, entgegnete sie und setzte ihren Fuß auf den Bürgersteig, während ihre Hand noch in seiner gefangen war.

»Mir kommt es vor, als wären wir uns schon früher einmal begegnet«, sagte er und gab sie mit nachdenklicher Miene frei. Ihr Herz schlug schneller.

Im Fahrstuhl gerieten sie in die Gesellschaft Fremder, doch waren sie nun nur noch wenige Zentimeter voneinander entfernt: Sie standen einander gegenüber und Chamutals rechte und seine linke Schulter lehnten am Spiegel. Als fühlten sie sich wegen der körperlichen Nähe, die überraschend zwischen ihnen herrschte, schuldig, wagten sie es nicht, einander anzuschauen. Wäre sie mit ihm allein gewesen und hätte den Vorsatz, den sie auf der Herfahrt gefasst hatte, vergessen können, ja hätte sie genügend Mut und Entschlusskraft besessen, so hätte sie schweigend den Kopf auf seine Schulter gelegt, um ihr Gesicht an seinen Hals zu betten, an die Haut zwischen dem Kragen seines marineblauen Jacketts und seinem Ohrläppchen, an diese Stelle, die nach Eukalyptus duftete und sich gewiss wohlig warm anfühlte. Aber sie blieb regungslos stehen, das Gesicht zu den aufleuchtenden Stockwerknummern gereckt. In der fünften Etage verließen sie den Fahrstuhl; sie ging voraus und er folgte ihr. Vorsichtig bewegten sie sich an den Rollstühlen vorbei, die an der Wand des Flurs standen, und wussten nicht, worüber sie miteinander sprechen sollten. Erst als sie vor den Zimmern ihrer Eltern anlangten, sagte er: »Darf ich Sie um sechs einladen?«

»Heute bin ich an der Reihe.«

Ihre Mutter schlief. Offenbar hatte der Zustand der Frau namens Rivka, die noch am Vortag in dem Bett am Fenster gelegen hatte und von ihren Töchtern und Enkelkindern liebevoll gestreichelt worden war, sich über Nacht derart verschlechtert, dass sie woandershin gebracht worden oder vielleicht sogar schon tot und begraben war. In dem freien Bett saß jetzt eine kleine, verängstigte alte Frau, die in ihren Kissen zu versinken schien. Seitlich auf ihrer Matratze thronte eine blasse, in Schwarz gekleidete etwa vierzigjährige Dame, die die alte Frau beinahe an die Wand drückte. Auf ihrem schwarzen Schoß raschelten Fotografien, von denen sie eine hervorgezogen hatte und vor die Augen der Greisin hielt.

»Wer ist das, Mama?«

Verschreckt sah die alte Frau auf das glänzende Quadrat.

»Wer ist das?« Die Frau in Schwarz ließ nicht locker; die Spitze ihres Zeigefingers tanzte auf der Oberfläche des Fotos. »Und das? Wer ist das?«

Hilflos schaute die Alte auf das Stück Papier, während ihre Züge sich zum Weinen verzogen, und schüttelte verzweifelt den Kopf.

Unvermittelt wandte die Frau in Schwarz sich zu Chamutal und sagte: »Ihre Erinnerung ist wie ausgelöscht. Ich begreife das nicht. Vor einer Woche noch ging es ihr bestens. Dann bin ich für fünf Tage nach München gereist und als ich zurückkam, hatte sie das Gedächtnis verloren.«

Sie drehte sich wieder zu der kleinen Frau, die zu weinen begann, obwohl sie noch immer, einem eifrigen Schulmädchen gleich, das Foto betrachtete.

»Es ist zwei Monate her, da wurde eine Geschwulst an ihrem Sehnerv entdeckt«, sagte die Frau nun wieder zu Chamutal. »Aber wegen ihres Herzens darf sie nicht mehr unter Vollnarkose operiert werden, sie hat vor dreieinhalb Jahren mehrere Bypässe bekommen. Der Professor sagte, dass sie jeden Moment erblinden kann, und was passiert, sie verliert das Gedächtnis!«

Sie erschrak über ihre Worte und besann sich, dass eine gewaltige Aufgabe vor ihr lag; so wandte sie sich wieder der alten Frau zu, die sich kauernd gegen die Wand presste.

»Schau genau hin und erinnere dich«, forderte sie unbeirrt. »Das bist du, vor ungefähr drei Jahren. Damals wohnten wir noch in der Habakukstraße. Erkennst du den Balkon vor der Küche, wo du den Wäschekorb mit dem Strohdeckel befestigt hattest? Sieh mal, da ist sogar der Knoblauchzopf, den du an dem Gerüst an der Wand aufgehängt hattest. Und das ist dein Bruder Dudik. Er erzählte ständig lustige Geschichten, genau wie du. Er war zu Schoschanas Hochzeit gekommen. Hier sitzen wir im Esszimmer neben der Küche. Das bin ich und das ist Schoschana, und hier, mit dem Gipsverband, das ist Chaimke. Er war vom Fahrrad gefallen und hatte sich die Hand gebrochen. Wir trinken Kaffee aus dem Feiertagsservice von Rosenthal, das mit den roten Blüten, erkennst du es wieder?«

Mit Erstaunen betrachtete die Alte das Foto. Wahrscheinlich suchte sie einen Zusammenhang zwischen den Sätzen, die sich aus dem Mund der schwarz gekleideten Frau ergossen, und dem, was sie auf dem Bild sah. Ihre Tochter ließ sie das Foto lange anschauen, das sie mit ruhiger Hand, nur die Ränder umfassend, vor ihr Gesicht hielt, während sie mit der anderen Hand ihren mageren Oberarm streichelte.

»Schau genau hin und erinnere dich«, wiederholte sie mit einer Stimme, die weder drängend noch nachgiebig klang und einer Lehrerin zu gehören schien, die geduldig zu einem begriffsstutzigen Kind spricht. »Das ist deine Mutter, das dein

Vater, und das bist du im Alter von fünfzehn Jahren. Und jetzt sieh hierher: Das ist Riki, unser Hund. Er kam immer zu uns ins Bett und du schimpftest deswegen. Später wurde er überfahren, weil er schon alt und zu träge zum Weglaufen war. Das ist Schoschana, deine Tochter, mit Morane, deinem ältesten Enkelkind. Morane kam in Jerusalem zur Welt und es hatte geschneit, als wir sie zum ersten Mal besuchten. Du sagtest, dass sie so schön wie ein Schneeglöckchen sei. Und das, schau dir das an: Erinnerst du dich noch an die Reise nach Frankreich? Wie das halbe Flugzeug ›Jerusalem aus Gold‹ sang und die französische Stewardess von dem Gegröle ganz kirre wurde? Und weißt du noch, wie wir Papa einen Mantel kauften, der zu klein für ihn war? Schließlich bekam ihn Schoschanas Mann. Und du hattest dir eine grüne Perlenkette mitgebracht, die später im Habima-Theater mitten in einer Vorstellung riss. Die Perlen kullerten auf den Boden und machten einen Riesenkrach, so dass der Schauspieler dich streng anguckte. Und hier haben wir Chaimke in Uniform. Damals bekam er eine Auszeichnung, weil er einer der besten Rekruten war. Er war zum Staatspräsidenten eingeladen und das Foto entstand während der Feier. Die ganze Zeit über weintest du. Du hattest am Schluss ganz rote Augen, weißt du noch?«

Chamutal saß am Bett ihrer schlafenden Mutter und lauschte der Lebensgeschichte der kleinen Frau, deren Erinnerungen so plötzlich verloren gegangen waren. Sie überlegte, ob die tauben Gedächtniszellen der Schweigenden vielleicht nicht abgestorben, sondern nur vorübergehend ohnmächtig wären und sich jetzt, in diesem Moment, erholten, indem sie Laute und Bilder zusammenfügten, so dass das Leben der alten Frau vor deren Augen wiedererstände. Doch ebenso gut war es möglich, dass die Namen der Orte, an denen sie gewohnt hatte, und die Namen ihrer Kinder und Enkelkinder fremd blieben und sie sich fragte, woher plötzlich die Frau mit den schwarzen Kleidern kam, die sich auf ihr Bett gepflanzt hatte und sie fast an die Wand drückte, und welche Bedeutung die bunten Quadrate hatten, die sie ihr vor die Nase hielt. Unwillkürlich empfand Chamutal Bewunderung für die Geduld der schwarzgekleideten Dame, die eine Fotografie nach der anderen zur Hand nahm und die Geschichte ihrer Mutter Jahr für Jahr rekonstruierte, ja, die versuchte, ihrem erloschenen Gedächtnis Lebenskraft einzuhauchen, indem sie mithilfe einer Lupe noch kleinste Details sichtbar machte, um so das störrische Gehirn zum Nachgeben zu zwingen.

»Schau, welche Fotos ich im Schrank bei den Handtüchern gefunden habe: die Renovierung der Wohnung in der Glikstraße, bevor wir dort einzogen. Das ist das Wohnzimmer und das der Balkon, man erkennt sogar das Wohnzimmer des jungen Paares von gegenüber, das immerzu stritt. Erinnerst du dich noch an ihr Gezeter? Hier stand der Tisch und hier war das Gemälde mit der Mutter, die ihr Kind hält. Daneben hingen das Zeugnis von Schoschana, die am selben Tag geboren wurde wie der Staat Israel, und das Foto, auf dem sie dasitzt und Eis isst. Hier siehst du euer Schlafzimmer. Da ist ja auch der Schrank mit den Schubladen, in die du immer deinen Schmuck legtest. Erinnerst du dich an den Ring, den Papa dir zum dreißigsten Hochzeitstag schenkte? Schau durch die Lupe, dann kannst du besser sehen. An der Wand hing Rivkas Wandteppich mit den blauen Blumen. Du kennst doch noch Rivka, Papas Cousine aus dem Kibbuz? Chaimke behauptete, blaue Blumen gäbe es nicht, und sie schleppte ihn auf das Feld hinaus und zeigte ihm einen blau blühenden Dornbusch. Außerdem sang sie in einem Chor, und einmal waren wir in einen Saal in Tel Aviv eingeladen, um sie singen zu hören. Sie winkte uns von der Bühne aus zu, weißt du noch?«

Beklommenheit senkte sich über Chamutal, während sie von den großen und kleinen Ereignissen hörte, die sich in den Lebensjahrzehnten der Frau zugetragen hatten und die ihr in nur einer Woche entfallen waren. Welchen Nutzen hat das Dasein, wenn nur noch der Körper präsent ist, der ohne Sinn und Verstand, einem wandelnden Skelett gleich, weiter existiert? Und wie kommt es zu dieser rätselhaften Entleerung, die sich vollzieht, als würde ein überflüssiger Entwurf ausradiert, mit dem die Gerüche, Farben und Geschmäcker verschwinden, die Eindrücke so vieler Jahre, die bald ruhig, glücklich, voll Hoffnung, Erwartung und Genuss, bald voller Zweifel, Qual, Bedrohung und Enttäuschung, voller Reue und Sehnsucht waren? Wie kann sich ein Mensch so einfach von der Welt verabschieden, um nur als leere Hülle zurückzubleiben, als wäre nichts um ihn und als hätte er nie etwas kennen gelernt?

Als die Frau die Augen schloss, nahm ihre Tochter die Fotografien und schob sie in einen schwarzen Samtbeutel. Danach streichelte sie vorsichtig die Stirn ihrer Mutter, erhob sich, grüßte Chamutal zum Abschied und verließ das Zimmer.

Chamutal verharrte in ihrem Stuhl; ihr Blick ruhte auf der Stirn, die soeben liebkost worden war, und die vielen glücklichen Erinnerungen der Frau in Schwarz zogen noch einmal an ihr vorüber: wie sie mit ihrer Mutter und ihrer Schwester auf dem Balkon der Küche in der Habakukstraße saß, unter den Knoblauchzöpfen, die an der Wand befestigt waren; wie sie gemeinsam über die lustigen Geschichten lachten; und wie Riki, der Hund, neben dem Tisch stand und darauf wartete, die Reste der Mahlzeit zu bekommen. Die Hand, die die greise Stirn berührt hatte, erinnerte sich gewiss an all dies, dachte Chamutal und spürte vor Neid ein Ziehen. Woher sonst nähme sie die nötige Liebe, um ihren Fingern so viel Zärtlichkeit zu verleihen?

Wie eine Puppe öffnete Chamutals Mutter die Augen; sie schaute verwirrt und mit suchendem Blick. Unter großer Anstrengung stützte sie sich auf die Ellbogen und richtete ihren Blick auf Chamutal, die an ihrem Bett saß.

»Ich bin es, Mama – Chamutal.«

Der Blick der Mutter schweifte zum Eingang des Zimmers.

»Kommen sie nie wieder?«, knurrte sie mit einer Aggressivität in der Stimme, die nichts Gutes verhieß.

»Wer?«

»Die Betrüger.«

»Welche Betrüger?«

»Deine Betrüger.«

»Wenn du Arnon und die Mädchen meinst –«

»Du weißt schon, wen ich meine. Die Betrüger eben.«

»Ich verbiete dir so von ihnen zu sprechen.«

»Es sind Betrüger, und schlimmer noch, sie sind Mörder.«

»Wie kannst du es wagen, so etwas zu sagen!«

»Genau das sind sie: Mörder!«

»Wen haben sie umgebracht?«

»Niemanden, aber sie werden es tun.« Ihre Augenlider begannen zu flattern.

»Wen werden sie umbringen?«

»Dich.«

»Mich?«

»Ja, sie wollen dich töten. Das war deutlich in meinem Traum zu erkennen.«

»Du hast geträumt?«, fragte Chamutal verblüfft.

»Ja, ich habe alles im Traum gesehen.«

»Ich wusste nicht, dass du träumst.«

»Weshalb sollte ich nicht träumen?«

»Du hast nie davon gesprochen.«

»Es war nicht wichtig.« Ihr unsteter Blick gehörte einer Kranken, doch im Ton ihrer Stimme lag eine Entschlossenheit, die sie an die frühere Natur ihrer Mutter, an Schifra die Oberschwester, erinnerte. Chamutal wurde sich bewusst, dass sie unwillkürlich wie zu dieser gesprochen hatte, mit derselben Logik, deren sie sich einst im Umgang mit ihrer Mutter bediente.

»Was genau hast du gesehen?«

»Den ganzen Plan. Das Verbrechen ist längst vorbereitet. Es wird verübt werden, wenn du allein im Haus bist. Du wirst daheim sein, während sie angeblich auf Reisen sind.«

»Aber wir verreisen immer zusammen. Ich bleibe nie allein zu Hause.«

»Doch, du wirst dort allein sein. Und sie werden es so einrichten, dass die Fenster und die Haustür sich nicht mehr öffnen lassen. Dann wird das Gas ausströmen, bis deine Lungen voll davon sind. Das ist ihr Plan.«

Chamutal erinnerte sich an das Gefühl der Verlassenheit, das sie befallen hatte, als sie am Vortag mit ihrer Familie am Tisch saß. War es das, was sich in jener Situation bereits andeutete: eine Verschwörung ihres Mannes und ihrer Töchter, die sie aus ihrem Kreis ausschlossen, als gehörte sie nicht länger dazu? Panik erfasste sie, als ihr einfiel, dass Arnon am Ende des vergangenen Herbstes losgegangen war, um sich über Heizgeräte zu informieren, und bei der Rückkehr voll Begeisterung sein gesammeltes Wissen über gasbetriebene Modelle zum Besten gab.

In der vorigen Ausgabe ihrer Zeitschrift, die dem Unterbewusstsein gewidmet war, hatte sie einen Beitrag eines australischen Psychologen veröffentlicht, der beschrieb, wie Geisteskranke Dinge erfassen, die ihr Bewusstsein nicht begreifen kann und die stattdessen unmittelbar in ihre Träume eingehen. Hatte ihre Mutter etwas wahrgenommen, was Chamutal selbst verborgen geblieben war?

»Und wenn sie mit dir fertig sind, kommen sie hierher und töten auch mich. Das Geld hat er mir schon abgeknöpft, aber das reicht ihnen nicht. Jetzt wollen sie morden.«

Es war erst zwei Wochen her – damals besuchten sie, Arnon und Michal ihre Mutter noch gemeinsam: Als sie alle vier um einen Tisch im Speisesaal saßen, beklagte ihre Mutter sich, dass es im Reis von orangefarbenen Maden wimmle. Und urplötzlich hob sie den Finger, zeigte auf Arnon und flüsterte: »Das ist er.«

»Wer?«, fragte Chamutal.

»Das ist er!«, schrie sie. »Er hat mir das Geld von der Wohnung gestohlen.«

Arnon wurde blass. Im selben Augenblick kam die Krankenschwester, und einige Patienten an den übrigen Tischen, von denen manche an ihren Stühlen festgebunden waren, damit sie sich aufrecht hielten, während andere vornübergebeugt saßen, so dass man ihre Köpfe auf den Tischplatten aufschlagen hörte, hoben den Blick und starrten sie erschrocken an. Es schien, als hätten die in Chamutals Mutter aufbrechenden Befürchtungen die Ängste, die in ihnen selbst schlummerten, entfacht.

»Mama, das ist doch Arnon«, zischte Chamutal in ihr Ohr.

»Ich weiß sehr genau, wer das ist!«

»Er hat dir nie etwas weggenommen. Schon seit Jahren kümmert er sich um dein Konto.«

Ihre Mutter wandte sich der Krankenschwester zu: »Er ist ein Dieb! Rufen Sie die Polizei, einen Richter, damit er ins Gefängnis gesteckt wird!« Nacheinander schaute sie in die Augenpaare, die sie umgaben, bis sie bei Chamutals Augen innehielt, und abermals riss sie den Mund auf, aus dem Speicheltröpfchen hervorspritzten, und schrie: »Lügner und Aasgeier! Alle seid ihr zu Aasgeiern geworden!«

Michal brach in Tränen aus und zog die beunruhigten Blicke der alten Menschen auf sich. Sie lief zu ihrem Vater und versteckte sich hinter ihm. Das Gesicht an seine Seite gepresst zerrte sie am Stoff seines Hemdes, um ihren Kopf darin ganz zu verbergen; sie schien sich in ihm verkriechen zu wollen. Arnon legte die Hand schützend auf ihren Kopf; dann führte er sie hinaus, während sie ihr Gesicht noch immer in den Stoff seines Hemdes drückte.

»Ins Gefängnis mit ihnen!«, kreischte Chamutals Mutter ihnen hinterher und stützte sich auf den Seitenlehnen ihres Stuhls ab, als wolle sie aufstehen, um ihnen hinterherzulaufen und sie eigenhändig ins Gefängnis zu werfen. Ihre Stimme, die eine überraschende Kraft besaß, erreichte Michal und Arnon noch auf dem Flur.

Die Dienst habende Schwester alarmierte die Oberschwester. Beide gemeinsam brachten die hysterische Frau in ihr Zimmer zurück und hoben sie aus dem Rollstuhl auf ihr Bett. Sie bekam eine Beruhigungsspritze und kurz darauf nahm ihr Gesicht wieder die Züge von Chamutals Mutter an. Sie schlief ein, während Chamutal ihre Hand hielt, die sich weich anfühlte, beinahe zart, und deren Finger, die so viele Jahre lang Wunden verbunden hatten, jetzt kraftlos waren. Chamutal betrachtete ihre eigene Hand und die ihrer Mutter und lächelte, weil sie sich nie so zärtlich berührt hatten, bevor ihre Mutter zum Pflegefall wurde. Und noch etwas ging ihr durch den Kopf, eine lästige Frage, die den vorhergehenden Gedanken verdrängte: Hatte ihre Mutter diesen Ausbruch arglistig geplant? Beabsichtigte sie Arnon und die Mädchen zu vertreiben, damit sie, Chamutal, gezwungen wäre allein zu ihr zu kommen?

So saß sie eine Weile am Bett der Mutter und versuchte Ordnung in ihre Gedanken zu bringen. Seit ihre Mutter vor zweieinhalb Monaten in die Pflegestation eingeliefert worden war, hatte Chamutal sie kein einziges Mal allein besucht. Stets war sie mit Arnon oder einem der Mädchen erschienen, als bräuchte sie einen Beschützer, und alle zwei Wochen war auch ihre Cousine Zipi aus Galiläa dabei gewesen. Doch ab jetzt würde sie mit ihrer Mutter immer allein sein. Ihren Töchtern durfte sie den Anblick der Großmutter, deren Zustand einem so raschen Wandel unterlag und deren Reaktionen unkalkulierbar geworden waren, nicht länger zumuten; und wenn sie dem Gesichtsausdruck ihres sonst schwer kränkbaren Mannes glaubte, würde auch er sich künftig weigern mit ihr hierher zu kommen.

Auf einmal fühlte Chamutal sich verraten, als wäre sie auf einem Ausflug in ein Loch gefallen und keiner ihrer Freunde hätte ihr Fehlen bemerkt; alle anderen setzten die Wanderung fort und ihr Lachen entfernte sich immer weiter.

Bei ihrer Heimkehr an jenem Abend war Michal schlecht gelaunt und Arnon sah immer noch blass aus. Als sie Michal zu streicheln versuchte und diese ihr auswich, sagte Chamutal: »Ihre Worte waren nicht gegen dich gerichtet, Michali. Das kann vorkommen bei Leuten in solch einem Zustand.«

»Ich hasse sie.«

»Denk immer daran, wie sie vor ihrer Krankheit war. Man muss Menschen so in Erinnerung behalten, wie sie in ihren guten Zeiten gewesen sind.«

»Ich hab sie schon immer gehasst.«

»Ich bin sicher, dass es ihr jetzt bereits leidtut.«

»Ist mir egal. Ich will da nicht mehr hin.«

»Sie meinte nicht, was sie sagte.«

»Nie mehr.«

In ungewöhnlich spitzem Ton fragte Arnon: »Würdest du auch mich von diesem Vergnügen befreien?«

Da Michal dabei war, schwieg sie und dachte nur erstaunt, mit welcher Leichtigkeit er allen Zorn, der von anderen Dingen herrührte, auf ihre Mutter lud. Im Schlafzimmer sagte sie später zu ihm: »Muss ich auch dir erst erklären, dass sie krank ist?«

»Wenn es ihr wirklich so schlecht geht, dann schert sie sich eh nicht darum, ob wir sie besuchen oder nicht.«

»Endlich hast du eine Ausrede gefunden. Darum ging es doch nur«, entgegnete sie und er machte sich nicht einmal die Mühe, ihr zu antworten.

Als sie starr in der Dunkelheit lagen, darauf achtend, einander nicht zu berühren, sprach sie etwas aus, dessen Bedeutung sie noch nicht verstand, eine Art Prophezeiung, die sich später bewahrheiten würde. Sie sprach in der Mehrzahl, meinte jedoch nur einen: »Wenn ihr mich alleine dorthin schickt, liefert ihr mich einer Sache aus, deren Ausmaß ich nicht abschätzen kann.«

»Wir nehmen das Risiko auf uns«, sagte er feindselig.

Sie suchte nach einem besonders gehässigen, verletzenden Wort; als ihr jedoch keins einfiel, sagte sie nur: »Be my guest.« Sie war sich der Tatsache bewusst, dass der Gebrauch des Englischen den üblen Geschmack, der sich in ihrem Mund gesammelt hatte, milderte und dass sie mit der fremdsprachigen Wendung gegen Arnon nicht wirklich ankam; doch waren dies die einzigen Worte, die sich in Reichweite ihrer Zunge befanden. Lange noch wälzte sie sich auf ihrem Bett und dachte mit Bedauern an all die hebräischen Wörter, die der Situation angemessen gewesen wären, ihr jedoch nicht rechtzeitig eingefallen waren.

Am folgenden Tag hatte Chamutal die Pflegestation erstmals ohne Arnon und ihre Töchter betreten, und wie in ihrer Kindheit fühlte sie sich Verletzungen schutzlos ausgeliefert. Obgleich nichts an das Mädchen erinnerte, das sie einst war, noch an jene Frau, die ihre Mutter gewesen war, erwachte eine alte Furcht, die sie in ihrem Innern zu Stein werden ließ wie an jenem Abend, an dem ihr Vater nach Akko gefahren war, um Waren aus der Fabrik zu holen, und über Nacht in Naharija blieb, bei Bekannten, die aus seiner Geburtsstadt stammten, während sie einen ganzen Abend, eine Nacht und einen Morgen mit ihrer Mutter allein zu Hause war.

Zweieinhalb Monate war sie beinahe täglich über den grauen Fußboden des Foyers gegangen ohne auf diesen Boden zu achten; jetzt stellte sie überrascht fest, wie dunkel sein Grau war. Sekundenlang hielt sie inne und schaute aufmerksam auf die Fliesen, als suchte sie einen verlorenen Gegenstand. Fortan sah sie alles mit anderen Augen: die weißhaarigen Köpfe, die sich zu ihr hoben, wenn sie in den Speisesaal oder Aufenthaltsraum trat; die leeren Augen, die bei ihrem Anblick zu funkeln begannen von der plötzlichen Hoffnung, überraschend Besuch zu bekommen; die Enttäuschung, wenn sie begriffen, dass Chamutals Besuch einer anderen galt; und den Anflug von Neid, wenn sie sie am Ende ihres Aufenthalts gleichsam über den Gang schweben sahen, dem Leben entgegen, das außerhalb dieses Verlieses stattfand, in dem sie herumsaßen und in ihren Betten schliefen und ihre Füße über den Korridor schleppten und dies immer weiter tun würden, bis sie eines Tages umfielen und stürben, unter Qualen oder einen Tod, so angenehm wie ein Kuss.

Pfeilschnell schoss aus einem Rollstuhl eine Hand hervor und packte, wie ein geübter Jäger, ihren Rock.

»Erinnerst du dich nicht mehr an mich?« Eine Greisin mit schlechten Zähnen richtete ihre Augen auf Chamutal und blinzelte sie an, als schaute sie direkt in die Sonne.

»Wer sind Sie?«

»Ich bin die Mutter von Jochi. Ich habe euch im Sommer immer Mais gekocht.«

»Beachten Sie sie nicht«, mischte sich eine alte, vornehm wirkende Dame ein, die in einem Laufgestell gefangen war, das sie, während sie sprach, mit eisernem Willen Zentimeter um Zentimeter in ihre Richtung schob. »Sie greift sich jeden, der vorbeikommt und gehen kann, und belästigt ihn mit ihrem Geschwätz von Mais«, sagte sie zornig.

Chamutal versuchte die Finger, die sich in ihrem Rock verkrallt hatten, abzuschütteln, doch die Alte ließ sie nicht los und flüsterte: »Sie ist neidisch, weil ich Jochis Mutter bin.«

»Ich habe ihren Jochi gesehen. Da war nichts, worauf man

neidisch sein müsste«, sagte die andere Frau hochmütig und schob ungerührt ihre Gehhilfe weiter. »Nur alle fünf Jahre lässt er sich blicken.«

»Jede Woche!« Die Frau mit den schlechten Zähnen zog ihre Hand aus Chamutals Rock und umfasste drohend die Armlehnen ihres Rollstuhls, während sich ihre Ellbogen wie flugbereite Flügel zur Seite spreizten. Vom ganzen Flur näherten sich Gruppen alter Menschen, die aus den Zimmern kamen und sich an den Haltestangen, die an den Wänden entlangliefen, festhielten.

»Taucht hier auf, bleibt fünf Minuten und sucht das Weite«, redete die Frau in dem Laufgestell ungerührt weiter, all ihre Energie auf das fast unmerkliche Vorrücken der Gehhilfe richtend.

Chamutal zog sich aus dem Kreis der Menschen, die um sie her standen und darauf warteten, dass etwas passiere, zurück. Sie wandte sich um und floh, auf den geplanten Besuch verzichtend, in den Aufzug, fuhr hinunter und eilte durch das Foyer mit dem grauen Fliesenboden zu ihrem Auto, in dem sie reglos saß, bis sie die Kraft fand, den Motor anzulassen und loszufahren.

Ihre Familie hatte nicht nur aufgehört sie zur Pflegestation zu begleiten, sondern zeigte auch keinerlei Interesse an ihren täglichen Besuchen dort: Niemand erkundigte sich nach ihrer Mutter, als hätten alle drei besten Gewissens und in absoluter Harmonie beschlossen die Existenz der alten Frau auszuradieren. Und dennoch, ungeachtet der Gleichgültigkeit, mit der Arnon auf ihre Erzählungen reagierte, zwang ihm Chamutal auf eine gespielt beiläufige Art immer wieder ihre Berichte über die Besuche bei ihrer Mutter auf. Noch weigerte sie sich ihm zu gestatten, sie mit dem Thema völlig allein zu lassen, und deutete es als positives Zeichen, dass er bereit war sie anzuhören. Die Distanz zwischen ihr und den Mädchen, insbesondere zwischen ihr und Hila, war längst unübersehbar geworden und Michal, die noch ein halbes Jahr zuvor gebettelt hatte, sie wolle einen kleinen Bruder, äußerte diesen Wunsch nie mehr. Stufenweise gaben Arnon und Chamutal es auf, den äußeren Schein vor den Mädchen zu wahren; auch im Schlafzimmer spielten sie sich nichts mehr vor. Sie rechnete es Arnon hoch an, dass er sie nicht bedrängte und die normalen Abläufe des Alltags nicht boykottierte, denn all ihre Kraftreserven benötigte sie für die täglichen Aufenthalte auf der Pflegestation. In den Stunden, die den Besuchen folgten, spürte sie stets Erleichterung, doch noch ehe sie einschlief, begann die Last des nächsten Besuchs sich über ihr zusammenzuballen.

»Jetzt wollen sie morden« – der Satz hallte in Chamutal wider, während der glanzlose Blick ihrer Mutter über ihr Gesicht strich und einen kurzen Moment an ihren Brauen haften blieb. Der energische Charakter, den Chamutal noch wenige Minuten zuvor in ihrer Mutter zu erkennen geglaubt hatte, jener, der die hinterlistigen Absichten anderer durchschaute, hatte den Körper der alten Frau verlassen, die sie nun ängstlich ansah und verzweifelt zu deuten suchte, was sie erblickte.

»Ich bin es, Mama – Chamutal.«

»Wir müssen sie töten, ehe sie uns umbringen.« Die Bilder, die sie gesehen hatte, quälten sie noch immer und um ihres Selbsterhaltungstriebs willen, der mit ungeahnter Stärke in ihr fortbestand, verknüpfte sie ihrer beider Schicksal.

Für Sekunden blieb ihr Blick an Chamutals Ohrringen hängen; dann glitt er hinab über die metallenen Ecken ihres Blusenkragens und den durchsichtigen Anhänger in Tropfenform, den Chamutal in Florenz gekauft hatte, um anschließend die dicke Schnalle am Riemen der über ihrer Schulter hängenden Tasche und die langen Ärmel mit den silbernen Manschettenknöpfen zu streifen, bis er schließlich zu ihren auf dem Bett ruhenden Händen gelangte. Beim Anblick ihres Armschmucks, den Arnon und die Mädchen ihr zum Muttertag geschenkt hatten und der aus einem goldenen, mit grünen Eilatsteinen besetzten Reif bestand, weiteten sich die Augen ihrer Mutter vor Verwunderung. Als Chamutal an dem Festtag die vornehme Samtschachtel geöffnet hatte, war sie zunächst über die Hässlichkeit des Geschenks entsetzt gewesen, trotzdem hatte sie ohne Zögern gerufen: »Wie schön er ist!«

»Was ist das?«

»Was meinst du?«

»Woher hast du das?«

Chamutal folgte dem Blick ihrer Mutter: »Den Armreif? Arnon und die Mädchen haben ihn mir geschenkt.«

»Diebin«, zischte ihre Mutter und verzog verächtlich den Mund.

»Wer ist eine Diebin?«

»Du. Du bestiehlst mich. Auch den Ring mit dem Diamanten hast du mir weggenommen.«

»Ich bin es doch – Chamutal.«

»Auch Lola hat mich beklaut.«

»Lola hat dir nie etwas weggenommen.«

»Alle bestehlen mich. Alle sind Aasgeier.«

Einmal hatte ihre Mutter sie zum Waschbecken gezerrt und sie gezwungen Seifenschaum zu schlucken, weil sie einen Lehrer als Verrückten bezeichnet hatte. Schimpfwörter versetzten ihre Mutter in Wut und das Wort »Aasgeier«, das ihr jetzt so leicht über die Lippen kam, hatte Chamutal sie zu Hause nie sagen hören.

»Nachts kommen sie und bestehlen mich.« Der Blick der Mutter klebte an dem Armreif.

Chamutal hob die Hand und hielt das Schmuckstück unmittelbar vor die Augen der alten Frau: »Dieser Reif gehört dir?!«

»Sicher, das ist meiner.«

»Bitte schön, ich gebe ihn dir zurück.«

Chamutal zog ihn von ihrem Arm, ergriff das dünne, zerbrechliche Handgelenk ihrer Mutter und drückte deren Finger um den glänzenden Metallreifen, wobei sie die Altersflecken auf der hellen, durchsichtigen Haut aus nächster Nähe sah. Ohne Freude, beinahe feindselig schaute ihre Mutter auf den Goldreif.

»Gefällt er dir?«, fragte Chamutal und hob die Hand ihrer Mutter in die Höhe, um ihr die Eilatsteine zu zeigen, die wie Insekten vor ihren Augen tanzten. Mit unerwarteter Kraft befreite ihre Mutter sich von ihrem Griff und versteckte ihre Hand mit dem Armreif hinter ihrem Rücken.

»Diebe.« Die Augen ihrer Mutter funkelten sie böse an und Chamutal, die noch an das Wort »Aasgeier« dachte, zuckte zusammen unter diesem Blick, dessen drohender Ausdruck sie zutiefst erstaunte. Ratlos angesichts der fixen Idee, die hinter der Stirn ihr gegenüber Gestalt angenommen hatte, wünschte sie sich nichts sehnlicher als die Gesellschaft jenes Mannes, der in dem anderen Zimmer bei seinem Vater saß, und sagte: »Ich muss gehen. Und ich gratuliere dir zu dem neuen Armreif.« Fest entschlossen und ohne sich wie sonst am Eingang noch einmal umzudrehen steuerte sie auf das gegenüberliegende Zimmer zu, um dem Mann mitzuteilen, dass der Besuch bei ihrer Mutter schon jetzt beendet sei.

Mit dem Rücken zum Eingang saß Scha'ul Inlander auf dem Stuhl am Bett seines Vaters: Er hatte die Knie über die seitlichen Ränder der Sitzfläche gespreizt und war so dicht wie möglich an die Matratze herangerückt. Seine Rechte hielt einen altmodischen Rasierapparat, während seine Linke wie ein Streicheln die Wange des Vaters berührte und behutsam die Gesichtshaut straffte, über die er die Klinge zog. Der alte Mann saß mit geschlossenen Augen, aufrecht, feierlich, sich in aller Stille hingebend und ohne Furcht vor dem Messer in der Hand seines Sohnes.

Chamutal blieb im Eingang stehen, sich durchaus bewusst, dass dieser Anblick nicht für fremde Augen bestimmt war und sie sich umgehend hätte abwenden und entfernen müssen. Dennoch verharrte sie wie hypnotisiert, von einer voyeuristischen Gier gepackt, die sie nicht zu unterdrücken vermochte, und starrte auf die beiden Männer, die in der Rasur aufgingen wie in einem Liebesakt, sah die Finger, die die Wange mit einer Zärtlichkeit berührten, die sonst nur in größter Abgeschiedenheit vorkommt, und erzitterte von der Sanftheit der Berührung, die Vater und Sohn verband. Plötzlich erkannte sie in aller Klarheit die Ähnlichkeit der beiden Männer: Einen Kopf sah sie im Profil, den anderen von hinten, und beide schienen nach demselben Modell geformt, nur dass einer alt und der andere jung war. Und die Finger, die das Messer bewegten, waren Zwillinge jener weißen Finger, die auf der Decke ruhten; die einen wirkten jugendlich, während die anderen zu einem greisen Körper gehörten. Eine Weile stand sie wie angewurzelt und fürchtete, der Mann werde sich umdrehen und sie vorwurfsvoll anschauen. Doch dann gab sie sich einen Ruck und trat in den Flur zurück, wo sie einen Augenblick unschlüssig innehielt. Schließlich entschied sie sich zum Parkplatz hinunterzufahren und im Auto zu warten, bis es sechs Uhr wäre; in der Zwischenzeit könnte sie die Unterlagen in ihrem Ordner durchsehen. Unterwegs aber bemerkte sie einen Kiesweg, der in den Garten führte: Blühende Stiefmütterchenbeete säumten ihn, in Farben, die sie noch nie gesehen hatte. Eine Weile ging sie im Garten auf und ab, doch bald wurde sie müde und setzte sich auf eine Bank.

Am Abend – beschloss sie und der Gedanke gab ihr neuen Mut – würde sie ihre Cousine Zipi anrufen und sie bitten öfter zur Pflegestation zu kommen.

Zipi besuchte ihre Tante alle zwei Wochen freitags in den

Nachmittagsstunden: Jedes Mal war sie beladen mit Obst aus dem eigenen Garten, Gläsern voll selbst gekochter Marmelade und Brötchen, die sie gebacken hatte. Die Marmelade und das Gebäck nahm Chamutal mit nach Hause, die Früchte hingegen legten sie in die Schubladen des Schranks im Zimmer von Chamutals Mutter, woraus sie tags darauf stets verschwunden waren. Immer erschien Zipi in Begleitung vieler Kinder, ihrer eigenen und der Kinder ihrer Freundinnen, die ihre in der Gegend von Tel Aviv lebenden Großeltern besuchten. Gleich beim ersten Besuch auf der Pflegestation hatte sich ein Junge den großen Zeh gequetscht, als er unter einen Rollstuhl geraten war. Nachdem er im Krankenzimmer verarztet worden war, sprach er ununterbrochen davon, dass er gesehen hatte, wie einer alten Frau Windeln angelegt wurden, als wäre sie ein Baby. Seitdem mussten die Kinder im Foyer warten, doch ihre Stimmen drangen bis in den fünften Stock hinauf.

In ihrer Kindheit standen Chamutal und Zipi sich so nahe wie Schwestern. Mit zunehmendem Alter jedoch hatten sie sich voneinander entfernt und nach ihrer beider Hochzeit war offenbar geworden, dass ihre Männer einander nicht leiden konnten, so dass die beiden Frauen sich immer seltener sahen. Nun aber stimmten sie manchmal die Termine ihrer Besuche aufeinander ab und trafen sich auf der Pflegestation. Dann musterte Zipi ungeniert Chamutals teure Kleidung, und Chamutal blickte verstohlen auf Zipis bunte Baumwollblusen und indische Röcke, an deren schmalen Gürteln Glöckchen befestigt waren, die bei jeder Bewegung klingelten. Doch immer wurden – trotz aller Unterschiede – unverhofft die Herzlichkeit aus ihren Kindertagen und der besondere, freundschaftliche Umgang, den ihre Eltern gepflegt hatten und der von frühestem Alter an auch zwischen ihnen ein enges Band geknüpft hatte, wieder lebendig. Erst wenn sie sich aus ihrer

Umarmung lösten, berichtete Chamutal von den Diagnosen der Ärzte und las in Zipis Gesicht, wie sehr der Zustand ihrer Mutter sich verschlechtert hatte. Erst dann begaben sie sich in den Garten hinunter, setzten sich auf eine Bank und unterhielten sich über die Familie und die Arbeit, während die Kinder um sie her tobten.

Ihre Väter waren Cousins gewesen, die im selben Jahr im Abstand von nur zwei Monaten und neunzehn Tagen geboren wurden und in ihrer Kindheit viel Zeit miteinander verbrachten, indem sie im Haus ihres Großvaters der eine große Bäckerei besaß, zwar selten miteinander spielten, dafür jedoch umso häufiger stritten. Da ihre Geburtstage dicht aufeinander folgten, beschloss der Großvater ihre Bar-Mizwa gemeinsam zu feiern. Als zehn Jahre später der Krieg ausbrach, sollte auf den Zungen der beiden jungen Männer noch der Geschmack des Gebäcks liegen, das der Großvater anlässlich des Fests zubereitet hatte, und der Prügel, die sie einander an jenem Tag verabreichten, weil einer der beiden dem Cousin die hervorragende Lesung aus der Thora nicht gönnte, die dieser ohne Stocken in der Synagoge vorgetragen hatte: Den ganzen Abend über hatte Chamutals Vater Zipis Vater gereizt, indem er stichelte und ihn zwickte, bis es zu einer Schlägerei kam, die einen von ihnen einen Zahn kostete.

Jahrelang sprachen sie kein Wort miteinander. Selbst als später die Deutschen die Juden auf dem Marktplatz zusammentrieben und die Familie auseinander gerissen wurde, schauten sie einander nicht in die Augen. Und auch als der Großvater, der zusammen mit ihrer Großmutter mit dem ersten Lastwagen fortgebracht wurde, seine beiden Enkel, die ihn inzwischen überragten, zum Abschied an sich drückte, weigerten sie sich einander die Hand zu geben.

Nach dem Krieg trafen sie sich zufällig in einem Flüchtlingslager in Deutschland wieder: Der Staub des Steinbruchs von Mauthausen hatte die Lunge von Chamutals Vater zerstört und der Daumen von Zipis Vater war in Auschwitz von einer Stahlschneidemaschine abgetrennt worden. Nachdem sie umsonst gesucht und Erkundigungen eingezogen hatten, wurde ihnen klar, dass sie von ihrer so zahlreichen Familie als Einzige überlebt hatten. Eine ganze Nacht saßen sie weinend beisammen und beschworen die alten Zeiten herauf; am folgenden Morgen beschlossen sie, wie ihre Eltern zusammenzuleben, in unmittelbarer Nachbarschaft zueinander zu wohnen, alle Feste gemeinsam so zu begehen, wie sie ihnen aus dem Hause ihres Großvaters in Erinnerung waren, und ihre Kinder gemeinschaftlich zu erziehen, als könnten sie kraft ihres Willens die frühere Größe der Familie wiederherstellen.

Als sie heirateten, ließen sie sich in derselben Stadt nieder und zogen von da an insgesamt dreimal gemeinsam um, stets darauf achtend, dass sie Wohnungen im selben Haus fanden. Marc wurde als Erster geboren und erhielt um eines Gelübdes willen, das sein Vater in Auschwitz abgelegt hatte, den Vornamen dessen, dem dieser sein Überleben verdankte und der später selbst ermordet worden war. Sechs Jahre später kam Marcs Schwester zur Welt und wurde nach ihrer Großmutter Zipora genannt. Zwei Monate nach ihr wurde Chamutal geboren, deren Name an ihren Großvater Mottel erinnerte.

Obwohl die beiden Frauen sehr unterschiedlich waren – die eine war berufstätig, während die andere sich Tag und Nacht um ihren Haushalt kümmerte –, waren sie von Anbeginn an einander zugetan, zwischen den Männern jedoch herrschte bis an ihr Lebensende eine unterschwellige Spannung. Oftmals bereitete ihr Temperament ihrem Willen eine Niederlage und sie begannen wie in ihrer Jugend zu streiten, wobei es stets um Kleinigkeiten ging, meist um den hohen Tabakkonsum von Zipis Vater, der auf die kranke Lunge von Chamutals Vater nicht genügend Rücksicht nahm. Aber die Freundschaft ihrer Frauen und ein paar Tage des Schweigens führten jedes Mal zur Versöhnung, die mit einem guten Essen besiegelt wurde: Sie holten das Feiertagsgeschirr hervor und danach hörten sie sich liturgische Gesänge im Radio an. Da sie alle Schabbatabende und Feste zusammen begingen und auch die Geburtstage der Kinder miteinander feierten, verbrachten Chamutal, Zipi und Marc viele gemeinsame Stunden, in denen die Mädchen sich meist mit vereinten Kräften gegen den älteren Jungen durchzusetzen versuchten.

Am Ende des Weges tauchte ein Rollstuhl auf und Chamutal erkannte das Paar wieder, das sie tags zuvor vom Fenster der Cafeteria aus gesehen hatte: Die Frau war an der Rückenlehne des Rollstuhls festgebunden, ihr Kopf schaukelte von einer Schulter zur anderen und in ihrem geöffneten Mund hing die Zunge; der Mann überragte die Lehne des Stuhls nur um wenige Zentimeter und sein Gesicht wirkte erschöpft. Als er zu der Bank gelangte, drehte der Mann den Rollstuhl um, grüßte Chamutal und ließ sich neben ihr nieder. Die alte Frau betrachtete die Jüngere mit staunenden Augen, deren Ausdruck unwillkürlich den Satz »Ich bin es – Chamutal« wachriefen, der jedoch noch in Chamutals Kehle erstickte. Um ihr Gesicht aus der Nähe zu sehen, beugte die Alte sich vor; sie züngelte dabei wie eine Eidechse.

»Sie bildet sich ein Sie zu kennen«, sagte der Mann außer Atem.

Als wäre sie eine Schildkröte, die den Kopf aus ihrem Panzer hervorstreckt, reckte die alte Frau den Hals und sah Chamutal unverhohlen an.

»Du kennst sie nicht«, sagte der Mann, um sie zu beruhigen.

Als sie ihn reden hörte, wandte die Frau den Kopf zu ihm und betrachtete angestrengt sein Gesicht, als würde sie nur die Stimme, nicht jedoch die Züge des Mannes erkennen.

»Ich bin Clara«, rief er. Danach wandte er sich zu Chamutal und sagte entschuldigend: »Wenn sie hört, ich sei Clara, gibt sie

Ruhe. Weiß sie, dass ich es bin, dann zwingt sie mich mit ihr herumzulaufen.«

»Wer ist Clara?«, fragte Chamutal.

»Ich habe nicht die Kraft, mit ihr spazieren zu gehen«, erwiderte er mit bebender Stimme und verstummte. Chamutal glaubte, er weiche ihrer Frage aus, weil sie indiskret sei, und schwieg ebenfalls.

»Sie hatte eine Pflegerin, die hieß Clara«, antwortete der Mann, als er Atem geschöpft hatte. »Nur vor ihr hatte sie Respekt, alle anderen hat sie aus dem Haus geekelt. Deswegen musste ich sie auch hierher bringen. Ich kann sie nicht mehr heben.«

In ihrem Blick zeigte sich ein Flackern, ihre Zunge hüpfte noch immer auf und ab. Der Mann lehnte sich zurück und machte sich klein, aus Furcht, das Geschöpf in dem Rollstuhl habe ein Zipfelchen seines Verstandes wiedergefunden und werde gleich zu unterscheiden wissen, wer Clara ist und wer nicht.

»Ich muss gehen.« Als Chamutal sich erhob, bildete sie sich ein, dass die Zunge in dem Mund in einem veränderten Takt schlug.

Um sechs Uhr erwartete Scha'ul Inlander sie bereits in der Cafeteria. Vor ihm, auf dem Tablett mit dem Melonendesign, standen zwei Tassen Kaffee. Sie trat eilig auf ihn zu und setzte sich ihm gegenüber wie jemand, der mitten in einem gewaltigen Chaos plötzlich einen Freund entdeckt.

»Heute müsste eigentlich ich Sie einladen.«

»Sie werden noch Gelegenheit dazu haben«, entgegnete er und sie empfand Erleichterung, als sei ihr in einer Welt, deren Spielregeln sich unablässig änderten, eine Zuflucht versprochen, die Kontinuität und Ordnung bedeutete.

»Wie geht es Ihrem Vater?«

»Ein wenig besser. Ich habe ihn heute rasiert.«

»Ich habe Sie beide gesehen.«

»Sind Sie im Zimmer gewesen?«

»Ich bin in der Tür stehen geblieben. Sie beide waren so mit sich selbst beschäftigt, da wollte ich nicht stören.«

»Wirklich?« Seine Augen schauten durchdringend in ihr Gesicht, als würde ihm gerade etwas über sie klar.

»Ja. Aber ich habe Ihnen eine Weile zugeschaut, ehe ich beschloss mich zurückzuziehen.« Sie verstand nicht, weshalb sie sich bemühte das positive Bild von sich, das sie ihm gerade vermittelt hatte, zu zerstören.

»Was haben Sie gesehen?«

»Ihren Vater. Er war sehr still.«

»Neuerdings bekommt er ein anderes Medikament, jetzt schläft er besser.«

»Meine Mutter scheint schlecht zu träumen. Sie hat sich heute merkwürdig benommen.« Sie dachte an die fixe Idee von der Vergasung und dem Armreif und fragte: »Kommt es vor, dass Ihr Vater Sie nicht erkennt?«

»Einmal schien er verwirrt und meinte, ich sei der Arzt. Aber meist weiß er, wer ich bin.«

»Meine Mutter hielt mich für eine Fremde, die ihren Schmuck rauben wollte. Sie hat mich nicht erkannt«, erzählte sie ohne jede Befangenheit, als spräche sie zu sich selbst. »Sie behauptete, ich hätte ihr den Armreif weggenommen und alle würden sie bestehlen. Sie beschuldigte sogar ihre beste Freundin, die vor fünf Jahren starb. Ich gab ihr den Armreif und rannte aus dem Zimmer.«

Sie wusste, dass das, was sie ihm erzählte, das Zittern in ihrer Stimme, die Niedergeschlagenheit und das Entsetzen, die sie nicht zu verheimlichen suchte, Dinge waren, die man eigentlich nur wirklich nahestehenden Menschen offenbart. Doch in ihr lebte die Erinnerung an den Bund, der im Augenblick ihrer ersten Begegnung auf dem Parkplatz geschlossen worden war, und an die Zärtlichkeit, mit der er die Klinge über die Wange des alten Mannes geführt hatte, der sich von dem scharfen Gegenstand nicht beunruhigen ließ. Außerdem waren da diese Augen, die den brennenden Schmerz zu ermessen vermochten, den der böse Blick ihrer Mutter verursacht hatte, als sie sie eine Diebin schimpfte. Was verstand schon Arnon davon – fragte sie, als müsse sie sich vor sich selbst rechtfertigen – Arnon, dessen Eltern noch winters wie sommers in aller Frühe aufstanden und bereits vor dem Frühstück eine Stunde bis zum alten Tor des Kibbuz liefen, jenem, das zum Wadi hinabführte, die anschließend in der Kibbuzfabrik arbeiteten und abends noch an einem Literatur- oder Landeskundekreis teilnahmen? Was wusste Arnon von dem Stich, den sie in ihrer Brust fühlte, als ihre Mutter »Diebin!« zu ihr sagte?

»Haben Sie Kinder?«, fragte sie.

»Ja, drei.«

»Können Sie sich vorstellen, dass Sie eines Tages nicht mehr in der Lage sind sie zu erkennen? Dass Sie denken, sie wären Fremde, die Sie bestehlen wollen?«

»Nein.«

»Diese Vorstellung macht mir am meisten Angst.«

»Ich hoffe, dass in meinem Fall der Körper vor dem Gehirn stirbt.«

»Wissen Sie, meine Mutter war eine aktive Frau. Sie war Oberschwester in einer Praxis der Krankenversorgung. Aber wenn ich sie jetzt anschaue, ist nichts davon übrig, nicht einmal die äußere Hülle – abgesehen von einem kurzen Leuchten in den Augen oder manchmal der Bestimmtheit ihres Tons, wenn sie spricht. Heute schien sie mir einen kurzen Moment lang, nur für Sekunden … Übrigens ist in ihrem Zimmer eine neue Patientin. Deren Tochter hat Fotos mitgebracht, um dem Erinnerungsvermögen ihrer Mutter auf die Sprünge zu helfen. Sie sagt, sie hätte in nur fünf Tagen alles vergessen.«

»Wahrscheinlich hatte sie einen Gehirnschlag.«

»Wie kann die Erinnerung eines ganzen Lebens in wenigen Tagen verpuffen?«

Plötzlich lehnte er sich zu ihr vor, so dass er mit der Brust an den Rand des Tabletts stieß. Er sprach ganz leise und seine Worte waren allein ihren Ohren bestimmt: »Ich habe eine Bitte.«

»Ja?« Chamutal presste unwillkürlich die Knie zusammen.

»Aber ich bin nicht sicher, ob ich das von Ihnen verlangen darf.«

»Was?«

»An der Promenade läuft ein Film, ›Auf der Flucht‹. Ich habe gelesen, dass er in Chicago gedreht wurde, und möchte ihn gern sehen. Kennen Sie ihn schon?«

»Nein.«

»Darf ich Sie dazu einladen?«

»Ist das nicht ein Actionfilm?«

»Ich glaube ja.«

Plötzlich lachte sie und die Verkrampfung in ihren Schenkeln löste sich.

Erstaunt sah er sie an: »Was amüsiert Sie so sehr?«

»Dass Sie mich zu einem Actionfilm einladen wollen.«

»Darf ich?«

»Ich fragte mich schon: Wer weiß, was er jetzt von dir will?« Sie lachte immer noch.

»Werden Sie deswegen keine Scherereien bekommen … ich meine … zu Hause?«

Später würde sie sich an diese Situation als an einen Augenblick erinnern, in dem ein Vorfühlen stattfand und die Standfestigkeit der ersten Hürde einem Test unterzogen wurde. Schließlich war sie eine Frau, die ein Zuhause hatte und die dort erwartet wurde. Dass jemand sie ins Kino einlud, hörte sich zunächst harmlos an, wies jedoch auf eine mögliche List hin. Er stützte sich auf die Ellbogen und schob seinen Kopf in ihre Richtung vor, als wolle er aus nächster Nähe beobachten, wie sie mit dem Problem, das er ihr stellte, umging.

»Meine Familie ist daran gewöhnt, dass ich spät heimkomme. Manchmal muss ich abends arbeiten«, schwindelte sie ohne mit der Wimper zu zucken.

Erst später würde sie feststellen, dass in jenem Moment die Entscheidung fiel und dass der Satz, der einer beiläufigen Bemerkung über ihren gewohnten Tagesablauf glich, sich als Vorbereitung weiterer Lügen begreifen ließ. Doch schon unmittelbar nachdem sie ihn ausgesprochen hatte, wunderte sie sich, wie selbstverständlich er über ihre Lippen kam. Sie geriet weder ins Stocken noch verspürte sie Gewissensbisse oder errötete, vielmehr schien ihr gewiss, dass das, was sie tun würde, richtig war, und es fiel ihr nicht schwer, daran zu glauben, dass alles vorbestimmt sei und es nicht in ihrer Macht stand, den Lauf der Dinge zu ändern.

Auf dem Parkplatz angekommen dirigierte sie ihn zu ihrem Wagen: »Wer in Chicago wohnt, weiß nicht, wie man hier auf dem kürzesten Weg zum Kino kommt.«

»Ich bekenne mich schuldig«, kommentierte er ihre Anspielung.

Dann saßen sie plötzlich zu zweit in dem kleinen Auto, einer ganz dicht neben dem anderen, zwischen den geschlossenen Scheiben gefangen. Die Luft war stickig und vom Geräusch ihres mühsam gedrosselten Atems erfüllt. Insgeheim wussten sie, dass die Ankündigung einer verspäteten Heimkehr den Anfang eines verbotenen Abenteuers barg. Während sich der Geruch seines Jacketts mit einem Hauch von Eukalyptus überall im Wagen ausbreitete, ertappte sie sich, wie sie über Bewegungsabläufe ihrer Arme und Beine nachdachte, die normalerweise von selbst das Richtige taten. Diesmal jedoch geriet ihre Hand zwischen der Gangschaltung und seinem Jackett ins Straucheln, und erst beim dritten Versuch gelang es ihr, den Wagen zu starten.

»Vielleicht vertreiben Sie sich inzwischen mit dem Zauberwürfel die Zeit«, sagte sie, um ihre Verlegenheit zu überspielen.

»Ich schaue Ihnen lieber beim Fahren zu«, erwiderte er und einen Augenblick war sie über seine Bemerkung erschrocken, weil sie sich an Arnons Art zu reden erinnert fühlte.

Bis sie vor dem Kino ankamen wechselten sie kaum ein Wort. Wie eine Last wog die Dunkelheit und drückte auf ihre Lungen, und Chamutal stellte sich vor, sie verdichtete die Luft, bis diese die Scheiben sprengen würde. Für ihre Eltern, die bis dahin das Hauptthema zwischen ihnen gewesen waren, war jetzt kein Raum mehr. Hin und wieder sagte Chamutal einen belanglosen Satz, um das Schweigen zu durchbrechen und die zunehmende Spannung, die im Auto herrschte, zu mindern. Plötzlich stellte sie überrascht fest, dass sie in eine ihr unbekannte Straße geraten war. Als sie sich wieder orientiert hatte, zeigte sie auf die Gebäude zu ihrer Rechten, die unter Denkmalschutz gestellt worden waren, doch als sie im Tonfall einer Fremdenführerin erklärte: »Hier sehen Sie die Große Synagoge«, erwiderte er: »Ich weiß, die Briten haben darin seinerzeit ein geheimes Waffenlager des Lechi entdeckt.«

»Dann wissen Sie über das Gebäude besser Bescheid als ich.« Sie war verlegen, weil er wusste, dass sie sich verfahren hatte.

»Immerhin habe ich bis vor neun Jahren in Israel gelebt und das Haus, in dem mein Vater wohnt, befindet sich in unmittelbarer Nachbarschaft zu unserem Kino.«

Während sie peinlich berührt schwieg, gestattete sie dem Wort »unser« in der Luft nachzuschwingen, als verfügten sie bereits über gemeinsamen Besitz.

Als sie ausstiegen, dachte sie, Bekannte könnten sie dabei ertappen, wie sie mit einem fremden Mann ins Kino ging. Beim letzten Kinobesuch mit Arnon hatten sie zufällig ihren Schwager und ihre Schwägerin getroffen. Wie sollte sie ihn vorstellen, wenn sie einem Freund, Nachbarn oder Arbeitskollegen begegneten? War sie zu leichtfertig gewesen, als sie zustimmte mit ihm in ein Kino mitten in der Stadt zu gehen?

Die ganze Vorstellung über bohrte die Frage in ihr, was sie Arnon erzählen sollte, wenn sie heimkäme. Verstohlen betrachtete sie das Profil Scha'ul Inlanders, der, selbst wenn die anderen Zuschauer laut lachten, nicht einmal lächelte. Sie spürte, wie sie diesem Mann gegen ihren Willen erlag, einem Typen, der nicht fröhlich sein konnte und in dessen Innerem etwas zerbrochen schien, etwas, das sich nur ihr zu zeigen bereit fand, aufgrund einer gerade entstandenen Komplizenschaft, wie zwischen zwei jungen Agenten, die eben erst ihr gemeinsames Kodewort erfahren hatten. Den ganzen Abend über, selbst während ihre Augen auf die Leinwand gerichtet waren, peitschte ein Zittern ihre Glieder, denn sie saßen Schulter an Schulter und immer wieder begegneten ihre Finger sich in dem großen Popcornkarton, den er zwischen sie hielt, bis er sich schließlich vorbeugte, um den leeren Karton auf dem Fußboden abzustellen, wobei seine Hand ihren Rock streifte. Zudem führte er mehrere Male seine Lippen nah an ihr Ohr, um ihr zuzuflüstern: »Das ist der Sears Tower« oder »Da sehen Sie das John Hancock Center« und kurze Zeit später: »Schauen Sie, dort rechts, das sind die Twin Towers. Sie sehen aus wie zwei Maiskolben.«

Auch auf der Rückfahrt sprachen sie wenig.

»Haben Sie Heimweh nach Chicago?«, fragte sie, kurz bevor sie auf den Parkplatz fuhren.

»Ja, ich schlage schnell Wurzeln.«

»Seit wann sind Sie wieder in Israel?«

»Seit zwei Monaten, seit es mit meinem Vater bergab geht.«

»Seit zwei Monaten arbeiten Sie nicht?«

»Ich mache mich in der israelischen Filiale meiner Computerfirma nützlich und fahre manchmal nach Jerusalem und Carmi'el.«

»Und wann kehren Sie nach Chicago zurück?«

»Das steht noch nicht fest. Ich will abwarten, wie sich die Situation meines Vaters entwickelt.«

Sie lächelte bitter. Das Wort »entwickelt« erinnerte sie an die Worte einer Krankenschwester auf der Geburtsstation; gleichzeitig musste sie aber auch an die Frau in dem Rollstuhl und die unkontrollierten Bewegungen ihrer Zunge denken. In welche Richtung würde die Situation seines Vaters sich wohl entwickeln? Hätte er nicht vielmehr sagen müssen: »Das steht noch nicht fest. Ich warte, bis mein Vater tot ist«?

Als sie auf dem Parkplatz der Pflegestation angekommen waren, hielt sie neben seinem Wagen an. Er legte seine Hand auf ihre Hand, die auf dem Knauf der Gangschaltung ruhte, und sagte, als hätten sie längst eine Vereinbarung getroffen und als wäre die Fortsetzung, wann immer sie stattfände, für sie beide absehbar: »Vielen Dank für die Begleitung. Dann bis morgen.« Danach hob er seine Finger von ihrer glühenden Hand und stieg aus dem Auto, den Eukalyptusduft mit sich nehmend. Er hinterließ in ihr ein seltsames Gefühl der Enttäuschung, das neu für sie war, und ein Zittern, das einer aufgestauten Spannung entsprang, die gewachsen war, seit er am frühen Abend ihren Wagen bestiegen hatte, ja, vielleicht schon, seit er zu ihr gesagt hatte: »Ich habe eine Bitte.«

Später wusste sie nicht mehr, wie sie auf die Straße gelangt war, die zu ihr nach Hause führte. Vor der Haustür blieb sie einen Augenblick stehen, aber nicht nur ihre Füße, auch ihr Herz hielten inne, während sich vor ihr die Frage aufbaute, die sie schon zuvor beunruhigt hatte: Was würde sie Arnon erzählen? Sollte sie ihm die Wahrheit sagen? Oder erklären, sie habe so lange gearbeitet? Und was war, wenn er sie im Büro gesucht hatte?

Sie lugte ins Haus und stellte überrascht fest, dass alles unverändert war. Arnon saß im Wohnzimmer und schaute sich einen

Fernsehfilm über Japan im Zweiten Weltkrieg an und aus Hilas Zimmer hörte sie Musik. Da begriff sie, dass sie die Wahrheit nicht aussprechen konnte.

Sie näherte sich ihm von hinten, und aus Furcht, ihre Stimme verriete sie, schwieg Chamutal. Auch er sagte nichts, sondern reckte nur die Arme. Als er zufällig Chamutals Hand berührte, schreckten sie beide zurück, er, da er überrascht war, und sie, da sie fürchtete, er könnte das Popcorn an ihren Fingern riechen.

»Guckt euch das an! Wie die Atombombe auf Hiroschima fällt«, sagte er, als seien noch mehr Leute anwesend. Sie jedoch entgegnete, indem sie sich bemühte ihrer Stimme einen festen Klang zu verleihen: »Ich bin müde. Ich war den ganzen Tag mit dem neuen Heft zugange.« Abermals wunderte sie sich, wie leicht ihr das Lügen fiel. Sie lernte eine neue, von Grund auf veränderte Persönlichkeit kennen. Eine Persönlichkeit, die plötzlich und ungehindert aus ihr hervorbrach, keine Gewissensbisse verspürte und deren Zunge glatt und wendig war. Dieses Wesen hatte wohl schon immer in ihr gewohnt, hatte seine Existenz nicht offenbart, allerdings in dem klaren Bewusstsein, dass es eines Tages gerufen würde, dann erschiene und genau wüsste, was es zu sagen hätte.

»Wumm!«, sagte Arnon. »Guckt mal, ist das nicht unglaublich? Wie ein Riesenchampignon. Wenn ich nicht genau wüsste, was das ist, würde ich denken, ich sähe einen Kinderfilm.«

Als sie tags darauf zur Mittagszeit die Pflegestation aufsuchte, fand Chamutal ihre Mutter im Aufenthaltsraum. In einem Rollstuhl sitzend war sie im Sonnenlicht, das in das Zimmer fiel, eingenickt. Sie schnarchte leise und ihre Finger fuhren unruhig über ihren Hals, wieder, als ringe sie mit jemandem, der sie zu erdrosseln drohte. Chamutal trat näher und setzte sich zu ihr. Sie betrachtete die Fingergelenke, die sich von der

Anstrengung weiß gefärbt hatten, und das qualvoll verzogene Gesicht.

Auf einem Stuhl an der Wand saß die Tochter der Frau, deren Gedächtnis wie ausgelöscht war. Als hätte sie sich nicht von der Stelle gerührt, beugte sie sich mit der gleichen Haltung wie tags zuvor zu ihrer Mutter hinab, zeigte ihr Foto um Foto und beschrieb geduldig alle darauf erkennbaren Details, fest entschlossen, das Vergessen und die Geschwulst am Sehnerv ihrer Mutter zum Nachgeben zu zwingen: »Schau gut hin. Das ist schon in der Wohnung in der Me'assefstraße, aber wir sind später noch einmal umgezogen, weil direkt vor unserem Haus eine Bushaltestelle eingerichtet wurde und du den Krach nicht vertrugst. Erinnerst du dich an die Autobusse? Wie du mit dem Schlafengehen wartetest, bis es Viertel nach elf und der letzte Bus abgefahren war? Und kennst du noch die Nachbarin von gegenüber? Sie kochte immer Suppe mit scharfen Gewürzen und brachte uns Kostproben, bis sich Schoschana den Magen verdarb und du sie batest uns keine Suppe mehr zu bringen. Sie war deswegen sehr beleidigt. Hier, sieh dir einmal dieses Foto an: Chaimkes Bar-Mizwa. Er hatte die ganze Nacht nicht geschlafen, aus Furcht, den Vers, den er auswendig aufsagen musste, zu vergessen. Und das ist nach seinem Vortrag in der Synagoge – jetzt lächelt er selig. Und schau mal hier, wie Schoschana sich die Hand an den Kopf hält. Sie hatten ihr das Haar schief geschnitten, und sie war wütend und wollte nicht zu der Feier kommen. Am Schluss nahm sie dann aber doch teil und versuchte den ganzen Abend die kürzer geschnittene Seite mit der Hand zu verdecken, weißt du das noch? Und hier, das ist dein Bruder Dudik mit dem Leihwagen, dessen Spiegel gestohlen wurde. Er hatte danach Ärger mit der Autovermietung, du erinnerst dich doch?

Und jetzt schau dieses Bild an: ein Picknick mit Miris Eltern, euren Freunden. Ihre Mutter brachte immer Beigelach mit und ihr Vater führte die ganze Zeit Streitgespräche mit Papa. Hier spielt ihr Karten. Siehst du die Spielkarten in der Hand von Miris Vater? Und da steht ein Teller, bestimmt liegt ein Beigel darauf. Und hier: Miris kleiner Bruder. Ich glaube, dass er Benni hieß. Weißt du noch, wie er einmal verloren ging und Miris Mutter vor Angst beinahe verrückt wurde? Schließlich brachten zwei Jungen ihn zurück und er wollte sich gar nicht mehr von ihnen trennen, weil sie mit ihm Fußball gespielt hatten. Und das ist Schoschana als Soldatin in Uniform. Du weißt doch, wer Schoschana ist, nicht wahr? – Deine Tochter. Deine älteste Tochter. Ich bin die jüngste. Hier ist sie noch dick, sie fing erst später mit der Diät an.«

Chamutal beobachtete neugierig die alte Frau jenseits des Tischs, die sie schon öfters auf dem Flur gesehen hatte, während sie sich von Zimmer zu Zimmer bewegte und überall hineinschaute. Nur selten saß sie in ihrem Rollstuhl, meist stützte sie sich auf die Gehhilfe oder einen Stock. Sie sprach alle neuen Patienten an und erschien tags darauf in ihren Zimmern, um wie mit alten Bekannten zu plaudern und sich ihren Kindern und Gästen vorzustellen. Eines Tages hatte Chamutal sie im Foyer gesehen: Sie saß da und betrachtete die ankommenden Besucher. Einmal hatte sie sich sogar bis zum Tor vorgewagt und von dort auf die vorbeifahrenden Autos geschaut. Und immer wieder führten ihre Wanderungen sie an das Bett des alten Inlander. Sie glättete seine Decke und suchte in der Schublade seines Schränkchens den Kamm, um vorsichtig sein Haar zu kämmen. Doch versuchte sie nie mit ihm zu sprechen, als respektiere sie seinen Entschluss, zu schweigen; nichtsdestotrotz kehrte sie wie eine treue Gefährtin schon wenige Stunden später zu ihm zurück. Sah sie, dass sein Sohn bei ihm war, trat sie nicht ein, und erschien Scha'ul, während sie bereits an seinem Bett stand, stahl sie sich wortlos davon.

Die Schwester bat Chamutal, ihre Mutter zu wecken und ins

Bett zu bringen; Chamutal folgte der Aufforderung. Hastig erhob auch die Neugierige sich, tastete sich zu ihrem Rollstuhl, setzte sich hinein und bewegte ihn mit flinken Bewegungen neben Chamutal her, während diese den Flur entlangging.

»Ich komme auch ohne diesen Stuhl zurecht. Ich bin gut zu Fuß. Sind Sie ihre Tochter?«

»Ja.«

»Sie ist also Ihre Mutter.«

»Ja.«

»Heute bin ich in ihr Zimmer umgezogen.«

»In das mittlere Bett?«

»Ja.«

»Was ist mit der Frau, die vorher dort lag?« Chamutal erinnerte sich an die Frau, die sie mit sehnsuchtsvollem Blick angeschaut hatte.

»Sie hat nachts geschrien. Vielleicht ist sie schon gestorben.« Die Alte schob sich hinter Chamutal in das Zimmer und beobachtete, wie sie ihre Mutter vom Rollstuhl auf das Bett hob.

»Wir sind Freundinnen«, sagte die Frau und winkte Chamutals Mutter mit der Hand.

»Sie und meine Mutter?«

»Ja. Wir sind Freundinnen. Ich heiße Bertha.«

»Angenehm. Mein Name ist Chamutal.«

»Ich weiß.«

»Woher wissen Sie das?« Sie hoffte, in einem klaren Moment hätte ihre Mutter von ihr erzählt.

»Weil Sie immerzu zu ihr sagen: Ich bin Chamutal, ich bin Chamutal. Ich hatte einmal eine Nachbarin, deren Katze hieß Chamutal.«

»Wie nett.« Sie wusste nicht, was sie entgegnen sollte.

»Sie riss die Polster aller Sessel auf.«

»Das ist bedauerlich.«

»Danach hat sie neue Sessel gekauft. Ich werde auf sie aufpassen.«

»Auf wen?«

»Auf Ihre Mutter.«

»Das freut mich.«

»Sie heißt Schifra, nicht wahr?«

»Richtig.«

»Ich hatte einmal eine Nachbarin, die hieß auch Schifra.«

»Wirklich?«

»Ja. Sie bekam immer Päckchen mit sauren Bonbons aus Amerika.«

»Wie schön.«

»Aber nicht lange.«

»Was?«

»Was heißt was?«

»Was, nicht lange?«

»Ich kann nicht mehr lange auf Ihre Mutter aufpassen.«

»Weshalb?«

»Weil ich bald fortmuss.«

»Fort?« Ihr fiel ein, dass Arnon das Heim Endstation nannte.

»Ich muss nach Kanada.«

»Nach Kanada?« Chamutal blickte auf den Rollstuhl.

»Ja, nach Kanada. Meine Eltern holen mich bald ab und dann fahren wir dorthin.«

»Wie bitte?«, fragte Chamutal verblüfft.

»Ja, ja. Warum fragen Sie so erstaunt?« Die Alte bewegte den Rollstuhl an das andere Ende ihres Bettes.

»Ihre Eltern nehmen Sie also mit nach Kanada?«, fragte Chamutal, indem sie die Ränder der Bettdecke unter den Körper ihrer Mutter schob.

»Sie haben ein Visum bekommen.«

»Das ist großartig«, sagte Chamutal sanft und voller Mitleid.

»Ja.« Die Frau raffte sich aus dem Rollstuhl, erklomm ihr Bett, hob mühsam die Beine hinauf und vergrub sich unter ihrer Decke.

Wären ihr Mann und die Mädchen anwesend, hätte Arnon

der alten Frau gewiss noch eine gute Reise gewünscht und mit den Kindern gemeinsam gelacht. Sie war froh, dass sie sie nicht begleiteten und angesichts des Würgens, das ihre Kehle ergriff, keine Clownsstücke zur Vorführung kamen. Ihre Augen ruhten auf Bertha, die sich unter dem Daunenberg auf ihrer Matratze umdrehte und wohl weiter ihrem Kindheitstraum nachhing, in dem ihre Eltern ihr ein anderes Land versprachen. Aber Bertha war nicht eingeschlafen. Sie hob den Kopf und sagte: »Ich bin sehr gut zu Fuß. Ich brauche die Räder nicht.«

Nun hob auch ihre Mutter, die den Anschein erweckt hatte, als schliefe sie, den Kopf, um Bertha mit stechenden Augen anzusehen. Daraufhin richtete Bertha sich noch etwas höher auf, als wäre sie zu einem Zweikampf herausgefordert.

»Ich bin sehr gut zu Fuß«, wiederholte Bertha laut, indem sie den Hals in ihre Richtung drehte.

»Weshalb bist du dann hier?«, fragte Chamutals Mutter mit schwacher Stimme.

»Störe ich dich?«, entgegnete Bertha, indem sie die Schultern straffte.

»Du siehst gesund aus«, hörte Chamutal wie ein fernes Echo Oberschwester Schifras Worte.

»Bist du der Arzt?«, erwiderte Bertha gekränkt und zog die Decke über ihren Kopf.

Als hätte sie sich verausgabt, fielen ihrer Mutter unmittelbar nach dem Scharmützel die Augen zu und diesmal schlief sie wirklich. Chamutal war froh, dass der Besuch ohne außergewöhnliche Zwischenfälle verlaufen war; sie fühlte sich, als hätte sie etwas Verbotenes getan und als wäre es ihr gelungen, ungestraft davonzukommen.

Obwohl sie wusste, dass mit Scha'ul Inlanders Besuch zu dieser Stunde nicht zu rechnen war, blieb sie auf ihrem Platz sitzen, die lauernden Augen dem Gang zugewandt, und hatte, sich an ihren Physiklehrer erinnernd, plötzlich das Gefühl, schon einmal so dagesessen und wie ein Spion ausgespäht zu haben.

Als sie in der neunten Klasse war, hatte Chamutal sich völlig überraschend, ohne dass es irgendwelche Vorzeichen gegeben hatte, in ihren Physiklehrer verliebt. In dem entscheidenden Augenblick stand er an der Tafel vor einem mit grüner Kreide gezeichneten Flaschenzug, an dem ein apfelsinengelber Karton hing. Er zeigte auf das Ende des Seils, unter das er »Kraft 50 kg« geschrieben hatte, während auf dem Karton »Last 150 kg« zu lesen war, und erklärte zum wiederholten Mal, dass alles, was an Kraftaufwand scheinbar eingespart werde, der verlängerten Strecke wegen wieder verloren gehe. Nicht allein das Zusammenspiel der Wörter Kraft und Verlust, sondern auch die anrührende Art des Physiklehrers faszinierten Chamutal – etwa wie er sich mühte den komplexen Sachverhalt endlich begreifbar zu machen, indem er gutmütig ausführte: »Bei komplizierteren Flaschenzügen mit mehreren Rollen spart man zwar zunächst Kraft, muss dafür aber einen längeren Weg in Kauf nehmen. In unserem Fall jedoch handelt es sich um einen einfachen Flaschenzug mit einer unverschiebbaren Rolle. Damit spart man keine Kraft, muss aber auch keine längere Strecke zurücklegen.«

Verzweifelt schaute er in die Augen seiner Schüler und Chamutal fühlte, wie ihr Herz zu klopfen begann: Ein kühler, wohliger Schauer lief über ihren Rücken; wie ein Ball, der eine Treppe hinabspringt, hüpfte das Prickeln Wirbel für Wirbel abwärts. In ihren ganzen Körper strömte eine strenge Süße ein, die ihr fast die Sinne nahm, und obwohl sie Vergleichbares noch nie erlebt hatte, wusste sie, dass jetzt »jene« Sache passierte, und sie wunderte sich, auf welche Weise das geschah. Vielleicht stand sie noch unter dem Eindruck eines Films, den sie vor kurzem gesehen hatte, eine Liebesgeschichte zwischen einem Lehrer und einer Schülerin; vielleicht war sie aber auch reifer geworden und genau in diesem Moment bereit sich zu verlieben, da der Physiklehrer vor der Klasse stand – deren Schüler meist Mädchen waren, die seinen Ausführungen nur mit großer Mühe folgten – und gegen die Resignation ankämpfend mit rührender Hingabe versuchte, dem Flaschenzug mit der unverschiebbaren Rolle und der Kraft und dem, was man scheinbar einsparte und unterwegs wieder verlor, einen Zugang zu ihrem Verstand zu verschaffen.

Jedes Mal, wenn er in den folgenden Wochen sonntags zwei Stunden in ihrer Klasse unterrichtete, starrte sie wie gebannt zu ihm hin, nahm gierig alle Details seiner Erscheinung auf – das gewellte Ohrläppchen, einen Backenzahn, der kleiner war als die benachbarten Zähne, und an seinen Schläfen den geraden Streifen Haar, der nach oben hin an Kontur verlor. Sie strengte sich an, die Lider möglichst selten niederzuschlagen, damit keine Sekunde für ihre Betrachtungen verlorenginge. Und auch sonst ließen der heftige Wunsch, ihn wiederzusehen, und das wonnevolle Herzleid, das sie befiel, sobald sie an ihn dachte, ihr keine Ruhe mehr. Bevor sie nachts einschlief, legte sie ihre Hand auf die Stelle ihrer Brust, wo tatsächlich ihr Herz schmerzte, als wäre es verwundet. Dabei malte sie sich aus, sie würde sich im Hauseingang gegenüber dem Gebäude, in dem er lebte, verstecken, um ihn am Fenster stehen zu sehen, und sich später in den Garten schleichen, um im Schutz der Dunkelheit zu warten, bis sie durch die Scheiben der Rückfront des Hauses erkennen könnte wie er, in seinen dicken Physikbüchern lesend, am Tisch säße und legere Kleidung oder vielleicht sogar nur Shorts anhätte – ihre Wangen glühten ob der gewagten Vorstellung. Sie versuchte herauszufinden, wo er wohnte, und bewies dabei eine Raffinesse, die sie selbst überraschte. Einmal folgte sie ihm in einen Autobus, doch als er an einer Haltestelle in der Innenstadt als einziger Fahrgast ausstieg, musste sie auf die Fortsetzung ihrer Nachforschungen verzichten. Wie eine Gefangene kam sie sich vor, als sie wissend, dass es ihr nicht gelingen würde, ihm unentdeckt bis zu seinem Haus zu folgen, am Fenster des Busses sitzen blieb und ihm sehnsüchtig nachschaute, während die Türen sich hinter ihm schlossen.

Eines Morgens auf dem Schulweg hörte sie zufällig, wie jemand seinem Freund erzählte, er sei dem Physiklehrer in der Stadtbibliothek begegnet. Sie war so aufgeregt, dass sie stehen bleiben musste: Sie sah in diesen Worten ein Zeichen der Ermutigung. Während des ganzen Winters strich sie durch die beiden Filialen der Stadtbücherei, indem sie, immer sprungbereit, zwischen den Regalen umherging, durch den Freiraum zwischen den Büchern und den darüber liegenden Regalbrettern spähte und hoffte ihn in einem der Gänge zu entdecken. Sie wurde immer wieder enttäuscht und hoffte doch stets auf das nächste Mal.

Am Ende des Winters stellte sie die Bibliotheksbesuche ein. Damals war ihre Liebe bereits so groß, dass sie im Unterricht nur noch unter Qualen seine Fragen beantworten konnte. Offenbar verstand er und rief sie nicht mehr auf, doch erblickte sie darin erneut ein Zeichen. Vom Beginn des Frühjahrs bis zu den Feiertagen im Herbst verbrachte sie sonntags und montags die großen Pausen in der Nähe des Lehrerzimmers, so dass sie den Platz sehen konnte, an dem er gewöhnlich saß. Sobald sich die Tür öffnete, versuchte sie sein Bild zu erhaschen, das sie sich einprägte, um den ganzen Tag davon zehren zu können: wie er sich über sein Heft beugte, aus der Teetasse trank, in seiner Tasche etwas suchte, sich mit der Englischlehrerin unterhielt, deren Platz seinem gegenüber war, und wie er die Zeitung las. Um nicht den Verdacht der Sekretärin zu erregen, in deren Blickfeld sie stand, übte sie sich darin, auf der Hut zu sein, um in der Sekunde, da sich die Tür auftat, sein Bild blitzschnell zu erfassen und danach, wenn sie wieder geschlossen wurde, scheinbar gelangweilt wegzuschauen.

Als sie jetzt am Bett ihrer Mutter saß, spürte sie wieder die frühere Unruhe in ihren Muskeln, und wie mit einem komplizierten optischen Gerät nahm sie mit ihren Augen alles, was auf dem Gang passierte, wahr. Erst als sie neben sich ein Rascheln des Lakens hörte, wandte sie sich ganz zu ihrer Mutter, die sich leicht vorgebeugt hatte und deren Hand wie eine Schlange zu Chamutals zwischen den Falten des Bettzeugs liegenden Fingern kroch. Das mit kaum erkennbarer Geschwindigkeit vorwärts strebende Körperglied fesselte Chamutals Blick. Die Finger waren gespreizt und tasteten wie hochsensible Fühler die Oberfläche der Decke ab; auf die Position von Chamutals Hand schlossen sie aufgrund des Gewichts, das auf der Hüfte der alten Frau ruhte. Dann verschwand die Hand ihrer Mutter unter der Überdecke, bewegte sich jedoch unaufhörlich voran. Schließlich trafen beide Hände aufeinander: Fingernägel gegen Fingernägel, wie Feinde, die einander mit Blicken messen. Als prüfe sie die Lage, hielt die Hand der Mutter einen Augenblick inne, um gleich darauf die Wanderung fortzusetzen, so dass ihre Finger über Chamutals Nägel, die Knochen und die höckerartigen Gelenke glitten, bis sie Chamutals ganze Hand bedeckten und ihre Kuppen auf deren Handgelenk innehielten. Auch ihre Blicke trafen sich und Chamutal versuchte zu erraten, ob ihre Mutter die Bedeutung dieses Tanzes ihrer Hände, der Kampfeslust und Werbung zugleich war, erfasste. Und die ganze Zeit über fühlte Chamutal die schwache, gleich bleibende Wärme, die aus dem zerbrechlichen Körperglied in sie hineinsickerte, und wunderte sich über den unverwandten Blick, den ihre Mutter auf ihre Augen gerichtet hielt, und die Abwesenheit aller Scham, die diesen neuen, kostbaren Kontakt ihrer beider Haut auszeichnete.

Durch das Fenster brach plötzlich, wie auf einem Bild aus dem Buch Genesis, Licht, das aus einer den Himmel überspannenden Neonröhre zu fließen schien, die aufflackerte und gleißend hell wurde und noch das kleinste Detail in dem Zimmer ausleuchtete.

Scha'ul Inlander betrat den Raum.

»Ich wusste nicht, dass Sie um diese Zeit hier sind«, sagte sie überrascht.

»Ich habe eine Fahrt nach Carmi'el abgesagt. Was halten Sie davon, sie hinunterzubringen und spazieren zu fahren?«

»Wen?«

»Meinen Vater und Ihre Mutter. Die Sonne ist herausgekommen, es wird ihnen gut tun, draußen zu sein.«

Als sie mit ihrer Mutter in den Garten kam, erwarteten die beiden Männer sie bereits. Scha'ul saß auf der Bank und seine Hände, die er in die Hosentaschen geschoben hatte, ließen die Ränder seines Jacketts wie Flügel abstehen; er betrachtete die Blumen, die zu beiden Seiten des Kieswegs gepflanzt waren. Der alte Inlander, bis zum Hals in eine Decke gewickelt, wirkte steif wie eine Mumie und starrte vor sich hin. Chamutal schob den Rollstuhl ihrer Mutter bis zu Scha'uls Vater und setzte sich auf die Bank.

So saßen sie da, das Paar auf der Bank mit dem Blick auf das Paar in den Rollstühlen. Ihre Mutter war sofort eingeschlafen. Angesichts des strahlenden Sonnenscheins hatte sie zunächst geblinzelt, dann die Augen geschlossen und sich schließlich mit hängendem Kopf nach vorn sacken lassen; nur der Gurt, mit dem sie am Rollstuhl festgeschnallt war, hielt sie noch. Scha'ul Inlanders Vater stierte indessen in die Luft.

Chamutal betrachtete die beiden alten Menschen und dachte: Vor nicht einmal zehn Jahren hätte sein Vater sich jetzt erhoben, ihr ritterlich die Hand gereicht und sie in ein Café geführt. Im Sommer hätten sie vielleicht Eis gegessen. Und säßen sie an einem Tisch mit Blick auf eine Tanzfläche, forderte er sie jetzt womöglich auf. Sie trüge ihr weißes Sommerkostüm mit dem Glockenrock, dessen Saum um ihre Beine flöge. Wenn die Musik aufhörte, verneigte er sich vor ihr und führte sie zu ihrem Tisch zurück. Und wäre das Gespräch freundlich und die Berührung ihrer Hände angenehm, nähme er sie vielleicht mit in seine Wohnung, in sein Bett. Danach gingen sie Arm in Arm durch die Straßen und erzählten einander von ihren Kindern, von Menschen, die ihnen nahe standen, den Ländern, die sie gesehen hatten, von guten wie von schlechten Zeiten und den vielen Dingen, die sie in ihrem langen Leben erfahren hatten.

Jetzt aber waren sie an ihre Rollstühle gekettet, ein jeder in seine eigene, unergründliche, abgeschottete Welt versunken, die weder Gesetze noch eine Ordnung kannte. Die Lider ihrer Mutter zuckten im Schlaf, die Augen des Mannes blickten ins Nichts.

Als könne er Gedanken lesen, legte Scha'ul Inlander seine Hand auf die Chamutals. Die Berührung entfesselte ein Beben, das bis in die äußersten Regionen ihres Körpers drang; und während sich in all ihren Gliedern ein Gefühl der Wärme ausbreitete, glaubte sie, allmählich und ganz ohne Schmerzen ihre Haut abzustreifen, wie eine Schlange zur Häutungszeit – als kröche ein neues Lebewesen aus ihr hervor, neugierig, mutig und ein klein wenig gefährlich.

Auf dem Weg gingen ein alter Mann und eine Frau, deren Schönheit Chamutal immer wieder in Bann geschlagen hatte, bis sie sich eines Tages bei einer Schwester nach ihr erkundigte und ihr gesagt wurde, das sei Paula, die Witwe eines berühmten Diplomaten. Chamutal betrachtete die Frau, deren edle Anmut weiter fortlebte: die hohe Stirn, die aufrechte Haltung ihrer Schultern und die besondere Pose der Hand, die in der Armbeuge ihres Begleiters lag. Doch die Frau, die früher bestimmt durch Ballsäle geschwebt war, bewegte sich heute im Schneckentempo, und die Windel unter der Trainingshose ließ den Körperteil, der einst ein Hintern war und die Blicke der männlichen Besucher jener Bälle wohl wie ein Magnet angezogen hatte, flach erscheinen.

»Wir hätten nicht hinuntergehen sollen, es macht dich traurig«, sagte Scha'ul und seine Fähigkeit, sie zu durchschauen, erstaunte sie. Im selben Moment bemerkte sie Bertha, deren scharfe Augen sie von einem Fenster des fünften Stockwerks aus beobachteten. »Lass uns die beiden zurückbringen«, hörte sie ihn sagen.

Auf dem Weg zum Fahrstuhl – sie gingen Seite an Seite und schoben die Rollstühle vor sich her – sagte er plötzlich: »Heute Nacht habe ich von dir geträumt.«

Sie war verblüfft und erwiderte nichts.

»Du bist überrascht«, sagte er.

»Ja.«

»Ich werde dir den Traum erzählen. Du bist ja Expertin.«

»Das bin ich nicht.«

»Da war ein Mann«, sagte er schnell, ehe sie sich weigern würde ihm zuzuhören, »der träumt, dass sein Vater, der in einem Rollstuhl sitzt, eine Frau verfolgt. Doch sie entwischt ihm.«

»Eine Frau, die er kennt?«

»Nicht wirklich.«

Ihr war klar, dass er wusste, dass sie ihn durchschaute. Sie sagte: »War der Mann im Rollstuhl dein Vater?«

»Ja.«

Ihr Herz schlug wild. »Der Traum ist ganz einfach«, erklärte sie. »Du brauchst keinen Experten, um ihn zu deuten. Schließlich siehst du deinem Vater sehr ähnlich.«

Er schaute in ihr Gesicht und sagte, als unterbreitete er ihr einen Vorschlag, dessen ernsthafte Prüfung sich lohnte: »Ich lade dich ein dir selbst ein Bild zu machen.«

»Wohin?«

»In die Wohnung meines Vaters«, antwortete er mit einer Selbstverständlichkeit, als wäre der Besuch seit ihrer ersten Begegnung auf dem Parkplatz beschlossene Sache. »Gestern habe ich ein Album mit alten Fotos hervorgeholt. Ich würde mich freuen, wenn ich es dir zeigen dürfte.«

Nachdem sie ihre Eltern zu Bett gebracht hatten und auf den Parkplatz hinausgetreten waren, sagte sie zu sich selbst, nun ist der Moment gekommen. Sie startete den Motor und folgte seinem Wagen wie besprochen zum Haus seines Vaters in der Avnijahustraße. War dieser Moment wirklich unabwendbar gewesen? Hatte sie nicht die Verantwortung einfach dem Schicksal übertragen? Gleich hier, an der nächsten Kreuzung, könnte sie rechts einbiegen und heimfahren. Ihr fiel ein Zitat ein, das während des ganzen achten Schuljahrs über dem oberen Tafelrand geprangt hatte: »Alles ist vorherbestimmt und die Erlaubnis ist gegeben«, und sie sah das Mädchen vor sich, welches ein Jahr lang mit Blick auf den vergilbenden Bristolkarton mit den kunstvoll gemalten Buchstaben saß ... Die Erlaubnis ist gegeben – man kann also auch innehalten und sagen: So weit habe ich mich treiben lassen, hier ist die Grenze.

Mit einem Gefühl von Schwindel, doch in vollem Bewusstsein dessen, was sie tat, brachte sie ihren Wagen neben seinem zum Stehen, stieg aus und näherte sich ihm, legte ihre Hand in die Hand, die er ihr reichte und die ihre Finger übertrieben fest umfasste, als wolle er die Stimme, die sie aufforderte anzuhalten, ersticken. Die Wärme, die in ihrer beider Glieder strömte, schien ihr vertraut, als besäßen sie und Scha'ul Inlander schon ein gemeinsames Stück Vergangenheit. Sie folgte ihm und spürte, was von nun an geschehen würde, doch versuchte ein Teil ihrer selbst es vor jenem anderen Teil, der klar sah, zu vertuschen. Sie stieg hinter ihm die Treppe hinauf wie jemand, der sich freiwillig an einen gefährlichen Ort bringen lässt, trat beherzt auf das Verbotene zu und war jetzt selbst entschlossen, die störende Stimme, die über ihre kindischen Versuche der Selbsttäuschung lachte, zum Schweigen zu bringen. Wohin man sie führte, daran bestand für Chamutal kein Zweifel. Noch hätte sie sagen können: »Lass uns einen Augenblick stehen bleiben, ich bin nicht sicher, ob es gut ist, das heißt, ich glaube, dass wir im Begriff sind einen Fehler zu begehen, wir sind doch beide –« Stattdessen gelangte sie vor eine Tür, und ihr Blick fiel auf ein mit Schlangen verziertes kleines Kupferschild: »Ja'akov Inlander«. Sie unterbrach die mahnende Stimme in ihrem

Innern und dachte an seinen Vater, der vor dreißig, vor zwanzig, vor zehn und noch vor fünf Jahren diese Treppe hinaufgestiegen war, mit einem Schritt, der weder schwer noch leichtfüßig wirkte und der dem seines Sohnes glich, und dessen Sohlen – wie die des Sohnes – weder lautlos noch laut auftraten, wenn er seine Geliebten diese Stufen hinaufführte, die jetzt sie ging, das Geländer an denselben Stellen umfassend wie früher er. Mit welcher Begierde mag er diese Treppe erklommen haben – und heute liegt er in Windeln und blickt staunend zum Eingang seines Zimmers.

»Woran denkst du?« Er schaute sie an, während seine Hand in der Jackentasche den Schlüssel suchte.

»Du wirst es nicht glauben: an deinen Vater«, kicherte sie.

»Sonderbar«, sagte er und stand einen Augenblick bewegungslos, ehe er den Schlüssel ins Schloss steckte. »Aus irgendeinem Grund dachte ich gerade an deine Mutter.«

Er ging in die Wohnung ohne das Licht einzuschalten. Sie wartete einen Moment, dann trat auch sie über die Schwelle. Er schloss die Tür hinter ihr und sofort, noch im Dunkeln, streckten sie ihre Arme nacheinander aus, sich Blinden gleich vortastend, bis ihre Gesichter aufeinander trafen, zielstrebig, als hätten sie vom ersten Tag an einzig auf diese Sekunde gewartet, in der sich die Tür hinter ihnen schlösse und sie allein wären. Die Berührung seiner Lippen war anders als alles, was sie kannte, vor allem anders als Arnons Art zu küssen: rauer, gewalttätiger, wie der Zugriff eines Menschen, der sich in Not befindet. Seine Hände, größer und kräftiger, als ihr Anblick verriet, gruben sich schmerzhaft in ihren Rücken und ihr Gesäß, und die Erregung, die seine Bewegungen in ihr weckten, überraschte sie angesichts der Erinnerung an die Märtyrermiene, die er einem begabten Betrüger gleich aufzusetzen verstand. Sich den Händen hingebend, die über ihren Körper wanderten, dachte sie darüber nach, ob auch sein Vater im Umgang mit seinen Geliebten so fordernd und stürmisch gewesen war, ob seine Hände genauso geschickt die Blusenknöpfe, die Reißverschlüsse der Röcke und die BH-Häkchen geöffnet und ob die Frauen ihm das Hemd ausgezogen hatten, wie sie es bei seinem Sohn tat. Später, als sie sich auf der sehr harten Matratze aneinanderpressten, war die Verzweiflung in all seinen Bewegungen, als wollte er sie zerfleischen, und sie, die voll Verlangen war, ließ ihn gewähren und dachte noch immer an seinen Vater und fragte sich, ob auch Scha'ul an ihre Mutter dachte. Erinnerungen an Arnons ersten Fronturlaub vom Libanonkrieg meldeten sich in ihr: wie sie nach zwei Monaten, in denen sie sich nicht gesehen hatten, ein jeder für sich beschlossen ein Kind in die Welt zu setzen. Es war ein Akt des Wahnsinns, sich inmitten des Kanonendonners und angesichts der Gefallenenliste, die über den schwarzen Fernsehbildschirm lief, der Naturgewalt auszuliefern, die sie ergriffen hatte, einer Lust, die ihnen bis dahin unbekannt war – in jener Ferienwoche war Hila gezeugt worden. Jetzt war der alte Drang wieder erwacht, doch nun wollte sie mit diesem Akt etwas ganz anderes verewigen. Plötzlich peitschte die Sturmflut empor und er stieß immer wieder brutal in sie hinein, als wollte er sie zersprengen, bis sie den Schrei einer Fremden aus sich herausfahren hörte, der sich wie der Laut eines auffliegenden Vogels schnell entfernte. Da sie selbst nie die Kontrolle über ihre Stimme verlor, glaubte sie, es wäre der Schrei ihrer Mutter oder einer Geliebten seines Vaters, der Tausende Nächte hier gefangen gewesen war, bis er den passenden Moment gefunden hatte, um sich Gehör zu verschaffen … Sie öffnete die Augen, doch aus nächster Nähe, in der sich der Blick verwischt, waren die Gesichtszüge und Körperkonturen des Mannes, die sie ohnehin noch nicht kannte, wie aufgelöst: Er hörte auf, eine konkrete Person zu sein, und verwandelte sich in alle Männer, die sie je im Leben gehabt hatte und die sie noch haben würde.

Er glitt von ihr hinunter und wurde ruhig, während sie noch am ganzen Körper bebte. Er streckte die Hand aus, um ihr

Gesicht zu streicheln, und sie dachte an die Aggressivität, die sich kurz zuvor offenbart hatte, und die Zärtlichkeit, mit der seine Hand sie jetzt berührte. Auch die Sanftheit, mit der er seinen Vater rasiert hatte, fiel ihr wieder ein.

Dann lagen sie still und gewöhnten sich daran, nicht länger Fremde zu sein und einander trotzdem noch nicht wirklich zu kennen: Sein Schenkel ruhte auf ihrem, sein Arm umfing ihren Rücken und seine Hand lag wie zum Schutz auf ihrer Schulter. Ihr Gesicht schmiegte sich an seinen warmen Hals, dessen fremdartiger Geruch sie nicht losließ – vergebens versuchte sie ihn zu entschlüsseln, während ihre Hände über seine Rippen fuhren und ihre Fingernägel vorsichtig kleine Kreuze in seine Haut ritzten, den Stichen gleich, mit denen sie im Handarbeitsunterricht den Satz gestickt hatte: »Wenn ihr wollt, ist es kein Märchen.«

Auch mit Arnon, so erinnerte sie sich, hatte sie zum ersten Mal im Haus seiner Eltern geschlafen, in deren Bett. Seine Eltern waren damals zur Erholung in einem anderen Kibbuz. Er hatte Chamutal zu ihrem Zimmer geführt, den Schlüssel genommen, den sie in ein Schränkchen auf der Veranda gehängt hatten, aufgeschlossen und sie hineingebeten. Später fand sie heraus, dass er ein eigenes Zimmer besaß, einen winzigen Raum an einem Korridor, von dem vier weitere Kammern abgingen, deren Decken voller Schimmelblumen waren und die lediglich durch dünne Holzwände voneinander getrennt waren. Jahre später erzählte er Chamutal, dass er, schon als er sie zum ersten Mal sah, ihnen beiden das Bett seiner Eltern zugedacht hatte. Sie habe damals Shorts getragen, behauptete er.

Bei ihrer Ankunft im Kibbuz war sie verschwitzt und staubig gewesen vom Fußmarsch über die Zypressenallee, die zu der Siedlung führte. Sie hatte ihr Gepäck in einer Zimmerecke abgestellt und gebeten sich duschen zu dürfen. Er reichte ihr ein sauberes Handtuch, zog ein frisches Stück Seife aus der Verpackung und zeigte ihr, wie man den Wasserstrahl regulierte. Schließlich wünschte er ihr ein angenehmes Baden, verbeugte sich mit gespielter Galanterie und verließ die Gemeinschaftsdusche. Sie verschloss das Fenster und die Tür des Raums und hängte das Handtuch über die Türklinke, um das Schlüsselloch zu verdecken. Erst dann zog sie sich aus, verschwand hinter dem Plastikvorhang und drehte den Wasserhahn auf. Sie gab etwas Shampoo auf ihre Handfläche, schloss die Augen und tauchte in das Rauschen des starken Strahls ein.

Als sie die Augen wieder öffnete, sah sie, dass der Vorhang beiseite geschoben war und Arnon im Schneidersitz an die gegenüberliegende Wand gelehnt saß und sie betrachtete.

»Das gehört sich nicht«, rief sie wütend und hüllte sich in den Vorhang.

»Du hast vollkommen Recht.« Er sprang auf, trat angezogen und mit Schuhen unter die Dusche und drückte sie gegen die feuchte Wand. »Du bist schon ganz nass und ich sitze hier auf dem Trockenen.«

Und zum ersten Mal überkam sie jenes Gefühl der Frustration, das sie von da an noch oft heimsuchen sollte: ein Zorn, der sich in ihrer Kehle staute und sie zu ersticken drohte, der jedoch unvermittelt nachließ aufgrund der Überraschung, die eine Handlung oder ein Wort Arnons auslösen konnten, die sie der Lächerlichkeit preisgaben oder ihre Dummheit verdeutlichten und sie in Verwirrung stürzten, so dass sie gegen ihren Willen lachte, ohne dass jener Zorn jedoch vollkommen verflog; Bruchteile davon kehrten stets wieder, um sich erneut in ihrer Kehle zu stauen, doch nachdem sie gelacht hatte, war die Zeit für Zorn vorbei und sie musste ihn hinunterwürgen, so mühsam, wie man wahrscheinlich Gift schluckt.

Unter der Dusche legte er seine kraftvollen Arme um sie, rieb ihren feuchten Rücken mit seinen noch trockenen Ärmeln, bis sie versöhnt war und seine Küsse erwiderte. Dann flüsterte er in ihr Ohr: »Darf ich dich um etwas bitten?«

»Nein«, antwortete sie.

»Worum, glaubst du, wollte ich dich bitten?«

»Du weißt es und ich weiß es, und die Antwort ist Nein.«

»Ich wollte dich um Erlaubnis bitten, heute Abend deine Schuhe anziehen zu dürfen, weil meine triefend nass sind«, lachte er. Er entwand sich ihren Armen, während ihre Fäuste auf seinen Rücken trommelten, und führte sie zum Bett seiner Eltern.

Sie dachte: Alle habe ich in dieses Bett mitgenommen, Arnon, Hila, Scha'ul Inlanders Vater, seine Mutter und die Freundinnen seines Vaters. Müdigkeit überkam sie und ihre Gedanken verschwammen; sie schlief ein. Als sie erwachte, waren ihre Glieder angenehm schwer. Ihr Rücken war an Scha'uls gewölbter Brust geborgen und sie glichen zwei ineinander verschlungenen Fragezeichen. Wie jemand, der ein neues Land entdeckt, ließ sie ihre Augen sich an die allmählich heller werdende Dunkelheit gewöhnen, ließ den Blick über die Gegenstände streifen, die im Zimmer verteilt waren: An den Wänden hingen Fotografien, die meisten in Schwarz weiß und alle in unterschiedlichen Rahmen; in einem Schrank, dessen Tür offen stand, stapelten sich Badetücher und Bettwäsche, von ungeschickter Hand zusammengelegt; in der Ecke zwischen Schrank und Zimmerwand waren Hausschuhe erkennbar, deren Spitzen aufeinander zeigten; der Kleiderknecht, der wie ein Zwerg nur bis zum unteren Rand des Fensters reichte, trug einen dunklen Herrenanzug; und auf dem Stuhl stand ein James-Bond-Koffer, der sich im Spiegel beäugte. Auf der Kommode neben dem Spiegel reflektierten mehrere Gegenstände den Lichtstreifen, der durch den von einer fehlenden Lamelle verursachten Spalt in der Jalousie eindrang: eine Kleiderbürste, deren Borsten sich unter dem Gewicht des dicken Holzrückens bogen; ein feiner Kamm für kurzes Haar; ein ungewöhnlich großer Schlüsselbund; ein Notizbuch, zwischen dessen Seiten ein Bleistift steckte. Sie ließ ihren Blick schweifen, und was sie sah, war ein Zimmer, das keinen einzigen weiblichen Gegenstand enthielt, abgesehen von der kleinen Insel, die ihre auf den Bettvorleger geworfenen Kleider bildeten.

»Bist du auf den Fotos, die an der Wand hängen?«, fragte sie. Obgleich er sich nicht rührte, wusste sie, dass er wach war.

»Auf vielen, ja.«

»Hast du heimlich geguckt, wenn dein Vater hier mit seinen Freundinnen war?«

»Ich habe beide Augen fest zugedrückt, davon kannst du ausgehen.«

Sie wandte sich um und streckte ihre Hand nach seinem Gesicht, um zärtlich über seine Lider zu streichen: eine spontane Regung, die jenen Augen galt, die wussten, wann sie sich schließen mussten. Er aber legte seine Hand auf ihre Finger und führte sie über seine Nase, seine Lippen, das Kinn und die Kehle bis zu seiner Brust, wo sie unter ihrer Handfläche das Pulsieren der Arterien spürte.

»Das war anständig von dir, die Augen zuzumachen.«

»Aber nicht einmal im Traum hätte ich mir ausgemalt, dass mir eines Tages als Belohnung dieses Streicheln geschenkt würde.«

»Der Lohn war die Unwissenheit … Kinder wollen nicht wirklich wissen, was ihre Väter und Mütter tun, wenn sie die Elternrolle ablegen.«

»Nein? Weshalb nicht?«

»Es bedeutet eine Bedrohung für sie.« Sie dachte an das Gefühl der Fremdheit, das sie stets gegenüber Schifra Baum, der Oberschwester in der Praxis der Staatlichen Krankenversorgung, empfunden hatte. Dann fuhr sie fort: »Du hast drei Kinder, sagtest du?«

»Ja. Eine Tochter aus erster Ehe, sie macht bald Abitur, und zwei Jungen von meiner zweiten Frau.«

»Du und deine zweite Frau, ihr seid noch miteinander verheiratet?«

»Ja.«

»Und alle leben in Chicago?«

»Ja.«

»Ist deine Frau Israelin?«

»Meine erste Frau war Israelin, meine zweite Frau ist Amerikanerin.«

»Können deine Kinder hebräisch?«

»Meine Tochter ja, natürlich. Wir sprachen zu Hause immer hebräisch. Aber die Jungen haben es nicht gelernt.«

»Leben die Eltern deiner Frau noch?«

»Ihre Mutter kam bei einem Autounfall ums Leben, ihr Vater ist Direktor einer Schule.«

»Dann weiß sie noch nicht, was ein Pflegeheim ist«, sagte sie, als wäre die Bildung seiner Frau mit einem Makel behaftet.

»Sie weiß es wirklich nicht«, entgegnete er in entschuldigendem Ton.

Das war nicht die Sorte Dialog, die man von einer Frau und einem Mann bei ihrer ersten sexuellen Begegnung erwartete, überlegte Chamutal. Und doch war etwas daran richtig, so als verlange ihre Beziehung nach einer Definition und als erfülle ihr Gespräch genau diese Funktion. Hier waren ein Mann und eine Frau, und zwischen ihnen standen ein anderer Mann und andere Frauen sowie fünf Kinder aus mehreren Ehen, und künftig war es ratsam, sich dieser Tatsache bewusst zu sein. Denn auf dem Territorium, das sie soeben betreten hatten, gerieten Dinge, die es verdienten erinnert zu werden, leicht in Vergessenheit. Trotzdem, so stellte sie fest, hatte sich die Nähe zwischen ihnen nicht verringert; im Gegenteil, dieses Gespräch hatte die Grenzen ihrer gemeinsamen Welt erweitert, auf dass sie alle Menschen einschließe, die in ihren getrennten Existenzen eine Rolle spielten. Ein Glücksgefühl erfüllte Chamutal, als sei ihr Lebenskreis unverhofft gewachsen – und sie mit ihm. Unvermittelt wanderten ihre Gedanken jedoch zurück zu ihrer Mutter und seinem Vater und zu deren sich ständig verkleinernden Welten.

Sie fragte: »Bis wann hat dein Vater in diesem Bett geschlafen?«

»Bis vor anderthalb Jahren.«

»Ist er schon so lange auf der Pflegestation?«

»Nein, vorher war er im Altenheim.«

»Seit wann –?«

»Pass auf, ich werde dir alles der Reihe nach erzählen.«

Mit einer Bewegung, die andeutete, dass ihnen alle Zeit der Welt zur Verfügung stehe und er Chamutal gewissenhaft und gründlich in sein Leben einführen wolle, legte er die Hände in seinen Nacken. Dann begann er zu erzählen: »Meine Mutter starb vor fünf Jahren. Da wohnte ich schon in Chicago. Nachdem Vater ein knappes Jahr allein gelebt hatte, wollte er zu mir ziehen –«

»Hat er deine Mutter geliebt?«

Er schwieg. Anscheinend konfrontierte sie ihn mit einer Frage, die er sich selbst nie gestellt hatte.

»Im Großen und Ganzen ja, glaube ich. Vor allem war er an sie gewöhnt, und vielleicht bedeutet ja eine gewisse Art von Gewohnheit auch Liebe. Trotzdem erinnere ich mich seit einiger Zeit immer öfter an ihre Streitereien. Es gab sogar eine Zeit, in der sie für ein halbes Jahr zu ihrer Schwester zog und ich allein bei ihm lebte. Ich war in der sechsten Klasse und zum ersten Mal verliebt, und ich hatte niemanden, mit dem ich darüber sprechen konnte, weil Vater das Haus früh verließ und erst spätabends zurückkam. Das sechste Schuljahr war furchtbar für mich.«

»In wen warst du verliebt?«

»In Rachel, das melancholischste Mädchen der ganzen Klasse. Sie wollte Dichterin werden und ihr größter Kummer war, dass es bereits eine Dichterin gab, die Rachel hieß.«

Was, fragte sie sich, war befremdlich an seiner Darstellung?

»Es passt zu dir, dich in eine Dichterin zu verlieben.«

»Das ist wahr.«

»Und ist sie wirklich Dichterin geworden?«

»Ich habe keine Ahnung. Im darauf folgenden Schuljahr war ich schon in ein anderes Mädchen verliebt.«

»Noch eine Poetin?«

»Nein, sie trieb gerne Sport.«

Mit einem Mal wusste sie, weshalb seine Erzählung ihr merkwürdig schien: Auch bei Sätzen, die ein Lächeln verdient hätten, verzog er keine Miene. Dann dachte sie im Stillen – und lernte dabei etwas über sich selbst: das genaue Gegenteil von Arnon.

»Brachte dein Vater Frauen mit nach Hause, als deine Mutter bei ihrer Schwester war?«

»Ja, anscheinend tat er das. Manchmal glaubte ich Stimmen zu hören, aber ich blieb immer in meinem Zimmer. Ich pinkelte in die Blumentöpfe auf dem Balkon, um es nicht verlassen zu müssen. Wie du sagtest, Kinder wollen nichts davon wissen.«

»Und dann kehrte deine Mutter zurück?«

»Ja. Sie schenkte mir ein Schachspiel und eine Zeit lang verlief alles friedlich zwischen ihnen. Aber später fingen sie wieder an sich zu quälen.«

»Worüber stritten sie?«

»Häufig ging es um mich. Viele Jahre lief ich mit dem Gefühl umher, ich wäre an irgendetwas schuld.«

»Streitest du mit deiner Frau?«

»Hin und wieder.«

»Worüber streitet ihr?«

»Ich provoziere Auseinandersetzungen nicht. Ich schweige meist oder verteidige mich. Sie streitet um Dinge, die nichts mit unserer Beziehung zu tun haben. Ich weiß nicht warum, aber ich habe festgestellt, dass es immer am Wochenanfang zu Konflikten kommt.«

Genau wie Arnon – dachte sie nun –, du willst es nicht wirklich begreifen. Der Junge, der einst vor dem Bett seines Vaters beide Augen zugedrückt hatte, hielt sie weiterhin fest verschlossen.

»Lebten deine Eltern gern miteinander?«, fragte sie.

»Ich weiß es nicht.«

»Lachten sie zusammen?«

»Meine Eltern lachten fast nie.«

»Auch du kannst nicht lachen.«

»Das ist nicht wahr.«

»Und dich nicht aufregen.«

»Worauf gründet sich diese Diagnose?«

»Als wir ›Auf der Flucht‹ sahen, schienst du kein bisschen aufgeregt.«

»Das bedeutet nichts.«

»Du fandest die Architektur Chicagos spannender als die Probleme der Hauptfigur.«

»Ich habe dir von Anfang an gesagt, dass ich den Film der Stadt wegen anschauen wollte.«

»Du scheinst Chicago sehr zu vermissen«, bemerkte sie und stellte überrascht fest, dass sie um Tel Avivs willen beleidigt war.

»Ja, das kann man wohl sagen.«

»Ist Chicago jetzt dein Zuhause?«

»Auf jeden Fall. Meine Söhne sind dort auf die Welt gekommen.«

»Denkst du nie an eine Rückkehr?«

»Ich weiß nicht, was einmal sein wird, aber ich nehme an, dass ich drüben bleiben werde.«

»Und wenn deine Tochter ihren Militärdienst machen und hier leben will?«

»Dann habe ich ein Problem.«

Wieder begann sie von seinen Eltern zu sprechen: »Was passierte, nachdem deine Mutter zurückgekommen war?«

»Ich weiß es nicht. Er hat mir einmal gesagt, dass ihre letzten gemeinsamen Jahre die besten gewesen seien. Wahrscheinlich waren sie nach so vielen Jahren des Kämpfens müde.«

»Oft halten wir Resignation irrtümlich für Glück«, sagte sie. »Ihre letzten Jahre waren gut, weil dein Vater nicht mehr fremdging.«

»Ich denke nicht, dass er vorher wirklich so viele Affären hatte.«

»Glaub mir, er hatte viele. Das weiß ich sicher.«

Er zog die Hände hinter seinem Nacken hervor und wandte sich zu ihr: »Soll ich dir erzählen, wie es ihm in Chicago erging?«

»Ja.«

»Zwei Monate lang ging er spazieren und bestaunte die Gebäude, Denkmäler und Parks. Danach wurde es kalt, und er fing an sich zu langweilen und wollte nach Israel zurück. Er stand mit einer Frau in Briefkontakt, die ihn erwartete. Sie lebten dann einige Monate zusammen, aber sie kamen miteinander nicht zurecht. So lebte er schließlich wieder allein und hatte ständig neue Freundinnen – das alles hat meine Tante mir erzählt, mit mir redete er nie über das Thema. Letztlich beschloss er ins Altenheim zu ziehen, wo ein Jahr später die Krankheit festgestellt wurde. Er ließ sich operieren und es gab Komplikationen. Von da an kam er von einer Institution in die nächste, bis er auf der Pflegestation landete.«

»Hast du Brüder?«

»Nein. Ich bin ein Einzelkind.«

»Kannst du erkennen, wie spät es ist?«

»Sechs Uhr.«

»Dann haben wir noch ein bisschen Zeit.«

Arnon und die Mädchen – die seltenen Momente, in denen sie während der zurückliegenden Stunden an sie gedacht hatte, hatten keinerlei Unwohlsein in ihr wachgerufen, als bestünde zwischen ihnen und Chamutals Handeln an diesem Ort kein Zusammenhang. Die Erkenntnis dieses Umstands kam für Chamutal einer erstaunlichen Entdeckung gleich, denn niemals hätte sie geahnt, dass sie so empfinden könnte. Noch unter der Dusche stellte sie ihm Fragen über seine Eltern, und er stand da und betrachtete sie, als hätte er schon oft gesehen, wie sie nackt im Bad stand, ihr Haar shampoonierte und Schaumbäche an ihrem Körper hinunterrannen. Ließe man sich von der Art und Weise täuschen, in der sie die Hand ausstreckte und er ihr das Badetuch reichte, so könnte man glauben, sie folgten einer alten Routine. Danach zogen sie sich an, er kochte Kaffee, so wie er es während seines Militärdienstes von einem Beduinen gelernt hatte, und sie trocknete ihr Haar vor einem schnarrenden Heizlüfter, der in der Küche stand. Die Ausstattung des kleinen Raumes erinnerte sie an eine Kibbuzküche, die zu Ausstellungszwecken in einem Museum konserviert war: das Reich einer ihren Gewohnheiten verhafteten Hausfrau, die sich in der Umgebung der alten Küchengeräte, der steinernen Spüle und der zerkratzten Holztüren wohl fühlt und darauf beharrt, alles so zu belassen, wie es ist, und Einbauschränke und modische Neuerungen nicht akzeptieren würde.

»Deine Mutter mochte keine neuen Dinge.«

»Du hast Recht. Anscheinend war das ein Grund für die Streitereien meiner Eltern. Mein Vater war ein Genießer, sie dagegen eine Asketin.«

Ein Genießer – Chamutal dachte an den Mann auf der Pflegestation.

Plötzlich wurde ihr klar, dass sie bereits viele Details aus der Lebensgeschichte seiner Eltern kannte und von seiner Tante, seinen Freunden und Nachbarn wusste, ja sogar von dem Beduinen, der ihm beigebracht hatte Kaffee zu kochen – er hingegen fragte sie nichts. Das ärgerte sie mehr, als sie sich zunächst eingestand. Je länger sie ihm zuhörte, desto schneller wuchs ein Gefühl der Ablehnung, das allmählich an die Stelle des Zaubers trat, mit dem der Mann vom Parkplatz sie belegt hatte. Auf einmal erschien er ihr als ein verwöhnter Junge, als jemand, dessen Dasein auf Erinnerungen begründet war, für die es in ihrem eigenen Leben keine Entsprechung gab. In allen Einzelheiten erzählte er ihr von einem Polizisten, der in der Wohnung über ihnen gewohnt und ihm in seiner Kindheit Angst eingeflößt hatte, und voll Abscheu überlegte sie, dass ein Mann, der so viel Energie auf die minutiöse Darstellung einer solchen Begebenheit verwandte, sich zu wichtig nahm – viel wichtiger, als der erste Eindruck sie hatte vermuten lassen. Enttäuschung stieg in ihr auf und wog umso schwerer, je länger sein Bericht dauerte.

»Und später, als ich ungefähr zehn Jahre alt war, traf ich ihn –«

»Ich muss gehen«, unterbrach sie ihn und zog ihre Finger unter seiner Hand hervor. Sie stand auf, griff nach ihrem Mantel und ihrer Tasche und ging eilig zur Wohnungstür. Dort holte er sie ein, genau an der Stelle, an der sie vier Stunden zuvor gleichsam magisch voneinander angezogen worden waren. Er versuchte sie zu küssen; offenbar wollte er jenen Augenblick, der ihr nun fern und vergessenswert schien, noch einmal aufleben lassen. Schnell trat sie hinaus, sein »Auf Wiedersehen« nur halbherzig erwidernd; auch schaute sie sich nicht um, obwohl sie wusste, dass er verwirrt in der Türöffnung stehen blieb, bis sie verschwunden war.

Als sie im Auto saß, versuchte sie ihren Zorn auf die Spitze zu treiben und die Augenblicke der Lust und Hingabe und die Ruhe, die sie in den zurückliegenden Stunden empfunden hatte, zu vergessen. Sie sprach kühl und reflektiert, wie zu einer Fremden, die weder Wertschätzung noch Zuneigung verdiente: »Du wolltest eine neue Erfahrung machen. Bitte sehr, jetzt hast du sie gemacht. Du hast das gebraucht und es hat keinen Sinn, darüber zu grübeln, warum alles so gekommen ist. Es spielt keine Rolle, ob du die Ursachen kennst oder nicht. Quäl dich nicht, die Geschichte ist bedeutungslos. Gerade erst hat sie begonnen und schon ist alles Vergangenheit – so liegen die Dinge nun mal. Manches erübrigt sich, sobald man sich darauf einlässt. Dagegen nimmt ein Problem, gegen das man mit aller Macht ankämpft, mitunter übertriebene Ausmaße an. Und genau das war in deinem Fall geschehen. Jetzt solltest du dich beruhigen, den ganzen Unsinn vergessen, einmal tief durchatmen und nachsehen, was zu Hause los ist.«

Doch sie lenkte ihren Wagen nicht nach Hause, sondern zögerte den Augenblick, in dem sie Arnon und den Mädchen gegenüberstände, hinaus. In einer Seitenstraße hielt sie an, um zu überlegen, was zu tun war, und beschloss ins Büro zu fahren.

Auf ihrem Schreibtisch lagen die Resümees zweier Träume, die ihr wie versprochen per Fax übermittelt worden waren.

Traum einer Gefängnisinsassin, die eine fünfjährige Freiheitsstrafe verbüsst, weil sie versucht hat ihren Schwiegervater zu ermorden. Dr. Christoph Müller von der Universität Freiburg berichtet auf dem internationalen Kongress:

Die Frau träumt, sie leide unter einem schweren Migräneanfall und liege im Bett. In ihrem Traum erhebt sie sich mühsam, um schmerzlindernde Medikamente aus dem Kühlschrank zu holen.

Dabei stellt sie fest, dass im Haus eine fürchterliche Unordnung herrscht und es stinkt. Mitten im Wohnzimmer liegt ein riesiger Berg ungewaschener Wäsche. Da der Hund offenbar nicht ausgeführt wurde, hat er sein Geschäft auf den Teppichen und den Wäschestücken verrichtet.

Der Ehemann, die drei Kinder, die Eltern und Schwiegereltern sitzen festlich gekleidet in der Essecke um einen leeren Tisch. Ihr wird klar, dass sie erwarten, dass sie ihnen ein Festtagsessen aufträgt. Sie erinnert sich nicht, ihre Eltern und Schwiegereltern zum Essen eingeladen zu haben, und fragt sich, welcher Festtag sei. Sie entschuldigt sich für ihr Aussehen und geht zum Kühlschrank, um nachzuschauen, ob sie dort vielleicht ein paar Fertiggerichte hat. Doch sie findet nur ihre Medikamente und auch im Tiefkühlfach ist nichts Brauchbares.

Also begibt sie sich zu ihren Gästen und erklärt die Situation. Der Vater ihres Mannes steht auf, greift sie und zerrt sie zum Tisch. Alle anderen helfen ihm, sie auf die leere Tischplatte zu legen. Sie binden ihren Kopf am einen Tischende und ihre Füße am anderen Tischende fest. Dann setzen sich die acht Anwesenden wieder, nehmen ihr Besteck und fangen an Fleischstücke aus ihr herauszuschneiden und zu verzehren. Ihr Schwiegervater platziert eine Kanne unter ihrem Handgelenk, schneidet ihre Pulsadern auf und das Blut rinnt in das Gefäß.

Sie bettelt, man möge ihr ihre Schmerzmittel geben, doch die Essenden sind damit beschäftigt, das Aroma ihrer Leber mit dem der anderen Innereien zu vergleichen. Ihr Mann ist sogar schon bis zum Knochenmark vorgedrungen und versucht den Geschmack zu beschreiben. Außerdem unterhalten sie sich während des Essens über eine Reise und Computerpreise.

Bei der Korrektur des Traums steht die Frau morgens auf. Sie hat Kopfschmerzen und nimmt das Problem sofort in Angriff. Sie trägt ihrem Mann die Einkäufe auf, ihren Kindern das Haus zu putzen, ihrer Mutter zu kochen, ihrer Schwiegermutter den Tisch zu decken, und ihrem Schwiegervater Wein zu besorgen. Sie selbst kümmert sich um die Blumen.

Am Abend schließlich sitzen alle beieinander, essen, amüsieren sich und planen einen gemeinsamen Urlaub in der Toskana.

Alles, was während der Fahrt zum Büro in ihr zur Ruhe gekommen war, erwachte beim Lesen des Alptraums der fremden Frau, der ihr so vertraut schien, als hätte sie ihn selbst geträumt: das Herzrasen, das sie befallen hatte, als ihre Mutter sich die Schenkel befühlte, nachdem die Lust, sich berühren zu lassen, all ihre Scham besiegt hatte; als Bertha sehnsuchtsvoll von ihren Eltern sprach und von deren uneingelöstem Versprechen, sie eines Tages mit nach Kanada zu nehmen; als sie dem erschöpften alten Mann begegnete, der sich als Pflegerin Clara ausgab, um die Gängeleien seiner Frau, die jegliche Ähnlichkeit mit dem Mädchen, das er einst liebte, verloren hatte, vorübergehend abzuwehren – diese ganze Unruhe war mit einem Mal wieder da, als sie den Bericht las. Wieder blickte sie in den dunklen Brunnen, der seine grauenvollen Gewässer von einem Ort bezog, an dem es weder eine Logik noch irgendein System gab, sondern einzig einen undefinierbaren, dem Zufall gehorchenden Willen, der auf nichts Rücksicht nahm. Abermals sah sie den alten Inlander und dachte an seinen Sohn. Doch dann wanderten ihre Gedanken weiter zu Arnon und den Mädchen, und sie beschloss zu Hause anzurufen.

Am anderen Ende der Leitung meldete sich Hila, und noch bevor Chamutal fragen konnte, weshalb sie so spät noch wach sei, hörte sie das Mädchen in ironischem Ton sagen: »Guten Morgen, Frau Mama«, und dann in die Wohnung rufen: »Sie ist am Telefon!«

Tränen sammelten sich in ihrer Kehle und es schien ihr, als seien sie schon immer dort gewesen, als hätten sie an einer Schwelle gewartet endlich hervorkommen zu dürfen.

»Ist etwas geschehen, Hila?«

»Es ist etwas geschehen, ja – hier ist Papa.«

»Hör zu«, sagte Arnon, »wir fahren für drei Wochen in den Kibbuz.«

»Wen meinst du mit *wir*?«

»Die Kinder und ich.«

»Wann fahrt ihr?«

»In sieben Stunden.«

Ihr Herz setzte für den Bruchteil einer Sekunde aus. Sie wusste nicht, ob sie verzweifeln oder sich freuen sollte.

»Aber morgen ist Schule«, sagte Chamutal, als sie sich gefasst hatte.

»Ich habe mit den Lehrern gesprochen.«

»Was ist plötzlich mit euch los?«

»Mit uns ist nichts plötzlich los. Schon seit vier Tagen sprechen wir davon. Und du hast Michal sogar versprochen eine Sonnencreme zu kaufen. Hast du sie besorgt?«

Chamutal entgegnete nichts. Sie erinnerte sich weder an eine derartige Bitte noch an das Versprechen.

»Du hast dich nicht darum gekümmert«, antwortete er statt ihrer.

»Weil noch Zeit ist. Die Rede war von den Pessachferien.«

»Die fangen in vier Tagen an.«

»Weshalb müsst ihr dann schon in sieben Stunden aufbrechen?«

Im Hörer knackte es.

»Wer ist in der Leitung? Michal?«, fragte Arnon.

»Ich will hören, was ihr vereinbart.«

»Hallo, Michali«, sagte Chamutal.

»Also kommt sie mit?«, wollte Michal wissen.

»Sie kann nicht, sie ist beschäftigt«, antwortete Arnon ihr.

»Du sagtest, sie käme am Wochenende.«

»Ich sagte: Sie wird schon eine Ausrede finden, um nicht am Wochenende kommen zu müssen.«

»Weshalb fahrt ihr früher los?«, fragte Chamutal noch einmal.

»Ich muss beruflich dringend nach Beerscheva«, entgegnete Arnon, »und du bist nie zu Hause. Ohnehin wollten wir in den Pessachferien verreisen.«

»Was ist mit Michals Physik?«

»Ich habe ihr einen Lehrer im Kibbuz besorgt. Sie wird die Prüfung nach den Ferien ablegen. Und Hila soll zwei Hausarbeiten schreiben. Die Bibliothekarin ist bereit ihr zu helfen. Alles ist organisiert. Auch mit Schula habe ich gesprochen. Übrigens nimmt sie ihren Urlaub jetzt, weil ohnehin niemand da ist, der Schmutz im Haus macht.«

»Kommst du nun am Wochenende oder nicht?«, fragte Michal.

»Ich kann im Augenblick nicht wegfahren.«

»Warum nicht?«, erkundigte Michal sich, deren Stimme wieder fordernd klang.

»Wegen Großmutter. Ich kann sie jetzt nicht allein lassen.«

»Wir fragen Zipi, ob sie herkommt.«

»Sie kann vor Pessach nicht. Außerdem bin ich mit der Zeitschrift im Rückstand.«

Einen Moment herrschte Stille.

»Papa hat behauptet, das wäre genau das, was du sagen würdest. Ich habe dagegen gewettet.« Verwunderung schwang in Michals Stimme und Chamutal glaubte auch Enttäuschung aus ihren Worten zu hören, als habe das Mädchen soeben eingesehen, dass es die ganze Zeit über jemandem die Treue gehalten hatte, der es nicht wert war.

»Michal«, sagte Arnon, »gehst du jetzt bitte aus der Leitung?«

»Kommst du uns wenigstens Auf Wiedersehen sagen?«, versuchte die veränderte Michal mit ihr zu handeln.

»Wenn sie Zeit für uns findet«, sagte Arnon und Michal legte den Hörer auf.

»Was sollen diese sarkastischen Bemerkungen vor Michal?«,

fiel Chamutal, die dank der räumlichen Distanz plötzlich Mut fasste, über ihn her.

»Unsere Tochter ist intelligenter, als du denkst.«

»Warum sagst du dann: wenn sie Zeit für uns findet?«

»Weil das exakt den Punkt trifft.«

»Das klingt wie eine Anschuldigung.«

»Genau das soll es sein.«

»Wie bitte? Du beschuldigst mich?«

»Ja.« Auch Arnon nutzte den Vorteil, den die Distanz bot.

»Wie lautet die Anklage genau?«

»Seit die Sache mit der Pflegestation angefangen hat, die Obsession der ständigen Besuche oder der angeblichen Besuche –«

»Ich besuche meine Mutter.«

»Für keinen von uns hast du mehr Zeit –«

»Was ist schlecht daran, wenn ich mich um meine Mutter kümmere?«

»Dass du nicht hier bist. Und selbst wenn du bei uns bist, wirkst du abwesend. Es passieren Dinge, von denen du keine Ahnung hast. Das Mädchen braucht dich, aber du bist nicht da. Von meiner Person will ich gar nicht erst reden, aber –«

»Wie kannst du nur sagen –«

»Genauso schlecht ist, dass in letzter Zeit zu viel geschieht, was ich nicht verstehe.«

»Ich werde momentan –«

»Und was am allerschlimmsten ist: Es macht mir fast nichts mehr aus –«

»– ganz von meiner Mutter in Anspruch genommen.«

»Mir brauchst du nicht zu erzählen, wie wunderbar euer Verhältnis ist.«

»Ich kümmere mich um meine Mutter.«

»Ich weiß nicht, was dich zur Zeit beansprucht, und ich bin auch nicht sicher, ob du deine Mutter wirklich besuchst. Als sie im Altenheim war, hast du sie wochenlang nicht gesehen. Hätte ich dich nicht daran erinnert, sie wegen der Geschichten mit der Bank anzurufen, hättest du monatelang nicht mit ihr gesprochen.«

»Damals brauchte sie mich nicht. Aber die Situation hat sich geändert.«

»Na gut. Ab sofort hast du alle Zeit der Welt für sie.«

»Wann genau wollt ihr fahren?«

»Wir schlafen sechs Stunden, stehen um vier Uhr auf und verlassen das Haus eine Stunde später.«

»Ich muss über Nacht arbeiten. Aber ich werde um fünf Uhr bei euch sein.«

»Be my guest.«

Er legte auf. Chamutal tat es leid, dass sein Schmerz ihn hatte Dinge aussprechen lassen, die er nie zuvor gesagt hatte. Dann dachte sie: Danke, Arnon, jetzt ist mir leichter zumute. Und nur für die Dauer eines Augenblicks erschrak sie: viel zu leicht.

In den Stunden, die sie im Büro verbrachte, gelang es ihr nicht, sich auf ihre Arbeit zu konzentrieren, doch wagte sie es nicht heimzukehren, in das Bett in ihrem Schlafzimmer. Um zwei Uhr nachts, sie war todmüde, beauftragte sie den telefonischen Weckdienst für vier Uhr dreißig. Sie legte den Kopf auf ihre auf dem Schreibtisch gefalteten Hände und schlief ein.

Die Dankbarkeit, die sie Arnon gegenüber empfunden hatte, zerstob, als sie um fünf Uhr von ihrer Familie Abschied nahm. Arnon zeigte sich kühl und ungeduldig und interessierte sich nicht im Geringsten für den Umfang ihres Arbeitspensums; auch wollte er nicht wissen, was sie bis zu ihrem Anruf um zehn Uhr abends getan hatte – als wären sie von nun an geschiedene Leute. Als sie einen Moment allein waren, fragte sie ihn: »Darf ich erfahren, weshalb du das wirklich tust?«

»Um dir zu gehorchen.«

»Was heißt: um mir zu gehorchen?«

»Ich versuche immer deine Herzenswünsche zu erfüllen. Das ist alles.«

Er ging zum Auto und im Nu waren die Mädchen an seiner Seite. Das Rätsel seiner Antwort blieb ungelöst.

Mit raschen Handgriffen ordnete er das Gepäck im Kofferraum. Chamutal stand verlegen hinter ihm, wie eine Fremde, die sich mit einer fest zusammengeschweißten, feindlichen Gruppe konfrontiert sah, und hörte sich, in dem Versuch den Anschein eines gewöhnlichen Abschieds aufrechtzuerhalten, zu den Mädchen sagen: »Passt gut auf Papa auf.« Kurz darauf gelang es ihr, Michal flüchtig zu küssen, während sie aus dem Augenwinkel beobachtete, wie Hila sich tief in den Rücksitz lehnte, um ihrem Zugriff zu entgehen. Dann spähte sie noch einen Moment durch das Fenster ins Wageninnere, und da sie nicht wusste, was sie noch sagen sollte, wiederholte sie: »Passt gut auf Papa auf.«

»Und wer passt auf Mama auf?«, fragte er, richtete den Rückspiegel und fuhr an, noch ehe sie ihre Hände vom Wagenfenster zurückgezogen hatte. Der Hund rannte bis ans Ende der Straße hinter dem Auto her, während Chamutal mitten auf der Fahrbahn stehen blieb und die Hände wegen der Kälte verschränkte. Sie hörte das enttäuschte Gebell, das immer wieder die Stille zerriss, und erkannte die ersten Zeichen, die das Ende der Nacht und die Dämmerung ankündigten. Sie wartete noch eine Weile, bis der Hund resignierte und zurückkam, und überlegte, dass die Mädchen ihn gewiss hatten mitnehmen wollen, dass Arnon es jedoch vorgezogen hatte, Chamutal zu bestrafen und ihn daheim zu lassen, um sie ans Haus zu ketten. Sie fühlte, wie sich von allen Seiten her Einsamkeit um sie legte, und dachte verwundert, dass wenige Stunden zuvor noch zwei Männer in ihrem Leben gewesen waren, die nun beide nicht mehr existierten. Doch wusste sie auch, dass es in ihrer Macht stand, die Dinge umzukehren. Sie erinnerte sich an Hilas Blick, der offenbar etwas zu entschlüsseln suchte, und an den Kuss, den Michal ihr gab, und wie das Mädchen sich einen Moment an sie drückte, als habe sich nur ihre Sprache der aufbegehrenden Schwester angepasst, wohingegen ihr Körper der Mutter weiterhin treu war. Sie sah den Hund im Zickzack die verlassene Fahrbahn entlanglaufen und kehrte ins Haus zurück. Plötzlich, ohne Grund, fiel ihr der Geruch von Scha'ul Inlanders Körper ein und sie empfand ein Bangen angesichts der neuen Möglichkeiten, die sich von Ausreden nicht länger aufhalten ließen, sondern allein kraft ihres Willens hätten gestoppt werden können.

Von der Schwelle aus schaute sie ins Innere des leeren Hauses und wartete, bis der Hund hinter ihr hereingekommen war. Beim Anblick des Türschilds hielt sie kurz inne: »Herzlich willkommen«. Dann musterte sie den Hund, der sie neugierig und enttäuscht zugleich anschaute; anscheinend wusste er, was ihn in den kommenden Tagen erwartete. Nach wenigen Sekunden hatte sie den Hund vergessen. Ohne sich von der Stelle zu rühren schloss und verriegelte sie die Tür und dachte an den wahnsinnigen Verdacht ihrer Mutter, demzufolge Arnon das Haus luftdicht versiegelt hatte und Gas einströmen ließ, jetzt, da sie fort waren und sie allein zurückblieb.

Später kaufte sie im Supermarkt, der vierundzwanzig Stunden täglich geöffnet hatte, eine Zahnbürste, ofenfrische Brötchen, syrische Oliven und einen Strauß Narzissen, und um zehn vor sechs klopfte sie an Scha'ul Inlanders Tür. Ihr Gesicht an seinem Hals bergend, der noch warm vom Bett war, sagte sie: »Ins Haus gehören Blumen.«

Er wunderte sich nicht über ihr Erscheinen, als habe er gewusst, dass sie zurückkäme. Vielmehr zeugten seine Bewegungen von Freude und der Erkenntnis, dass sie die erste Prüfung ohne allzu große Pein bestanden hatten. Wortlos nahm er den Narzissenstrauß und das Päckchen, die sie mitgebracht hatte, sowie ihre Tasche, deponierte alles auf dem Regal neben der Tür und führte Chamutal ins Schlafzimmer. Er zog sie an sich, legte sie, so wie sie war, aufs Bett und breitete sorgfältig die Decke über sie.

»So bettet man die Frauen in Indien, bevor sie verbrannt werden«, sagte sie.

»Vergiss deine Alpträume«, entgegnete er. »In diesem Bett ereignen sich nur schöne Dinge.«

»Ich komme mir vor wie ein Fisch in einer Konservenbüchse.«

»Denk an Kleopatra. So hat sie sich gefühlt, als sie sich in einen Teppich gerollt zu Julius Cäsar tragen ließ.«

»Wie kommst du jetzt auf Kleopatra?«

»Ich war einmal verrückt nach ihr. Alles, was über sie geschrieben wurde, habe ich gelesen.«

»Du überraschst mich.«

Und als sie zwei Stunden später Brötchen mit Oliven aßen, sagte sie: »Du hast mich nicht gefragt, weshalb ich so früh am Morgen zurückgekommen bin.«

Als wollte er sich vor einer Antwort drücken, entgegnete er: »Weil ich es weiß.«

»Du weißt es nicht.«

»Doch, ich weiß es, du wolltest das Ende der Geschichte von dem Nachbarn, der Polizist war, hören«, behauptete er scherzhaft.

Als sie an diesem Tag gemeinsam auf der Pflegestation eintrafen, lagen die meisten alten Leute bereits im Bett, und die Rollstühle standen in einer Reihe gegenüber der Schwesternobservanz auf dem Flur.

Sobald die Schwester Chamutal vom Ende des Ganges aus erblickte, lief sie auf sie zu und sagte: »Seit gestern geht es Ihrer Mutter wunderbar. Gehen Sie und sehen Sie selbst – Sie werden sie nicht wiedererkennen. Sie hat sich aufgesetzt, liest Bücher und benimmt sich wieder wie ein richtiger Mensch.

Sie wird uns bald verlassen, sich einen Verehrer suchen und mit ihm tanzen gehen!«

Durch Inlanders Zimmertür sahen sie Bertha, die an seinem Bett Wache hielt und alle, die über den Flur gingen, ungeniert anblickte. Sobald sie jedoch Scha'ul erspähte, trat sie den Rückzug an und verschwand in einem anderen Zimmer, ohne etwas zu ihm zu sagen oder sich noch einmal umzudrehen.

Ihre Mutter saß auf dem Bett; das Kissen in ihrem Rücken, hielt sie ein Buch in den Händen und las.

Geduldig wartete Chamutal, bis ihr Daumen über die letzte Zeile der Seite hinwegglitt, und drückte sie, ehe sie umblätterte, um die ersten Worte der nächsten Seite zu lesen, an sich: »Guten Abend, Mama«, sagte sie aufgeregt.

Ihre Mutter schaute sie mit einem Blick an, den Chamutal seit langem nicht mehr an ihr gesehen hatte: Er war klar und aufmerksam, als hätte man ihr junge Augen eingepflanzt. »Was liest du?«

»Adam Mickiewicz«, sagte sie und betonte den Namen liebevoll. »Er hat eine Ballade mit dem Titel ›Lilien‹ geschrieben, über eine Frau, die ihren Mann umgebracht hat. Ihre beiden Schwäger verlieben sich in sie und wollen die Mörderin ihres Bruders heiraten. Habe ich dir schon einmal von dieser Ballade erzählt?«

»Nein.«

»Aber am meisten mag ich seine Sonette. Dies hier ist auf Polnisch, aber ich erinnere mich auch an die hebräische Fassung. Hör zu.« Sie hob den Kopf, schloss die Augen und sagte mit rhythmischer, feierlicher Stimme:

> Erinnerst du dich, Laura, noch an unsre Stunden
> In jenen glückerfüllten unvergessnen Jahren,
> Als wir allein und nur mit uns beschäftigt waren,
> Nicht an den Rest der uns so fremden Welt gebunden?

Aus dem Wolkenschleier sah der Mond herunter,
Gab deinem Goldhaar Glanz und Schneeweiß deinen Brüsten,
Umstrahlte deinen Reiz zum göttergleichen Wunder.*

Chamutal hatte Platz genommen und lauschte dieser lebendigen, überbordenden Stimme. Am liebsten wäre sie aufgesprungen und hätte Scha'ul Inlander gerufen, damit er ihre Mutter so sähe.

Sie öffnete die Augen: »Geht es dir gut?«

»Ja.«

»Hast du etwas gegessen?«

»Ja.«

»Das Essen schmeckt mir hier nicht«, wiederholte sie den altbekannten Satz in verändertem Tonfall. »Weißt du, an wen ich gerade dachte?«

»An wen?« Chamutal fürchtete, sie werde »Arnon« sagen.

»Mir fällt sein Name nicht ein. Dein Cousin aus Givatajim, Eisiks Sohn.«

»Se'evik.«

»Ja. Er konnte auf dem Kamm blasen, nicht wahr?«

»Das stimmt!«, erinnerte sich Chamutal und lachte.

»Er hatte nur Unsinn im Kopf. Er träumte davon, ein Kamm-Orchester zu gründen. Er hatte immer so verrückte Einfälle und am Ende wurde er der Normalste von allen, ein Bankangestellter.«

»Wie kommst du plötzlich auf ihn?«

»Er ist doch Bankangestellter?«

»Etwas in der Art.«

»Als ich heute aus dem Bett aufstand, hatte ich Lust zu tanzen.«

* Aus: Adam Mickiewicz, Dichtung und Prosa, ein Lesebuch von Karl Dedecius, Suhrkamp, Frankfurt/M. 1994, in der Reihe Polnische Bibliothek, Hrsg.: Karl Dedecius und Deutsches Polen-Institut

»Wie bitte?«

»Ich weiß nicht warum, aber ich habe ein paar Takte Walzer getanzt.«

»Vielleicht fiel dir Se'evik deshalb ein.«

»Habe ich dir schon von Adam Mickiewicz' ›Lilien‹ erzählt?«

»Ja, das hast du getan.«

»Zwei Brüder verlieben sich in die Mörderin ihres dritten Bruders und schenken ihr Blumen, die sie auf seinem Grab pflückten. Aber der Geist des Toten zerstört die beiden Männer … Geht es dir gut?«

»Ja.«

»Hast du gegessen?«

»Ja.« Chamutal fürchtete, dass sich nun wieder ihre Demenz manifestierte.

»Dann kannst du für heute gehen. Ich bin ausreichend beschäftigt«, sagte ihre Mutter sanft und wandte sich wieder dem Buch zu.

Während sie aufbrach, betrachtete Chamutal staunend ihre Mutter, die so ruhig wirkte, wie sie sie schon seit langem nicht mehr erlebt zu haben glaubte. Einen Moment noch blieb sie still stehen und schaute zu, wie sie sich von neuem Adam Mickiewicz' Ballade widmete. Ihr glückliches Herz wusste noch nicht, dass all dies nur eine flüchtige Laune war, gleichsam ein Flackern, in dem die gesunden Gedächtniszellen aus den Massen degenerierter Zellen aufleuchteten, eine vergängliche Hoffnung pflanzend, die die spätere Verzweiflung umso gewaltiger zunichte machen würde. Sie ging zum gegenüberliegenden Zimmer und lud Scha'ul mit einer Handbewegung ein, ihre Mutter anzuschauen, sie so in Erinnerung zu behalten, dasitzend und lesend, und die andere Gestalt aus seinem Gedächtnis zu tilgen, jenes Gespenst einer Frau, die an einem Rollstuhl festgebunden in der Sonne saß.

Später, im Aufzug, sagte er zu ihr: »Ich möchte dir jemanden vorstellen«, und drückte auf den Knopf der zweiten Etage, wo die Menschen lebten, die gebrechlich, aber bei klarem Verstand waren. Er führte sie über die Gänge, schaute in einzelne Zimmer und den Gemeinschaftsraum, bis sie auf eine Veranda gelangten. Dort steuerte er auf einen alten Mann in einem grellbunten Pullover zu, der sich auf einer Bank niedergelassen hatte und hinausschaute.

»Guten Abend, Lehrer Elijahu.«

»Guten Abend, Scha'ul«, antwortete der Alte erfreut.

»Das ist Elijahu«, sagte Scha'ul zu Chamutal und in seiner Stimme lag Wärme. »Er war mein Bibelkunde- und Klassenlehrer in der Quarta und Untertertia.«

Einem freundlichen Hausherrn gleich wandte der alte Mann sich zu Chamutal und erklärte: »Sein Vater wohnt hier und er ist so liebenswürdig mehrere Male pro Woche auch bei mir vorbeizuschauen.«

Scha'ul neigte sich zu ihm hinunter und fragte: »Wie geht es Ihnen heute, Elijahu?«

Der alte Lehrer lächelte: »Im Traktat Berachot steht geschrieben: ›Heute sind das Fleisch und das Blut hier und morgen sind sie im Grab‹ – ich aber bin weder hier noch dort.«

Der weise Blick seiner Augen passte nicht zu dem tumben Lächeln, das auf das Fehlen seiner Vorderzähne zurückzuführen war.

»Was ist mit Ihren Zähnen geschehen?«, fragte Scha'ul besorgt.

»Jemand hat sie gestohlen«, entgegnete Elijahu und das einfältige Lächeln breitete sich über sein ganzes Gesicht. »Ich habe der Ärztin gesagt: Laban wurden die Hausgötter gestohlen und das hatte seinen Grund. Josef wurde das Hemd gestohlen und auch das hatte seinen Grund. Aber welchen Sinn hat es, mir die Zähne wegzunehmen?«

»Sicher ein Irrtum, Sie werden sie zurückbekommen«, versuchte Scha'ul ihn zu beruhigen. Von neuem erinnerte Chamutal sich, mit welcher Zärtlichkeit er seinen Vater rasiert hatte, und einem plötzlichen Gefühl starker Zuneigung folgend drückte sie ihre Hand in die seine.

Der alte Lehrer blickte sie beide an. »Und viel Wasser kann nicht löschen die Liebe, noch können Flüsse sie fortspülen«, sagte er. Scha'ul umfasste fest ihre Hand.

»Woraus ist das?« Lehrer Elijahu ließ den Zeigefinger emporschnellen, so, wie er es offenbar vor vielen Jahren in Gegenwart seiner Schüler zu tun pflegte.

»Sefer Mischlé?«, riet Scha'ul.

»Hohes Lied«, korrigierte er ihn ohne tadelnden Unterton. »Hohes Lied, Kapitel acht, Vers sieben – und überaus lieblich ist dein Weib.« Wieder drückte seine Hand die ihre.

»War er ein guter Schüler – mein Mann?«, fragte Chamutal amüsiert.

»Seinerzeit waren sie alle gut«, antwortete der alte Lehrer traurig. »Es steht geschrieben: ›Wenn der Mensch jung ist, singt er Lieder; wenn er herangewachsen ist, spricht er Gleichnisse; und wenn er alt ist, kommt törichtes Zeug aus seinem Mund.‹ Ihr werdet nicht wissen, woher das stammt: aus Jalkut Schim'oni.«

»Brauchen Sie etwas, Elijahu?«

Der alte Lehrer schaute seinen Schüler aus der Quarta und Untertertia sehr traurig an. »Was ich brauche, kann mir nur Gott geben, gepriesen sei er.«

»Vielleicht kann ich Ihnen irgendetwas mitbringen?«

Die Augen des alten Mannes begannen zu leuchten. »Es gibt etwas …«

»Was meinen Sie, Elijahu?«

»Wird es dir nicht zu viel Umstände machen?«

»Gewiss nicht.«

»Im Traktat Pessachim steht geschrieben: ›Die Gesandten des Rechts erleiden keinen Schaden‹ – vielleicht kann ich dich doch um etwas bitten.«

»Tun Sie das.«

»Ein Jahresfoto«, sagte Elijahu mit gesenkter Stimme, als wünschte er etwas Verbotenes, »mit dem ganze Kollegium … und den Schülern.«

»Falls ich es nicht finde: Es gibt auch Fotos von den Klassenausflügen –«

»Nein, nein«, widersprach der alte Lehrer überraschend heftig. »Es muss schon das Jahresfoto sein.«

»Aber auch während der Ausflüge wurden wir mit den Lehrern zusammen aufgenommen –«

»Ich möchte auch die Sekretärin …«

Am Abend, nachdem sie ein jeder aus seinem Büro zurückgekehrt waren, sich geduscht, einander geliebt und die chinesische Take-away-Mahlzeit verzehrt hatten, kramte Scha'ul alle Alben hervor, die er finden konnte. Er zog den Küchentisch aus, so dass er den doppelten Umfang annahm, und sie setzten sich Seite an Seite und suchten das Jahresfoto aus dem Gymnasium.

»Wie sah die Sekretärin aus?«, fragte Chamutal.

»Ich erinnere mich nicht … Blond, glaube ich, dick, sie trug eine Brille …«

»Er war in sie verliebt, dein Lehrer Elijahu.«

»Und viel Wasser kann die Liebe nicht löschen«, sagte Scha'ul ohne ein Lachen.

Das Jahresfoto aus dem Gymnasium fanden sie nicht, doch Chamutal, deren Eltern sich nur selten hatten fotografieren lassen, war begeistert von der Fülle der vorhandenen Aufnahmen. Auf einer war seine Bar-Mizwa festgehalten: Er stand mit ernstem Gesicht im Eingang der Synagoge und hielt das Etui, in das die Gebetsriemen eingepackt waren.

»Ist das nicht die Große Synagoge in der Allenbystraße?«, fragte sie.

»Ja.«

»Als wir daran vorbeifuhren, hast du von den Waffen der Untergrundkämpfer gesprochen, aber du hast kein Wort darüber verloren, dass deine Bar-Mizwa dort stattfand.«

»Es schien mir zu intim«, sagte er und sie übertrug seine Worte in Arnons Sprache, die genauso verletzend geklungen hätte: »Zu dem Zeitpunkt konnte ich dir meine tiefsten Geheimnisse noch nicht anvertrauen.«

Auf anderen Fotos erkannte sie Orte, an die sie sich aus ihrer Kindheit erinnerte; sie war überrascht und gerührt zugleich. Sie betrachteten die Aufnahmen und wunderten sich, dass sie trotz des Altersunterschieds von elf Jahren über gemeinsame Erinnerungen verfügten: die Militärparade am Unabhängigkeitstag – sie war damals neun Jahre alt und er bereits in der Armee; der Verkaufsstand der Eisfirma Wittmann; die Baracke der Pfadfinderbewegung; der Bettler, der immer auf den Bänken der Rothschildallee schlief; die großen Löwen im Tierpark neben dem Rathaus, in dessen Nachbarschaft die Bewohner sich so lange über das Brüllen der Tiere, das sie beim Schlafen störte, beschwerten, bis die Löwen in eine andere Stadt gebracht wurden. Auch jenseits der Bilder ließen sie der Erinnerung freien Lauf: Ihnen fiel der Sommer ein, in dem englische Kinder, die viel zu dick angezogen waren, eine Schule am Strand in der Nähe der Oper besetzt hatten, und der Film »Vom Winde verweht« zum ersten Mal gezeigt wurde, den ihre Eltern vielleicht sogar gemeinsam angeschaut hatten.

Sie dachte: Nicht nur die Pflegestation, sondern auch all die Orte, Menschen und Bilder, die ihre Kindheit ausmachten, standen zwischen ihr und Arnon; dagegen hatte sie bei dem Mann an ihrer Seite, dem sie vor sechs Tagen zum ersten Mal begegnet war, das Gefühl, ihn schon immer gekannt zu haben – mühelos konnte sie zwischen ihrer beider Erinnerungen eine

Verbindung herstellen. Es gefiel Chamutal zu beobachten, wie er seinen nachdenklichen Blick auf einer der Fotografien verweilen ließ.

»Was geht dir durch den Kopf?«

»Du wirst es nicht glauben.«

Er denkt an Chicago, dachte sie und sagte: »Du denkst an den Verrückten aus der Rabbi Cook Straße.«

»Nein, ans Meer.«

»An Meerjungfrauen?«

»Nein.«

»An den Bademeister, der den Liebhaber seiner Frau ertränkte?«

»An den Strand des Sheraton-Hotels«, erklärte er.

»Hast du Sheraton gesagt?«

»Ja, Sheraton.«

»Auch für mich bedeutet Meer den Strand des Sheraton-Hotels«, sagte sie wehmütig. »Einmal in der Woche ging meine Mutter mit meiner Cousine und mir dorthin. Meine Cousine ging ständig verloren und ich fand immer Geldstücke im Sand.« Sie begann laut zu lachen und genoss die plötzlich zurückkehrenden Bilder.

»Deine Cousine fand das bestimmt überhaupt nicht lustig.«

»Ich habe eine Idee«, sagte sie und stand auf. »Lass uns zum Strand des Sheraton gehen.«

»Wir gehen im Sommer hin.«

»Du wirst im Sommer nicht hier sein.«

»Speziell dafür werde ich kommen.«

»Wir gehen jetzt«, sagte sie und begab sich auf die Suche nach ihren Stiefeln.

»Es regnet.«

»Es regnet nicht. Das Radio sagt, dass es keinen Niederschlag mehr geben wird. Der Winter ist vorüber«, erwiderte sie, als sie mit den Stiefeln in die Küche zurückkehrte.

Wie ein gefangenes Tier brüllte das Meer in der Dunkelheit. Und der Stoff eines zerrissenen Sonnenschirms klatschte im Wind und blähte sich wie ein Ballon, der fliegen will. Der Strand war menschenleer und wirkte bedrohlich; er wirkte wie die Kulisse eines Horrorfilms.

»Du willst doch nicht aussteigen«, sagte er, als sie die Wagentür öffnete.

»Du wolltest den Strand des Sheraton – bitte schön, hier ist er.« Sie holte die alte Picknickdecke aus dem Kofferraum, ging zu seiner Tür und zerrte ihn in das Unwetter hinaus.

Der Sturm attackierte sie sofort und riss an ihren Kleidern. Wie ein störrisches Pferd blieb Scha'ul immer wieder stehen, aber Chamutal nötigte ihn die Böschung zu dem verlassenen Strand hinunterzusteigen. Als sie unten ankamen, warf sie die Decke auf den Sand und ließ sich schnell darauf fallen, damit sie nicht wegflog.

»Es ist kalt am Strand des Sheraton, nimm mich in deine Arme«, sagte sie und zog ihn zu sich herunter.

Als sie beide von der Wärme seines Mantels umschlossen waren, sprach er in ihr Ohr: »Du verbirgst es erfolgreich unter deinen Designerkostümen, aber du bist völlig verrückt.«

»Mit meiner Mutter war ich jede Woche hier. Damals saß ich auch so da und wartete, bis sie sich umgezogen hatte.«

»Du mochtest deine Mutter nicht«, sagte er und sie stellte fest, dass er etwas wahrnahm, was sie unbewusst verdrängte.

»Wie kommst du darauf?«, fragte sie, um sich zu vergewissern, dass sie ihn richtig verstanden hatte.

»Wegen der Art, wie du über sie sprichst. Oder täusche ich mich?«

»Du täuschst dich nicht«, antwortete sie, »wir waren einander nie wirklich nah. Und daher verstehe ich nicht, weshalb ich jetzt ständig zu ihr fahre und mir auf einmal so wichtig ist, was in ihrem Kopf vorgeht. Fünf Monate nach dem Tod meines Vaters wurde ich zum Militär eingezogen und habe nie mehr zu Hause gewohnt. Aber seit sie in Pflege ist, denke ich ununterbrochen an sie. Mir fallen Dinge von früher ein und etwas drängt mich bei ihr zu sein. Die Besuche sind fast eine Obsession. Denkst du, wenn du arbeitest, nie an deinen Vater?«

»Doch, manchmal. Wenn es Sommer war, brachte auch er mich hierher, jeden Nachmittag. Er spielte Tischtennis mit den Frauen und ich langweilte mich, weil ich nicht in Ruhe lesen konnte. Er hatte mir verboten allein ins Wasser zu gehen.«

»Vielleicht habe ich dich damals gesehen. Ich erinnere mich an einige Kinder, die ziemlich gelangweilt aussahen.«

»Ich war derjenige, der sich am meisten langweilte. Aber du kannst mich nicht gesehen haben. Als du geboren wurdest, ging ich schon ohne Aufsicht schwimmen.«

»Trotzdem sehe ich die Leute vor mir, die hinter dem Bademeisterhäuschen Tischtennis spielten.«

»Genau da war er immer.«

»Spielte er nie mit Männern?«

»Doch, auch, aber meistens mit Frauen.«

»Glaubte er, er könne Frauen leichter besiegen?«

»Er mochte Frauen.«

»So wie du?«, fragte sie lachend.

»Viel mehr«, erwiderte er nachdenklich.

»Meine Mutter ging nur einmal in der Woche mit uns an den Strand. Hätte ich jeden Tag hier sein können, wäre ich reich geworden. Ich war Spezialistin im Geldfinden.«

»Ja, das sagtest du.«

»Und ich ging allein ins Wasser, weil meine Mutter ständig meine Cousine suchte.«

»Mir ist schleierhaft, weshalb ich ruhig werde, sobald ich ans Meer denke. Eigentlich ist es mir in ziemlich schlechter Erinnerung geblieben.«

»Ich habe das Meer sehr geliebt, nicht nur wegen der Münzen.«

»Auch, weil du deine Cousine los warst?«

»Nein, wir verstanden uns gut. Wir waren wie Schwestern. Außerdem fanden wir sie letztlich immer wieder.«

Als versetzte ihr jemand einen Schlag, erzitterte sie angesichts eines Bildes, das unerwartet zu ihr zurückkehrte; eine ferne, vergessene Erinnerung an eine bestimmte Körperhaltung zuckte in ihren Gliedern: Automatisch beugte sie sich vor und steckte den Kopf zwischen ihre Knie, als suchte sie Schutz vor einem Peitschenhieb. Später fragte sie sich: Was hat mich so sehr erschüttert? Schließlich handelte es sich nur um eine Kindheitserinnerung, die, entsprechend erzählt, andere sogar zum Lachen brächte. Erst Stunden danach wusste sie, dass die Erschütterung von der besonderen Bewegung herrührte, die die Muskeln ihres Körpers vor langer Zeit verinnerlicht hatten, von der Entdeckung, wie tief man Vergangenes eingraben kann und wie zufällig es auftaucht aus dem sicheren, in dem Stoff der Träume verwobenen Versteck, und von dem Gefühl, das sie gequält hatte, wenn sie mit angezogenen Knien einsam am Strand saß und ihre Beine spreizte, so dass der große Zeh des rechten Fußes nach rechts zeigte und derjenige des linken Fußes nach links, während sie, mit dem Bau einer Sandburg beschäftigt, ihre Hand in ein Erdloch grub, um Sand für Wälle und Türme zu greifen, und unerwartet eine Vierteldollarmünze fand.

Sie erinnerte sich. Ihr Geburtstag lag zwischen den Pessach- und den Schawuotferien, in der Zeit jener Frühlingsabende, an denen ihre Mutter nach der Arbeit das Haus putzte und ihre Hände nach Reinigungsmitteln rochen – ein Geruch, den Zipis Mutter täglich verströmte –, und der Samstage, an denen sie zum ersten Mal wieder ans Meer gingen und nach Salz und Algen duftend heimkehrten.

Eines Tages hatte sie am Strand zufällig neben einer Frau gesessen, die Zeitung las – vielleicht war es nahe der Stelle gewesen, wo sie jetzt mit Scha'ul saß. Weshalb sie auf das Datum am oberen Rand der Zeitung gestarrt hatte, war ihr zunächst gar nicht klar, doch kamen ihr die Zahlen irgendwie vertraut vor. Sie dachte nach und ihr fiel ein, dass dies das Datum ihres Geburtstags war. Schnell lief sie zu ihrer Mutter, die sich gerade die Schultern mit Nussöl einrieb.

»Was ist geschehen?«, fragte sie beim Anblick des geröteten Gesichts ihrer Tochter, während sie sich mit der Hand über die glänzende Schulter strich.

»Ich habe heute Geburtstag«, sagte Chamutal.

Ihre Mutter unterbrach die Bewegung der Hand für einen Augenblick, überlegte, welcher Tag sei, und erwiderte danach erstaunt: »Du hast Recht. Wie hast du das herausgefunden?«

Chamutals Gesicht färbte sich dunkelrot.

»Was ist los?«, fragte ihre Mutter ärgerlich.

»Du hast meinen Geburtstag vergessen!«

»Aber der Tag ist noch nicht zu Ende«, entgegnete ihre Mutter vorwurfsvoll, als würde sie zu Unrecht beschuldigt.

»Du hast meinen Geburtstag vergessen.«

»Bis heute Abend wäre mir noch eingefallen, dass du Geburtstag hast.«

»Und du hast kein Geschenk für mich gekauft.«

»Es ist erst Vormittag.«

»Aber heute ist Schabbat.«

»Ja, und?«

»Alles ist zu.«

»Dann kaufe ich dir morgen etwas. Morgen sind alle Geschäfte geöffnet.«

»Aber mein Geburtstag ist heute!« Ihre Stimme war tränenerstickt.

Nach einem kurzen Schweigen begannen die Augen der Mutter zu leuchten. Endlich hatte sie eine Antwort gefunden und sie flüsterte mit verführerischer Stimme: »Hör zu. Ich habe heute ein besonderes Geschenk für dich.«

»Was ist es?« In den Augen des neunjährigen Mädchens blitzte Hoffnung.

»Ich schenke dir etwas, das kein anderes Kind besitzt.«

»Was, Mama? Was?«

»Ich schenke dir das Meer.«

Noch heute, auf der alten Picknickdecke sitzend, unter dem Stoff der amerikanischen Jacke, fühlte Chamutal den brutalen Stich, den jene Kränkung ihr damals versetzte – als wären seither nicht dreißig Jahre vergangen.

»Ich will dein Geschenk nicht«, hatte sie an jenem Tag zu ihrer Mutter gesagt und das Schluchzen, das ihre Kehle ausfüllte, drohte abermals ihre brüchige Stimme zu ersticken. »Du kannst es dir selbst schenken«, krächzte sie. Im selben Moment flog ihr Kopf zur Seite und sie schmeckte den süßlichen Geschmack von Blut. Aufgrund der Handbewegung ihrer Mutter begriff sie, dass sie eine Ohrfeige bekommen hatte.

»Ob du Geburtstag hast oder nicht – spar dir solche Frechheiten!«

Leise sagte sie zu Scha'ul Inlander: »Meinetwegen können wir zurückfahren.« Er drehte sich zu ihr um. »Du weinst!«, sagte er erschrocken.

»Ich weine nicht«, entgegnete sie kurz angebunden, denn sie bestand darauf, ihm nicht all ihre Geheimnisse anzuvertrauen. Doch sie fühlte auch ein großes Verlangen nach ihm, weil er das in ihrer Kehle verborgene Zittern erkannt hatte.

Nachts, in Scha'ul Inlanders Bett, dachte sie an Arnon und die Distanz, die sich zwischen ihnen aufgetan hatte, ohne dass sie es darauf angelegt oder auch nur begriffen hätten, was ihnen widerfuhr. Sie überlegte, wie das alles vor ungefähr einem Jahr mit einem feinen Riss begonnen hatte und wie wenig Beachtung sie der Angelegenheit zunächst geschenkt hatten. Damals wäre es leicht gewesen, den Fehler zu korrigieren, mittels eines Gesprächs, einer kleinen Geste, ein paar von Arnons Witzen; doch beide hatten sie keine Eile empfunden, womöglich hatten sie sich auf die Probe stellen und abwarten wollen, was sich da entwickelte, wie schnell dies vonstatten ginge und wohin es führte. Und so, gleichsam aus Fahrlässigkeit – und auch wegen Hilas feindseligen Verhaltens und der Altersschwäche von Chamutals Mutter, die zusätzliche Barrieren zwischen ihnen errichteten – war ihnen irgendwann die Kontrolle entglitten und der feine Riss hatte sich zu einem nahezu unüberbrückbaren Graben geweitet. Sie schaute in dem Zimmer umher, in dem sie sich inzwischen auch bei Dunkelheit auskannte, und dachte an den Mangel an Verantwortungsbewusstsein, der sie verleitet hatte ihren Seelenfrieden aufs Spiel zu setzen, an ihr aus den Fugen geratenes Dasein und das darin entstandene Vakuum, das sich, als gehorchte es einem physikalischen Gesetz, mit einem neuen Mann gefüllt hatte.

»Ich habe über die Obsession nachgedacht, über die du am Strand gesprochen hast«, sagte er überraschend.

»Welche Obsession?«

»Du wolltest wissen, warum du in Bezug auf die Besuche bei deiner Mutter so obsessiv bist.«

»Warum?«

»Aus dem gleichen Grund, aus dem ich darüber traurig bin, dass mein Vater nicht spricht.«

»Und das wäre …?«

»Deine Mutter ist der letzte Zeuge deiner Kindheit.«

»Es gibt noch einen Zeugen, meine Cousine Zipi.«

»Das ist nicht dasselbe. Zipi weiß von bestimmten Dingen nichts, an die deine Mutter sich erinnern kann – das erste Wort, das du sprachst, oder der Tag, an dem du die ersten Schritte liefst.«

Sie kuschelte sich an ihn und bettete ihr Kinn auf seiner

Schulter, so dass ihr Gesicht an seinem Hals lag. Sie küsste seine Haut und war dankbar, weil er sich mit ihren Überlegungen so lange beschäftigte, bis er eine Antwort gefunden hatte.

»Meine Mutter hat den Tag, an dem ich zu laufen anfing, bestimmt vergessen.«

»Dann gehst du vielleicht zu ihr, weil du willst, dass sie sich daran erinnert.«

Chamutal dachte an die Vergangenheit und beförderte Bilder zutage, die sie ihrer Mutter gern gezeigt hätte, wenn sie sich nicht geschämt hätte die schwarz gekleidete Frau nachzuahmen: »Schau gut hin und erinnere dich: Das sind Papa, du und ich am Schabbatmorgen im Café an der Allee. Das Schokoladen-Vanille-Eis war auf meinen Kragen getropft, und du schriest Zeter und Mordio und schlepptest mich zur Toilette. Nola Felderman und ihre Eltern, die auch in dem Café saßen, lachten über uns. Auf der Toilette rubbeltest du an meinem Kragen, um den Fleck zu beseitigen, und deine Schelte klang, als verfluchtest du mich. Du sagtest, es sei Verschwendung, kleine Mädchen ins Café mitzunehmen, solange sie nicht auf ihre Kleidung aufpassten und es ihnen gleichgültig sei, dass Schokolade Flecken hinterlasse, die nie wieder rausgingen. Als wir an den Tisch zurückkamen, schmolz das Eis in meinem Becher schon. Aber wegen des Schluchzens, das wie ein Kloß in meiner Kehle festsaß, konnte ich es nicht essen und aus dem Eis wurde allmählich Suppe. Du saßest unterdessen erhobenen Hauptes da, schautest die Leute an, die auf der Allee vorübergingen, und grüßtest diejenigen, die dich aus der Praxis kannten und dir übertrieben freundlich zunickten. Ich aber ließ den Kopf hängen, fühlte, wie mein Hals von dem nassen Kragen feucht wurde, und lugte verstohlen zu Nola Felderman und ihren Eltern hinüber. Vater, der mich mitleidig ansah, sagte keinen Ton. Erst als wir wieder zu Hause waren, wagte er zu sprechen. Bestimmt glaubte er uns beiden einen Gefallen zu tun, als er sagte: ›Schau, jetzt ist der Kragen schon trocken und kein

Fleck ist zu sehen!‹ Und der Kloß in meinem Hals explodierte. Erinnerst du dich daran, Mama?«

Als spräche sie zu Scha'ul Inlanders Hals, sagte sie: »Ich würde das meiste, woran ich mich erinnere, am liebsten vergessen.«

An fünf aufeinander folgenden Tagen kam sie erst morgens nach Hause. Dann führte sie den Hund aus, füllte seine Näpfe mit Futter und Wasser, zog sich um und hörte die Nachrichten auf dem Anrufbeantworter ab. Auch Noa, die Grafikerin, hatte ihr mehrmals in den späten Abendstunden aufs Band gesprochen und sicher wunderte sie sich schon, dass Chamutal nicht daheim schlief. Anschließend fuhr sie ins Büro, kämpfte sich durch die Papierberge, die auf ihrem Schreibtisch wuchsen, überlegte Ausreden für Noa und saß stundenlang vor den Unterlagen ohne jedoch viel zu schaffen. Zweimal täglich besuchte sie ihre Mutter auf der Pflegestation und schaute auch bei dem staunenden alten Mann im gegenüberliegenden Zimmer vorbei. Abends führte sie wieder kurz den Hund aus und fuhr danach zu Scha'uls Wohnung. Dort verbrachten sie die Abende und schöpften Kraft für das, was sie draußen erwartete; unentwegt redeten sie und fanden kaum Zeit zu schlafen.

Er fragte sie nie, wie sie ihre Abwesenheit ihrem Mann und ihren Töchtern erklärte; und sie erzählte ihm nichts von deren Abreise. Es war, als verließen sie die Sphäre gegenseitiger Verantwortlichkeit, sobald sie sich von dem Haus in der Avnijahustraße entfernten – als lebe von diesem Moment an ein jeder in einer anderen Welt.

Einmal überredete sie ihn zu einem mitternächtlichen Spaziergang über die Dizengoffstraße bis zum Haus der Künste. Als sie plötzlich in den Duft eines blühenden Jasminstrauches eintauchten, blieben sie neben einem Gebäude stehen und küssten sich. Als wären sie allein in der Stadt, ignorierten sie die

Menschen, die auf dem Bürgersteig an ihnen vorbeigingen; sie fühlten sich wie ein Junge und ein Mädchen, die sich auf dem Heimweg von einer Veranstaltung der Jugendbewegung verliebt umarmten.

Den ganzen Samstag verbrachten sie in der Wohnung. Sie sahen Filme von Ettore Scola, die Chamutal in der Videothek ausgeliehen hatte, unterhielten sich miteinander und spielten Spiele, die sie aus Michals Zimmer entwendet hatte; und immer wieder ließen sie sich vom Bett locken, das während des ganzen Tages ungemacht blieb, liebten einander, ruhten sich anschließend aus und kehrten auf das Kissenlager, das sie auf dem Fußboden des Wohnzimmers vor dem Fernseher bereitet hatten, zurück. Dort saßen sie Arm in Arm und sahen »Wir hatten uns so geliebt«. Erinnerungsfetzen aus ihrer Kindheit fielen ihnen ein, die sie Mosaiksteinen gleich aneinanderfügten; jedes Bruchstück, an das einer von ihnen beiden sich erinnerte, beflügelte das Gedächtnis des anderen und sie verstanden das Handeln einer bestimmten Person oder die Bedeutung eines Ereignisses, die sich ihnen seinerzeit entzogen hatte, unversehens besser. Am Abend kochten sie gemeinsam, füllten ihre Gläser mit Wein und stießen miteinander an.

»Worauf trinken wir?«, fragte sie.

»Auf unsere Flitterwochen«, entgegnete er.

»Auf unsere Flitterwochen!«

Danach erzählte er, eines Abends hätten er und seine Eltern miteinander angestoßen und das Glas seiner Mutter sei zersprungen.

»War sie verletzt?«, fragte Chamutal erschrocken.

»Ich habe keine Ahnung. Ich weiß nur, dass sie zu streiten anfingen.«

»Weshalb?«

»Meine Mutter schrie, Vater hätte das absichtlich getan.«

»Sie schrie? Schrien sie immer, wenn sie miteinander stritten?«

»Sie schimpften furchtbar laut. Auf Ungarisch. Und ich rannte zu allen Fenstern und verrammelte sie. Manchmal flüchtete ich aus der Wohnung oder stellte ein Transistorradio ins Fenster und schaltete es auf Lautstärke zehn. Nachher lachten die Nachbarskinder mich aus.«

»Wenn meine Eltern sich stritten, war es totenstill.« Feindseligkeit lag in der Luft – erinnerte sich Chamutal – so konkret wie ein übler Geruch, und in die angespannte Stimmung mischte sich ein Groll, der das Schicksal im Allgemeinen betraf. Die seltenen Momente der Aussöhnung wurden mit einer Mahlzeit begangen; dafür wurde sogar das Feiertagsservice herausgeholt.

Im Laufe dieser Tage hinterließ sie Arnon dreimal eine Nachricht und sprach einmal mit seiner Mutter. Sie hielt die Unterredung mit ihr kurz und erkundigte sich lediglich nach Michals Physikstunden und Hilas Beschäftigung in der Bücherei. Sie bestellte den Mädchen und Arnon Grüße und wich der Frage, wo sie den Pessachabend verbringe und wann sie zu Besuch komme, aus. Als sie den Hörer auflegte, stellte sie mit Verwunderung fest, dass sie sich nach keinem von ihnen sehnte.

Bevor sie am Morgen des sechsten Tages zur Arbeit aufbrachen – ihr Verhalten war bereits aufeinander abgestimmt wie das eines Ehepaars: Er holte den Käse aus dem Kühlschrank und sie schenkte Kaffee ein –, legte er ein Buch vor sie hin und sagte: »Ich toaste das Brot, schau du dir das in der Zwischenzeit an.«

Sie begann in einem großen Bildband über Chicago zu blättern. Dabei versuchte sie, sich von dieser Stadt, der Schönheit ihrer Avenues und der wunderbaren Farbe ihres Himmels nicht beeindrucken zu lassen, doch während sie Seite für Seite umblätterte, musste sie sich widerstrebend eingestehen, dass man Chicagos Charme leicht verfallen konnte – dem einem Teppichmuster ähnelnden, aus farbigem Klinker bestehenden Straßenbelag; den faszinierenden alten und neuen Gebäuden; dem atemberaubenden Blick auf den See; der mächtigen Metallkonstruktion, auf der die Züge über den Autoverkehr hinwegschweben; der Michigan Avenue zu beiden Seiten des Flusses; den langen Reihen von Kentucky-Coffee- und Storaxbäumen der State Street; dem afrikanischen Elefanten, dem größten zu Lande lebenden Säugetier, der im Lincoln-Zoo, dem ältesten zoologischen Garten der Vereinigten Staaten, bewundert werden kann … Mit lautem Knall schlug sie den Bildband zu.

»Was führte dich eigentlich nach Chicago?«

»Meine Firma schickte mich für ein Jahr dorthin und ich beschloss drüben zu bleiben.«

»Und dein hiesiger Arbeitgeber war einverstanden?«

»Er hatte keine Wahl. Die Konzernmutter sitzt ohnehin in Chicago und der amerikanische Boss bot mir an weiter drüben tätig zu sein.«

»Weil du begabt bist?«

»Vielleicht«, erwiderte er ohne die Miene zu verziehen.

»Vielleicht wolltest du nicht nach Israel zurück?«

»Auch das kann sein.«

»Du wolltest wirklich nicht heimkommen?«

»Wirklich nicht.«

»Weshalb?«

»Aus verschiedenen Gründen.«

»Zum Beispiel wegen einer Einberufung zum Reservedienst?«

»Nein.«

»Was sonst spricht gegen eine Rückkehr?«

»Ich konnte hier nicht mehr leben.«

»Wieso nicht?«, fragte sie neugierig und sie beide bemerkten die ungewohnte Aggressivität und den gekränkten Unterton, die plötzlich in Chamutals Stimme lagen. Er witterte die Gefahr und schaute sie an: »Das spielt keine Rolle. Komm, lass uns über etwas anderes sprechen.«

»Aber das Thema interessiert mich. Weshalb konntest du hier nicht mehr leben?«

»Wegen des Klimas«, antwortete er unwillig. Er wusste, dass er sich auf ein Minenfeld vorwagte, und versuchte äußerst vorsichtig zu sein.

»Und weshalb noch?« Sie blieb hartnäckig, obgleich auch ihr klar war, dass sie auf ein gefährliches Terrain geraten waren.

»Der Leute wegen.«

»Kennst du etwa alle Israelis?«

»Unser Gespräch wird allmählich lächerlich. Lass uns damit aufhören.«

Aber sie verschloss sich seinem Drängen. Sie wollte unbedingt ausloten, wie weit sie gehen konnte: »Das Klima und die Leute«, wiederholte sie. »Und was stört dich sonst noch?«

»Ich behaupte nicht, dass etwas nicht in Ordnung sei«, erklärte er vorsichtig. »Ich wurde nach Chicago geschickt und fühlte mich dort einfach wohl.«

»Bekanntermaßen ist das ja das Wichtigste – sich einfach wohl zu fühlen.«

»Ich glaube, dass wir diese Diskussion abbrechen sollten«, sagte er in ruhigem Ton.

»Weshalb?«

»Weil du es nicht verstehen würdest.«

»Nur zu, stell meine Intelligenz auf die Probe.«

Nach langem Schweigen sagte er: »Ich hatte das Gefühl, dass dieses Land mich auffrisst.«

»Dich auffrisst?«

»Ja. Dass ich hier ersticke.«

Bevor sie etwas erwiderte, versuchte sie den Ernst und die Trauer in seinen Worten zu ermessen. Nach einer Weile sagte sie: »Alles, was du vorbringst, sind gemeine Ausreden.«

»Ich wusste, dass du es nicht verstehen würdest.« Jetzt klang er noch trauriger.

»Dieses Land frisst dich auf«, wiederholte sie wie eine Lehrerin, die ihrem Schüler vorführen will, wie absurd seine Worte sind.

»Genau. So wie in dem Traum in deiner Zeitschrift. Ein Ertrinkender versucht den Kopf aus dem Wasser zu heben, aber es gelingt ihm nicht. Dieses Land lässt den Menschen nicht genügend Luft zum Atmen, weil es keine klare Trennung zwischen Privatem und den Belangen der Allgemeinheit gibt.«

»Das klingt wunderbar rational.«

»Zufällig ist es wahr.«

»Und Chicago gibt dir genug Raum zum Atmen?«

»In Chicago stören mich die Dinge weniger, weil ich nicht dazugehöre.«

»Ich habe die Geschichte vom Klima und den Leuten besser verstanden. Offensichtlich übersteigt die Sache mit dem Land, das seine Bewohner auffrisst, meine Intelligenz.«

»Ich ahnte, dass du es nicht verstehen willst«, sagte er enttäuscht.

»Und du hast Recht behalten.«

»Es tut mir leid.«

»Mir auch.«

»Lass uns zu den wirklichen Proportionen des Themas zurückkehren«, schlug er versöhnlich vor. »Ich habe den größten Teil meines Lebens hier verbracht. Alle wesentlichen Erfahrungen –«

Seine Beschwichtigungsversuche steigerten ihren Zorn von neuem. »Ich empfände mehr Achtung vor dir, wenn du sagtest: Ich bin müde. Ich habe genug von den Kriegen, den Problemen, dem Militärdienst. Man bot mir ein ruhiges Leben an und ich habe der Verlockung nicht widerstanden. Was ist schon dabei, wenn meine Söhne kein Hebräisch sprechen? Wenn das der Preis ist, bin ich gern bereit ihn zu zahlen«, rief sie und war sich bewusst, wie floskelhaft die Sätze waren, die unaufhaltsam aus ihr hervorschäumten.

»Ich möchte dir etwas erklären –«

»Erklär es dir selbst.«

»Ich möchte –«, hob er abermals an.

Sie verlor endgültig die Geduld. Alles, was vom ersten Augenblick an zwischen ihnen bestanden hatte und in der zurückliegenden Woche noch gewachsen war, schien nicht mehr zu existieren. Sie stand auf, nahm ihre Handtasche und ihren Mantel und eilte, ohne die Wohnungstür hinter sich zu schließen, hinaus. Mit einem gewissen Erstaunen gewahrte sie, wie leicht es ihr fiel, auf ihn zu verzichten. Von der Zuspitzung der Situation überrascht folgte er ihr und rief dem Kopf, den er im Treppenhaus um eine Ecke biegen und verschwinden sah, hinterher: »Was ist geschehen?«

»Ich hatte ganz vergessen, dass ich noch eine Verabredung habe.«

»Lauf mir nicht wieder davon«, rief er, doch hatte sie schon das Ende der Treppe erreicht. Sie war überzeugt, dass der Disput ihr nicht bloß als Vorwand diente, und gelobte, diesmal nicht umzukehren. Wenn sie im Büro eintraf, würde sie sofort ihre Schwiegermutter anrufen, um sie zu fragen, ob die Einladung noch bestehe und sie Pessach mit allen gemeinsam im Kibbuz feiern dürfe.

Während des ganzen Vormittags erschwerte ein Gefühl der Beklemmung ihr das Arbeiten, aber ihre Entscheidung stand fest: Sie würde Scha'ul Inlander nicht wiedersehen; mit kühlem Kopf wollte sie den Taumel, der ihr Leben ergriffen hatte, stoppen. Ihre Besuche auf der Pflegestation würde sie auf Zeiten legen, die mit seinen Besuchszeiten nicht kollidierten, und wenn ihre Wege sich dennoch zufällig kreuzten, würde sie ihn höflich grüßen und nicht einmal eine Einladung zu einer Tasse

Kaffee annehmen. Von der Minute an, da sie diesen Beschluss gefasst hatte, kehrte vorübergehend Ruhe in sie ein und doch ertappte sie sich bisweilen dabei, dass sie über die Geschichte mit Scha'ul Inlander nachdachte, als wäre sie noch immer nicht abgeschlossen.

Je weiter sie sich von ihm abwandte, umso stärker waren die Wellen der Zuneigung, die sie Arnon näher brachten. Sie erinnerte sich, mit welcher Inbrunst er, Schulter an Schulter mit seinen Kameraden aus Kindertagen, an den Chorabenden im Kibbuz gesungen hatte: »Von den Bergen des Libanon bis zum Toten Meer werden wir dich pflügen, bepflanzen, bebauen. So schön werden wir dich machen, so schön –«

Zwei Tage lang hielt sie stand. Sie arbeitete den Unterlagenberg, der sich auf ihrem Schreibtisch gebildet hatte, ab, kümmerte sich zu Hause um die Pflanzen, die schon seit einer Woche kein Wasser mehr bekommen hatten, und hängte die Frühlingskleider zum Lüften hinaus. Da er es nicht wagte, sie zu Hause oder im Büro anzurufen, war die Pflegestation der einzige Ort, an dem ihr Gefahr von ihm drohen konnte. So stattete sie ihrer Mutter nur noch einmal am Tag einen kurzen Besuch ab und wählte dafür Zeiten, zu denen sie bis dahin nie auf der Station erschienen war. Von dem Zimmer auf der anderen Seite des Ganges hielt sie sich fern; ohne große Anstrengung unterdrückte sie die Sehnsucht, die sie noch manchmal zu dem Sohn des staunenden Alten hinüberrief, dessen Anblick ihren Augen nicht entging, weil die Tür zu jenem Zimmer immer offen stand.

Als sie am dritten Tag um zwei Uhr nachmittags auf der Pflegestation eintraf, schlief ihre Mutter. Bertha hatte Chamutal schon von weitem gesehen und trippelte schnurstracks auf sie zu.

»Mir geht es gut, aber Ihrer Mutter geht es nicht gut.«

»Weshalb nicht?«

»Gar nicht gut.«

»Was ist passiert?«

»Sie hat nachts geweint. Sie wollte zu ihrer Mutter. Danach wollte sie zu Ihnen.«

»Ich bin ja jetzt da.«

»Aber jetzt braucht sie Sie nicht mehr. Sie können wieder gehen. Sie brauchte Sie in der Nacht, als sie wie ein Kind heulte. Man hat ihr eine Tablette gegeben, damit ihre Augen nicht austrocknen.« Bertha drehte sich um und verließ den Raum, die Schmach von Chamutals Mutter tragend, als wäre es ihre eigene.

Chamutal setzte sich an das Bett ihrer Mutter und sah in das von Tränen verunstaltete Gesicht.

›Ich weiß, warum ich hierher komme‹, dachte sie. ›Dass sie der letzte Zeuge meiner Kindheit ist, ist nicht der einzige Grund. Ich besuche sie, um Entschädigung zu bekommen für all die Jahre, in denen sie mich niederdrückte. Jetzt bin ich stark und sie ist schwach – und das feiere ich hier. Außerdem will ich all die Liebe aufnehmen, die sie mir früher nicht geben konnte und mir heute nicht mehr verweigern kann. Meine Besuche haben nichts mit Edelmut zu tun, sie sind nur Teil eines Krieges: Der Verlierer lauert auf den Augenblick, in dem der Sieger schwach wird. Man braucht nur Geduld, denn dieser Augenblick ist unausweichlich und es ist nie zu spät, um ihn auszukosten.‹

Sie war im Begriff aufzustehen und fortzugehen, als Scha'ul Inlander ins Zimmer trat und neben dem Bett ihrer Mutter stehen blieb. Ihre Knie gaben nach und der Versuch, ihre Füße sicher auf den Boden zu setzen, misslang. Stattdessen verharrte sie halb sitzend, halb stehend, eine Stellung, die an ein Spiel erinnerte, das ihre Töchter »Figuren werfen« nannten und das Chamutal und ihre Freundinnen in ihrer Kindheit mit einem anderen Namen belegt hatten, der ihr jedoch entfallen war: Als wäre sie inmitten ihrer Bewegung erstarrt, neigte ihr Körper sich nach vorn, um sich zu erheben, während die Knie noch eingeknickt waren. Sie wusste, wie lächerlich diese Haltung war, und wunderte sich, dass ihr Körper sich schwächer zeigte als ihr Wille. Durch die standhafte Weigerung ihrer Muskeln verunsichert sank sie gegen die Lehne des Stuhls zurück.

»Kann ich dich kurz sprechen?«

»Weshalb?«

»Darf ich dich in die Cafeteria einladen?«

»Nein.«

»Würdest du mir wenigstens erklären, warum nicht.«

»Weil ich es eilig habe.«

»Ich möchte es nur verstehen: Du bist wütend auf mich, weil ich Chicago liebe?«

»Es steht dir frei, jede Stadt zu lieben, die dir gefällt. Das geht mich nichts an.«

»Ich bin deiner Meinung und daher verstehe ich nicht, warum du fortgelaufen bist.«

»Du bist verheiratet und ich bin verheiratet«, sagte sie und der Satz klang so kindisch und absurd, dass ihr die Worte fehlten, um ihn zu Ende zu führen. Hätte ihr Körper nicht von der Anspannung geschmerzt, sie hätte wahrscheinlich gelacht.

»Ich liebe auch Tel Aviv«, erklärte er, als hätte er sie nicht gehört.

»Tu mir einen Gefallen. Behandle mich nicht wie ein kleines Kind«, sagte sie und stellte verwundert fest, dass sie wieder passende Worte fand.

»In letzter Zeit mag ich auch die Wohnung meines Vaters.«

»Wie schön für dich.«

»Seit du mich dort besucht hast. Vorher habe ich in einem Hotel übernachtet, ich konnte einfach nicht in seinem Bett schlafen.«

Sie sah ihn drohend an.

»Was ist geschehen?«, fragte er mit der gleichen Intonation wie an dem Tag, an dem der Hall seiner Stimme sie im Treppenhaus eingeholt hatte.

»Was soll ich auf deine Frage antworten, was meinst du?«

»Ich hoffe, dass du zurückkommst«, sagte er, doch nicht einmal bei diesem Satz lächelte er.

»Die ganze Geschichte ärgert mich – falls dich meine Meinung interessiert.«

»Was ärgert dich?«

»Pass gut auf, was du sagst.«

Und mit einer Stimme, die in dem Raum laut widerklang, verkündete er: »Du fehlst mir. Das ist alles, was ich sagen will.«

Sie stieß einen kurzen heiseren Seufzer aus, denn zum ersten Mal hatte er ihr seine Gefühle gestanden und sie bedauerte, dass es auf diese Weise und an diesem grauenvollen Ort geschehen war, über dem gebeugten Kopf ihrer Mutter und in Anwesenheit Berthas, die gespannt zuhörte und sie und Scha'ul Inlander nicht aus den Augen ließ. Sie war besiegt, das war ihr klar, doch verhielt sie sich, als hätte der Kampf eben erst seinen Höhepunkt erreicht und als bestände noch die Aussicht, ihn zu gewinnen.

In diesem Augenblick schlug ihre Mutter die Augen auf und schaute Chamutal an, die unter ihrem tadelnden Blick erstarrte. War ihre Mutter wieder zu klarem Bewusstsein gelangt? Und hatte sie das Gespräch, das über ihr Bett hinweg geführt worden war, mit angehört und sich nur schlafend gestellt?

»Wo bin ich?«, fragte sie schlafwandlerisch.

Aus einem unerklärlichen Grund weckte die Frage Chamutals Argwohn. Passte der Tonfall ihrer Mutter zu ihrem misstrauischen Blick?

»Du bist in deinem Bett und es ist alles in Ordnung.« Ihr wurde klar, dass der tadelnde Ausdruck in ihren Augen nur auf das Blinzeln der Lider zurückzuführen war.

Der kreisende Blick ihrer Mutter war wie ein Scheinwerfer, der auf Scha'ul Inlander zum Stillstand kam: »Ist das Arnon?«

Voll Erstaunen, den Namen Arnons zu vernehmen, von dem ihre Mutter seit Chamutals Hochzeit immer nur als von ihrem

Mann gesprochen hatte, fragte sie: »Wer?« Dabei beugte sie sich über die alte Frau, als wolle sie sichergehen, dass sie sie richtig verstand.

»Arnon.«

»Welcher Arnon?«

»Arnon, dein Mann. Ist er es?«

Sie erinnerte sich an Elijahu, den Lehrer, und wie sie gelacht hatte, weil er sie für Scha'ul Inlanders Frau hielt. Jetzt aber war sie starr vor Entsetzen und sie entgegnete, den Blick auf Scha'ul Inlander gerichtet: »Nein, das ist nicht Arnon.«

Über das ungläubige Gesicht ihrer Mutter hinweg sahen sie einander an, um sich ihres gegenseitigen Einverständnisses zu vergewissern. Und ehe ihre Mutter sich wieder zu ihr wandte, sagte er laut und vernehmlich: »Ich werde heute Abend auf dich warten. Ich bitte dich: Komm.«

Nachdem er gegangen war, saß sie da und schaute in die Augen ihrer Mutter, die sie unverwandt ansahen und, unablässig lächelnd, zwischen den halb geschlossenen zitternden Lidern funkelten. Chamutal fragte sich, welches Spiel ihre Mutter mit ihr spielte. War dies einer ihrer seltenen klaren Momente? Hatte sie wirre Fragen gestellt, um Scha'ul Inlander und sie zu täuschen, damit sie das Gespräch in ihrer Anwesenheit fortsetzten?

In ihrer ganzen Kindheit und Jugend war es Chamutal nie gelungen, vor dem lauernden Blick ihrer Mutter etwas geheim zu halten. Aufgrund winziger Indizien – Knitterfalten in ihrer Bluse, Lehmbröckchen an ihren Stiefeln, ein in tausend Stücke zerrissener Zettel im Papierkorb, ein Lippenstift, der in einem Geheimfach ihrer Tasche versteckt war, eine Schmerztablette im untersten Fach des Federmäppchens – spürte ihre Mutter ihre kleinen Geheimnisse auf. Vom letzten Schuljahr der Grundschule an wusste Chamutal, dass sie in ihrer Abwesenheit in ihren Schränken stöberte, in den Schubladen versteckte Dinge suchte, Reißzwecken löste, um unter das farbige

Schrankpapier zu schauen, und dass sie nachsah, was unter den Umschlägen ihrer Hefte geschrieben stand.

Doch alle Anschuldigungen wies ihre Mutter energisch zurück. Sie setzte ein beleidigtes Gesicht auf, wenn Chamutal einen Verdacht äußerte und Anzeichen aufzählte, die ihr als Beweise dienten. Und ihr Vater sah sie aus großen Augen durchdringend an und sagte erschüttert: »Du glaubst doch nicht wirklich, dass deine Mutter so etwas tun würde.« Das Zittern in seiner Stimme verriet, dass er weder seine Frau noch seine Tochter gut kannte.

Inzwischen waren die Augen ihrer Mutter zugefallen. Als sie sie wieder öffnete, sah sie sie mit gläsernem Blick an und Chamutal fiel auf, dass das lebhafte Funkeln, das sie zuvor zu sehen geglaubt hatte, verloschen war. Selbst wenn etwas von dem, was sich an ihrem Bett zugetragen hatte, in ihr Bewusstsein gedrungen war, hatte sie es in der Zwischenzeit sicher vergessen.

»Ich bin es, Mama – Chamutal«, sagte sie und schmeckte den bitteren Geschmack des Sieges über diese Frau, die ihr Dasein einst unerbittlich gelenkt hatte, wohingegen jetzt ein wildfremder Mann zu ihr, der inzwischen verheirateten Tochter, sagen konnte: »Du fehlst mir« und »Ich werde auf dich warten«, und man in ihrer Anwesenheit über jedes Geheimnis offen sprechen durfte, ohne befürchten zu müssen, dass sie etwas verstand.

Da sie dem Sieg, der so einfach errungen war, misstraute und fürchtete, die Ohren ihrer Mutter hätten die Worte, die sie aufgenommen hatten, an einen noch lebendigen Hirnsektor weitergeleitet, sagte sie beim Aufbruch trotz allem: »Ich gehe jetzt nach Hause«, als wäre es nötig, ihrer Mutter das, was diese womöglich von ihr erwartete, zuzusagen.

Die alte Frau lag mit zur Seite gedrehtem Kopf und schaute zu Chamutal auf; und wegen des seltsamen Blickwinkels blinkte ein ironisches Grinsen in ihren Augen.

»Ehrlich«, fügte Chamutal schnell hinzu, indem sie die Hand wie zum Schwur an ihr Herz führte, genauso, wie sie es als Kind immer getan hatte. Ihre Mutter schaute auf die zur Faust geballte Hand und schloss die Lider.

Aus dem Augenwinkel sah Chamutal, wie die Schwester mit energischen Schritten ins Zimmer trat.

»Frau Baum«, sagte sie mit sorgenvoller Miene, »ich möchte kurz mit Ihnen sprechen.« Danach verließ sie den Raum, sah erst nach rechts, dann nach links und gab Chamutal schließlich ein Zeichen, mitzukommen. Chamutal gehorchte und folgte ihr über den ganzen Flur bis hinter die große Monstera, die zu ihrer Überraschung eine Plastikpflanze war.

»Worum geht es?«

Aus ihrer Kitteltasche zog die Schwester den mit Eilatsteinen besetzten Goldreif.

»Gehört der Ihrer Mutter?«

»Ja.«

»Das habe ich mir gedacht.«

»Wo haben Sie ihn gefunden?«

»Unter der Matratze von jemand anderem – den Namen darf ich Ihnen nicht nennen. Im Vertrag haben Sie unterschrieben, dass es verboten ist, Schmuck bei ihrer Mutter zu lassen. Das gilt auch für Imitate wie diesen. Vielleicht hat das Stück nicht viel gekostet, aber die Leute hier haben genug Dinge, an denen Erinnerungen hängen. Sie brauchen nichts, was obendrein teuer aussieht.«

»Er sieht nicht nur teuer aus, er ist auch aus Gold.«

»Aus echtem Gold?« Als finge das Metall an zu glühen, ließ die Schwester den Armreif in Chamutals geöffnete Hand fallen. »Dann seien Sie so gut und bringen Sie nie wieder etwas aus echtem Gold mit. Sie werden es nicht glauben, aber in der vorigen Woche wurde sogar jemandem das Gebiss geklaut.«

»Ich danke Ihnen«, sagte Chamutal und steckte den Reif in ein Seitenfach ihrer Handtasche.

»Es tut mir um die schönen Sachen leid. Außerdem möchte ich nicht, dass die Station in den Ruf kommt, hier würde gestohlen«, erklärte die Schwester. »Ich wollte auch noch etwas über das Nachthemd sagen, das Sie ihr mitgebracht haben. Kurze Hemden sind besser. Die langen verkruscheln immer, wissen Sie, das ist unangenehm und auch nicht gut für die Druckstellen.« Dann holte sie tief Luft und fügte hinzu: »Und entschuldigen Sie vielmals, wenn ich noch etwas anspreche. Sie sollten heimgehen und sich ein wenig ausruhen. Sie sehen aus, als wären Sie auch krank.«

Chamutal hatte sich jedoch eine Nachtschicht verordnet, und einige Stunden später rang sie bereits mit ihren ständig zufallenden Lidern und stieß immer wieder das Bild Scha'ul Inlanders zurück, der sie im Bett seines Vaters erwartete – eine Vorstellung, die ihre Sehnsucht nach ihm von neuem weckte. Bis nach Mitternacht saß sie im Büro und ging das Material durch, das sich auf ihrem Schreibtisch angesammelt hatte. Unablässig klangen seine Worte, die beinahe eine Liebeserklärung waren, in ihren Ohren.

Als plötzlich das Telefon klingelte, zuckte sie zusammen. Sie wusste, dass er sie jetzt kraftlos anträfe und sie eine leichte Beute wäre. Wenn er sie bedrängen würde zu ihm zu kommen, unterbräche sie den Artikel mitten im Absatz. Und während sie die Hand zum Telefon streckte, fiel ihr Blick auf ihren Ärmel und sie überlegte, dass sie nicht einmal zu Hause vorbeiführe, um sich vorher umzuziehen.

»Chamutal?«, fragte Arnon, der erstaunt war sie zu nächtlicher Stunde tatsächlich im Büro anzutreffen.

»Arnon?« Im Bruchteil einer Sekunde war der Name, den ihr Mund bereitgehalten hatte, ausgetauscht.

Arnon fasste sich gleich wieder: »Ich wollte wissen, welches Medikament Michal bekam, als sie im letzten Jahr den Allergieanfall hatte.« Er sprach schnell und erkundigte sich weder nach ihrem Befinden noch nach dem Stand ihrer Arbeit oder ihrem Verbleib während der ganzen zurückliegenden Woche, in der er mehrmals angerufen und kurze, sachbezogene Mitteilungen hinterlassen hatte, da er sie selbst spätabends nicht erreichen konnte.

»Weshalb? Was ist passiert?«

»Nichts Schlimmes. Sie hat nur ein bisschen Schnupfen.

»Nosidex«, sagte sie.

»Danke«, erwiderte er und wollte das Gespräch beenden.

»Wie …«, setzte Chamutal an und verstummte, da sie nicht wusste, ob er am anderen Ende der Leitung noch zuhörte.

»Ja?«, fragte er vorsichtig.

»Wie geht es euch?«

»Ausgezeichnet.«

»Wie kommt Michal mit Physik zurecht und Hila –«

»Alles bestens.«

»Ich –«

»Ich hörte, dass du zu Pessach herkommst.«

»Wenn ihr einen Platz für mich freihaltet …«, erwiderte sie, um zu ergründen, ob sie willkommen war.

»Wir halten dir einen frei, weil du immer weißt, wo der Afikoman steckt.«

Er legte den Hörer auf und Chamutal fragte sich, ob die süße Verlockung, der sie hier ausgesetzt war, den säuerlichen Geschmack einer Absage übertünchen würde.

Als sie um zwei Uhr morgens daheim ankam, war sie froh, dass Arnon sie im Büro angerufen und sie der Versuchung, zu Scha'ul Inlander zu fahren, widerstanden hatte. Doch kurz darauf bedauerte sie es bereits und sann mit Verwunderung darüber nach, wie Scha'ul Inlander aus ihrem Leben verschwand, wenn Arnon und die Mädchen Gestalt darin annahmen, und wie er anschließend seinen Platz zurückeroberte, wenn ihre Familie wieder in die Ferne rückte. Von der Wurzel aufwärts schien ihr Dasein in zwei Triebe gespalten, von denen jeder eine bestimmte Aufgabe erfüllte.

Frühmorgens erhielt sie einen Anruf der Krankenschwester, die sie bat möglichst bald zur Pflegestation zu kommen, der Stationsarzt wolle mit ihr sprechen, es sei wichtig. Chamutal bat, sofort mit dem für die Pflege ihrer Mutter verantwortlichen Arzt sprechen zu dürfen, und die Schwester stellte sie durch. Eine junge Stimme erklärte ihr, der Zustand ihrer Mutter habe sich über Nacht zugespitzt: Sie sei von Bett zu Bett gewandert, habe die schlafenden Patienten aufgedeckt und ihre Kissen durchwühlt; sie behaupte, jemand hätte ihr Buch gestohlen. Inzwischen sei beschlossen worden, sagte der Arzt ruhig, sie vorübergehend an ihrem Bett festzubinden.

»Wie bitte?!«, schrie Chamutal in den Telefonhörer.

»Nur, bis sie sich beruhigt hat«, sagte der Arzt. »Morgen Abend bei der Schabbatfeier geht es ihr vielleicht schon wieder besser, Sie werden sehen.«

»Bei der Schabbatfeier? Morgen ist Mittwoch.«

»Wir erklären Ihnen alles, sobald Sie hier sind.«

An diesem Tag besuchte Chamutal die Pflegestation zweimal. Beim ersten Mal lag ihre Mutter in einem von Alpträumen geschüttelten Schlaf. Eine Studentin der Sozialpädagogik, die Daten über das Leben von Alzheimerpatienten sammelte, erläuterte Chamutal ausführlich die Methode, die sie ausprobieren wollte, um das Gedächtnis der Kranken zu reaktivieren: Eine Art Vorstellung würde inszeniert, im Laufe derer wichtige Begebenheiten aus dem Leben der Patienten rekonstruiert würden, die Hochzeit mit der Braut und dem Bräutigam, den Segenswünschen und Geschenken, aber auch die religiösen Feste mit den traditionellen Speisen und Gesängen. Mit der Schabbatfeier sollte begonnen werden, da sie den Patienten von frühester Kindheit an vertraut war. Und damit auch die Angehörigen jener Patienten, die aus orthodoxen Familien stammten, teilnehmen konnten, war die Feier auf einen Mittwoch gelegt worden.

Als Chamutal am Abend zum zweiten Mal erschien, waren die Patienten schon im Speisesaal versammelt. Das Erste, was Chamutal wahrnahm, waren die Augen Scha'ul Inlanders, die sich verzweifelt bemühten ihren Blick einzufangen, um darin irgendein Zeichen zu erkennen. Sie ignorierte ihn und wandte sich zu ihrer Mutter, die in ihrem Rollstuhl saß, der in einem großen Kreis weiterer Rollstühle stand. Um ihren Bauch und die Rückenlehne lag ein Herrengürtel, der hinten zugeschnallt war und ihren Körper davor bewahrte, von dem Sitz zu rutschen. Die vielen Beruhigungsmittel, die ihr verabreicht worden waren, ließen ihren Blick, der die ganze Zeit auf Scha'ul Inlanders Vater und Bertha, die neben ihm stand, gerichtet war, leer erscheinen. Beständig quollen Speichelbläschen aus ihrem Mundwinkel, einer Miniaturkette gleich, die der Neigung ihres Kopfes wegen schräg über ihr Kinn hing. Das Kuchenstück, das man ihr gegeben hatte, lag auf ihrem Schoß und es schien, als habe sie es vergessen.

Auf der anderen Seite des Raumes, neben Scha'ul, der Chamutal weiterhin fragend ansah, saß aufrecht und gut aussehend, frisch rasiert und mit Sorgfalt angekleidet der alte Inlander in seinem Rollstuhl. Sein Sohn stand zu seiner Rechten und Bertha zu seiner Linken. Berthas Hand ruhte gebieterisch auf Inlanders Schulter, während ihr Körper sich auf die Lehne seines Rollstuhls stützte. Es war erkennbar, dass das Stehen ihr schwer fiel, aber sie beharrte darauf, zu demonstrieren, dass sie keinen Rollstuhl brauchte.

Chamutals Augen folgten dem ausdruckslosen Blick ihrer Mutter. Schaute sie zufällig zu Inlander und Bertha? Verstand sie, was sie sah? Was spielte sich hinter ihren leeren Augen ab, hinter dem erschreckend bleichen Gesicht, dessen Züge sich völlig in furchigen Längslinien verloren? Regte sich Leben in diesem Körper, der mit einem dicken Gürtel an seinem Platz befestigt war und dessen Gliedmaßen allesamt zu Boden hingen? Tobte Eifersucht darin und verbarg sich dort eine Seele, die diesen gut aussehenden Mann begehrte, der an eine Puppe erinnernd in seinem Stuhl festsaß? Stünde sie, wenn es in ihrer Macht läge, auf, um Berthas Hand fortzustoßen und ihren Platz einzunehmen? Wurde Chamutal und Scha'ul Inlander vielleicht sogar ein Zeichen gegeben: zwei Frauen und ein Geliebter? Ihr kam der Mann in den Sinn, der eifersüchtig auf seine Frau war und träumte, eine Frau und zwei Männer suchten Zuflucht in der Arche Noah.

Ohne Unterlass starrte ihre Mutter den alten Inlander an, dem anzumerken war, dass er von dem Geschehen um ihn her nichts begriff. Seine Augen, die seit Wochen daran gewöhnt waren, immer nur zu dem Rechteck zu sehen, das der Eingang zu seinem Zimmer bildete, blickten auch hier stets in dieselbe Richtung, als hoffte er, dass etwas Bestimmtes passieren würde. Er bemerkte das mit puderzuckerbestäubtem Gebäck beladene, große Tablett nicht, das ein Mädchen mit beiden Händen geduldig vor ihn hielt, darauf wartend, dass er seinen Blick löse und sie anschaue. Plötzlich schnellte Berthas Arm auf das Tablett zu, sie nahm rasch ein Plätzchen und hielt es wie eine kostbare Trophäe in ihrer Hand versteckt. Auch Scha'ul Inlander bediente sich und dankte dem Mädchen. Sein Vater aber schaute von alledem unberührt über den Kopf des Mädchens hinweg.

Die Schwester, die die Aufgabe übernommen hatte, sich um den Gesang zu kümmern, stimmte ein Lied an: »Geh Geliebter zu deiner Braut, empfange die Königin Schabbat.« Die Mitarbeiter stimmten mit kräftiger Stimme ein, wohingegen die alten Leute in eine Art Murmeln verfielen. Daraufhin versuchte die Schwester die Leute anzufeuern, indem sie in den Kreis der Rollstühle trat und wie ein Zirkusdompteur mit beiden Armen gestikulierend umherging.

Eine junge Schauspielerin stellte einen kleinen Tisch in der Mitte des Raumes auf und platzierte zwei Leuchter darauf. Sie bedeckte ihren Kopf und ihre Schultern mit einem Schleier, breitete die Hände über ihr Gesicht und sagte laut: »Gepriesen seist du, Herr, unser Gott, der Welten König –«

Chamutal schien es, als entzündete sich ein schwaches Licht in den Augen ihrer Mutter, die jetzt ihren Hals nach vorn reckte. War sie wieder das kleine Mädchen, das zwischen ihren Eltern und Geschwistern stand und jene Worte hörte, deren Bedeutung es noch nicht erfasste: »Gepriesen seist du, Herr …«?

Plötzlich war ein leises Weinen zu hören und alle verstummten. In der Stille gewann es an Kraft und wurde zu einem Schluchzen, bis es in ein lautes Heulen mündete. Und dann – als dirigierte jemand einen furchtbaren Chor – stimmten die anderen alten Menschen ein und ein Grauen einflößender Gesang hob an, der wie der lange Klageschrei eines wahnsinnigen Solisten klang. Hilflos wich die Studentin der Sozialpädagogik zurück: So hatte sie sich ihr wissenschaftliches Experiment nicht vorgestellt. Und wie zur Begleitung des Schreckenschors waren nun auch das Scheppern metallener Räder, ein Aufschlagen und ein Schmerzensschrei hörbar, der immer höher stieg und die Stimmen der anderen wie ein Echo verstärkte. Hinter ihrem Rücken nahm Chamutal ein verzweifeltes Geheul, das nicht mehr aufhören wollte, wahr: Ein Rollstuhl war umgestürzt und lag leer da; die Alte, die darin gesessen hatte, war auf den nackten Fußboden gestreckt. Wie ein Echo antworteten ihr die übrigen alten Menschen mit angstvollem Kreischen, und nicht nur die, die sie sahen, sondern auch jene, die sie nur hörten. Jeder, der dazu imstande war, versuchte seinen Rollstuhl an die Stelle zu lenken, wo die Frau lag, und in wenigen Sekunden entstand ein Durcheinander, in dem Rollstühle sich ineinander verkeilten und Schwestern und Ärzte sich mühsam einen Weg zu der Verletzten bahnten, die jetzt wie ein

Säugling wimmerte, während Blut und Speichel aus ihrem Mund rannen.

Chamutals Mutter rührte sich nicht. Mit gerecktem Hals saß sie in ihrem Rollstuhl und erwartete die Fortsetzung des Gebets. Noch immer lief schräg über ihr Kinn Speichel, den Chamutal nicht hatte fortwischen können. Auch lag das Plätzchen nach wie vor in ihrem Schoß, während ihr Blick langsam vom alten Inlander zur Mitte des Raumes wanderte, das Chaos nur an der Oberfläche streifend. Chamutal wandte sich zum Eingang und verließ fluchtartig den Raum. Sie ließ ihre Mutter in dem Chaos aus weinenden und schreienden Stimmen zurück, ohne auch nur einen Moment innezuhalten und zu überlegen, was sie tat. Am Ende des Ganges, als die Stimmen verhallten, ließ sie sich auf eine Bank sinken. Sie vergrub das Gesicht in ihren Händen und zum ersten Mal, seit ihre Mutter hierher gekommen war – seit drei Monaten und neun Tagen, die ihr wie eine Ewigkeit schienen – vergoss Chamutal Tränen: über ihre Mutter, über die Alte, die aus dem Rollstuhl gekippt war, über sich selbst, über Arnon und die Mädchen, über die Zeit und all das, was sie den Menschen antat, die Sinnlosigkeit jenes Lebens, das sich dort, in dem Raum am anderen Ende des Ganges, manifestierte, die Gemeinheit des Verfalls und die Verzweiflung und den schrecklichen Hohn, die am Ende des Weges stehen. Als sie Scha'ul Inlanders Hand auf ihrem Kopf spürte und selbst danach noch, als er neben ihr saß und sie in den vertrauten Wollgeruch seiner Jacke zog, hörte ihr Weinen nicht auf.

Der Sex in jener Nacht war anders als sonst – als gestånden auch ihre Körper ein, dass etwas Neues geschah, das von der physischen Lust losgelöst war und sich im Bewusstsein einer undefinierbaren Verantwortung vollzog, die nicht in Gedanken fassbar wurde, sondern diese umging und in den Körper hinabfuhr, um ihm gleichsam befehlend die veränderte Situation mitzuteilen. Die ganze Nacht schliefen sie ineinander verschlungen und fühlten, dass sich auf einmal, ohne dass sie es beabsichtigt hatten, ihre Verbindung, die noch so jung und neu schien, vertieft hatte und aus Krisen und Höhepunkten bestand. Der Alptraum der Schabbatfeier hatte ihnen vor Augen geführt, wie zerbrechlich und flüchtig nicht nur das Leben des Menschen, sondern darin auch ihre Beziehung war, die vom ersten Augenblick ihres Bestehens an dazu verdammt schien, an die Pflegestation gebunden zu sein. Bevor er, müde von der Erschöpfung und dem Wein, den er zum Abendessen getrunken hatte, einschlief, sagte er zu ihr, dass er schon seit einigen Tagen Gefallen an dem Gedanken von der Frau und dem Mann, die ihre Familien verließen, finde. Solche Menschen könnten in einem fremden Land ein neues Leben beginnen, in China, Neuseeland oder andernorts, wo seine Firma eine Niederlassung hätte.

Als er eingeschlafen war, streichelte sie seinen Rücken und versuchte ihrer Aufregung Herr zu werden, indem sie sich noch einmal Wort für Wort in Erinnerung rief, das sie aus seinem Mund gehört zu haben glaubte. Sie wusste, er hatte nichts wirklich Verbindliches gesagt, doch genoss sie die ungewohnte Vorstellung, mit diesem Mann, den sie nicht wirklich kannte, von dem ihr Herz ihr jedoch sagte, dass er ihr nie wehtun werde, eine neue Existenz in einem fernen Land aufbauen zu können, als hätten sie beide keine Vergangenheit: Gemeinsam suchten sie ein Haus, kauften Polsterstoffe, installierten einen Ofen und hängten Lampen und Bilder auf, und sie schenkte ihm ein Kind – sie sah es bereits vor sich: eine verkleinerte Ausgabe Scha'ul Inlanders; der Junge würde aus Legosteinen herrliche Brücken bauen, die sie in das Regal im Wohnzimmer stellten, und wenn die Gäste ihrem Sohn eine große Zukunft voraussagten, würden sie selig lächeln.

Doch am folgenden Morgen, als er sich gewaschen und

angezogen hatte und wieder nüchtern war und als er den Gedanken, den er nachts geäußert hatte, nicht mehr erwähnte, ärgerte sie sich, dass er es wagte, derartige Dinge zu sagen und sich anderntags an nichts mehr erinnern zu wollen. Sie beschloss zu schweigen – sollte er über die Worte, die er vor dem Einschlafen in ihr Ohr geflüstert hatte, nachdenken oder sie ganz vergessen. Sie würde sich mit dem Vorschlag erst dann wieder befassen, wenn er ihn ausdrücklich wiederholte. Als sie später, bevor jeder zu seinem Auto ging, auf dem Bürgersteig stehen blieben, sagte sie zu ihm: »Lass uns eine dreitägige Pause einlegen.« Sie wusste: Je grausamer sie jetzt zu sich wäre, umso leichter wäre ihr später zumute.

»Weshalb?«, fragte er erschrocken.

»Um die nötige Distanz wiederzufinden.«

»Die nötige Distanz?«

»Die Distanz, die wir im Augenblick brauchen: drei Tage.«

Er schaute sie verständnislos an. »Das begreife ich nicht.«

»Da gibt es nichts zu begreifen«, entgegnete sie und überlegte: Ist der Abschied unvermeidbar, also soll er sich wenigstens in Stufen vollziehen.

Je intensiver Chamutal gegen die Idee, die er in der zurückliegenden Nacht in ihr Hirn gepflanzt hatte, ankämpfte, umso öfter schlich diese sich wie ein listenreicher Feind in ihre Gedanken ein. Trotz ihres am Morgen gefassten Beschlusses spann sie seine Idee im Laufe des Tages weiter und entwickelte sie zu einem konkreten Plan: Weder nach China noch nach Neuseeland würden sie gehen. Sie würden Israel nicht verlassen, denn der Mensch sollte dort leben, wo er seine Kindheit verbracht hat. Ihre Töchter blieben bei ihrem Vater und Chamutal verzichtete auf ihren Anteil am Haus, so dass Arnon, Hila und Michal weiterhin darin leben könnten. Sie käme sie jeden Tag besuchen und zu viert stellten sie ihr Verhältnis untereinander auf neue Grundlagen. Arnon fände leicht eine andere Frau, die freundlich zu den Mädchen wäre und sich gern um den kleinen Garten kümmerte. Arnon und Scha'ul würden einander vom Augenblick ihres Kennenlernens an mögen. Scha'uls israelische Tochter käme aus Amerika und Chamutal nähme sie wie eine Tochter auf. Alle gemeinsam begingen sie die Feiertage im Kibbuz mit Arnons Eltern und sie lebten zusammen wie eine große Familie ... Hin und wieder regte sich in ihr Widerstand gegen die dreitägige Pause, aber jedes Mal gelang es ihr sofort, die Sehnsucht zu unterdrücken und sich davon zu überzeugen, dass ihnen die Trennung gut tue und obendrein Klarheit bringe.

Nachmittags auf der Pflegestation schaute sie aus Gewohnheit in das Zimmer seines Vaters. Anders als sonst zu dieser Zeit waren die Augen des alten Mannes geschlossen. Er schlief. Ihn so zu sehen hatte etwas Beunruhigendes: Er lag bedrohlich nah am Matratzenrand, seine Decke war verrutscht, so dass sie auf dem Fußboden schleifte, und sein Kopf ruhte auf einem Zipfel des Kissens, dessen größter Teil seitlich über das Bett hinausragte. Sie blieb eine Weile stehen und betrachtete ihn; dabei versuchte sie die Unruhe, die sie bei seinem Anblick erfasst hatte, abzubauen. Schließlich ging sie um das Bett, zog das Kissen mit dem Kopf zur Matratzenmitte, hob die Decke vom Fußboden, faltete sie neu und breitete sie behutsam über ihn.

Als sie in das Zimmer auf der anderen Seite des Ganges trat, bemerkte sie die schwarz gekleidete Frau zuerst: Sie saß auf dem Bett ihrer Mutter, die sich wie beim letzten Mal gegen die Wand kauerte. Erst danach sah sie ihre eigene Mutter, die am Fenster stand und, die Stirn an der Scheibe, hinausschaute. Chamutal fielen die Geschichten über alte Menschen ein, die sich mit einem Sprung aus dem Fenster das Leben nahmen, und sie lief schnell zu ihr.

»Guten Tag, Mama.«

Ihre Mutter drehte langsam den Kopf und schaute sie an.

»Ich bin es, Mama – Chamutal. Fühlst du dich nicht gut?«

»Hast du einen schwarzen Wagen?«

»Nein, mein Wagen ist weiß.«

»Ich sah ein schwarzes Auto.«

»Es gehört nicht mir.«

»Wem gehört es dann?«

»Ich weiß es nicht. Meins ist weiß. Komm zurück ins Bett.«

Ihre Mutter legte sich auf den Rücken und schloss die Augen. Sie lag bewegungslos mit auf der Brust gefalteten Händen und erinnerte an eine aufgebahrte Christin.

Inmitten der Stille klang laut die Stimme der schwarzen Frau: »Wer ist das?«, fragte sie hartnäckig und hielt eine Fotografie vor die Augen ihrer verstörten Mutter.

Wie ein sprechender Roboter, dessen einzige Existenzberechtigung es war, dazusitzen und Fotos zu beschreiben, fuhr sie mechanisch fort: »Schau genau hin und erinnere dich. Das war auf dem Ausflug zum See Genezareth, im Hotel, in dem wir in der ersten Nacht schliefen. Chaimke hatte Pipi ins Bett gemacht. Du hast das Laken ausgewaschen und die Matratze umgedreht, damit das Malheur unbemerkt blieb und wir nicht für eine neue Matratze aufkommen mussten. Erinnerst du dich? Hier sind wir im Hotel beim Frühstück. Man servierte uns Unmengen Rührei und du hast Papa gewarnt, er vertrage nicht so viele Eier, aber er aß auch noch unsere Portion auf, so dass ihm mittags speiübel war. Deswegen blieb er auf dem Zimmer, als wir zum Baden an den See gingen. Sieh her, da ist Schoschana im Garten des Hotels, sie zeigt auf das Fenster unseres Zimmers. Sie ist so stolz, als gehörte das Haus uns. Erinnerst du dich an die Nonnen, die wir am Strand sahen? Chaimke erschrak so sehr, dass er nachts träumte, sie verfolgten ihn. Sein Schreien weckte alle auf, weißt du das noch? Da habt ihr ihn in euer Bett geholt und er machte hinein.«

Die Alte reagierte nicht und Chamutal, der die vielen Einzelheiten noch in den Ohren klangen, sagte aufgewühlt zu ihrer Mutter, deren Augen wieder geöffnet waren: »Lass uns ein wenig auf dem Flur spazieren gehen.«

Sie hakte ihre Mutter unter und führte sie in Richtung des Fahrstuhls, von dem ungewohnten Körperkontakt peinlich berührt: In ihrem Arm lag der Arm ihrer Mutter, ihre Finger ruhten auf deren Hand, ihre Schulter rieb sich an ihrer Schulter und hin und wieder streiften sich auch ihre Schenkel. Als sie auf halbem Weg zum Fahrstuhl einen Aufprall hörte, begriff Chamutal sofort: Scha'ul Inlanders Vater war aus dem Bett gefallen.

Sie brachte ihre Mutter zur nächsten Bank, half ihr sich zu setzen und lief zurück.

Scha'ul Inlanders Vater lag auf dem Fußboden, sein Gesicht war sehr blass und seine blauen Augen blickten erschrocken zum Eingang. Sein Zimmergenosse hatte sich im Bett aufgerichtet und schaute verunsichert auf die leere Matratze neben sich. Als Chamutal den Raum betrat, glaubte sie in den Augen des alten Inlander ein Leuchten zu sehen. Sie sagte zu ihm: »Ich rufe gleich den Arzt, Herr Inlander. Bleiben Sie liegen und bewegen Sie sich nicht.«

Sie lief von Zimmer zu Zimmer und rief nach der Schwester und dem Pfleger, damit sie den Arzt alarmierten. Außerdem bat sie die junge Frau im Büro, den Sohn des Mannes, der aus dem Bett gestürzt war, anzurufen.

Ihre Mutter war unterdessen allein in ihr Zimmer zurückgekehrt und spähte wieder aus dem Fenster. Sie schien sich große Mühe zu geben, etwas zu erkennen, das sich rechts unterhalb des Fensters befand und beharrlich weigerte zum Vorschein zu kommen. Als Chamutal näher trat, sah sie, dass ihre Augen geschlossen waren. Sie war im Stehen eingeschlafen und lehnte mit der Stirn an der Glasscheibe.

»Komm, Mama.« Vorsichtig nahm sie das Handgelenk ihrer

Mutter, die sich wie eine Träumende zum Bett führen und zudecken ließ.

»Wer sind Sie?«, fragte sie.

»Ich bin Chamutal.«

Mit einem Ausdruck der Verwunderung folgten ihre Augen Chamutal, die um ihr Bett herumging und die Ränder des Lakens unter die Matratze schob. In die Stirn ihrer Mutter grub sich eine tiefe Falte, als versuche sie sich etwas ins Gedächtnis zu rufen.

»Auch mein kleines Mädchen hieß Chamutal.«

Chamutal erstarrte: Ihre eine Hand hielt noch die Matratze hoch, während die andere zwischen Laken und Rost steckte. In den Worten ihrer Mutter lag eine Zärtlichkeit, die ihr das Herz zerriss. So hatte ihre Mutter sie nie genannt. Meistens stellte sie sie als »Chamutal« vor, manchmal sagte sie auch »meine Tochter«; »mein kleines Mädchen« aber enthielt das Versprechen einer Liebe, das nie erfüllt worden war.

Ohne zu wissen weshalb, strich Chamutal sich die Strähnen von der Stirn und den Wangen, hielt mit beiden Händen ihr Haar im Nacken zusammen, beugte ihr entblößtes Gesicht zu ihrer Mutter und flüsterte: »Wer ist Chamutal?«

Ihre Mutter schaute sie an und die Furche auf ihrer Stirn zog sich von der Nasenwurzel zum Haaransatz.

»Mein kleines Mädchen«, antwortete sie sanft und Chamutal kamen die Tränen.

Dreieinhalb Monate zuvor hatten sie ihre Mutter auf die Pflegestation gebracht. Beim Anblick des Zimmers waren Arnon und sie erschüttert stehen geblieben: drei dicht an dicht gestellte Betten, drei Blechschränkchen, ein Schrank mit drei schmalen Türen, nackte Wände. Auf dem Fensterbrett stand ein kleiner Ficus, dessen Topf noch in Zellophanpapier eingewickelt war.

Das Zimmer im Altenheim, das ihre Mutter gerade verlassen hatte, hatte sie allein bewohnt. Neben dem Fenster gab es ein großes Bücherregal, auf dessen oberstem Brett die alten Familienfotos aufgereiht waren, darunter mehrere Aufnahmen, die Chamutal zusammen mit Arnon und den Töchtern und meist auch mit dem Hund zeigten, der entweder zwischen ihnen stand oder von den Mädchen im Arm gehalten wurde. Hier hingegen ... Sie standen im Eingang des Zimmers und blickten entsetzt in den kahlen Raum.

»Guten Tag, Schifra«, sagte die Schwester, den neuen Namen von dem Blatt lesend, das sie in ihrer Hand hielt und nun mit einer großen Klammer am Fußende des Bettgestells befestigte. »Herzlich willkommen. Möchten Sie etwas essen?«

»Sie hat gerade erst gegessen«, schaltete Chamutal sich ein.

»Dieses Bett gehört Ihnen«, erklärte die Schwester und zeigte auf das Bett neben der Tür. »Packen Sie erst einmal aus. Ich komme später wieder, um Sie in den Speisesaal zu führen. Ihre Mitbewohnerinnen sind noch mit Handarbeiten beschäftigt.«

Arnon, der die Blässe in Chamutals Gesicht bemerkte, sagte: »Das erinnert mich an den Schlafsaal von uns Kibbuzkindern.«

»Sieh dir das an, es ist nicht einmal Platz für die Fotos.«

»Wo denkst du hin? Hier werden keine Fotos aufgestellt. Sonst würden die, die noch bei Kräften sind, nachts aus ihren Betten kriechen und die Enkel ihrer Mitbewohner stibitzen.«

»Hör bitte auf, Arnon.«

»Ich kenne das aus dem Pflegeheim im Kibbuz. Ich habe dort nach dem Militärdienst ein paar Tage gearbeitet.«

»Tu mir einen Gefallen ...« Sie nahm die karierte Reisetasche, in die sie die Sachen ihrer Mutter gepackt hatten, aus seiner Hand.

»Das ist kein Witz. Einmal hatte mich ein Held der sozialistisch-zionistischen Pionierbewegung gekidnappt. Ich war mächtig stolz darauf, plötzlich so einen Vater zu haben.«

»Arnon«, sagte sie und zog an der Lasche des Reißverschlusses, »ich verstehe deine guten Absichten. Aber hör damit auf, es hilft nichts.«

Als sie mit ihrer Mutter in den Bastelraum kamen, zeigte die Schwester auf eine alte Frau mit starrem Gesichtsausdruck, die Wollfäden um einen Besenstiel wickelte. Ihre Enkelin, die genauso rundlich wie die Alte wirkte, saß neben ihr und steckte die Fäden, die ihr entglitten, wieder zwischen ihre Finger. Feierlich stellte die Schwester die alte Frau vor: »Das ist Rivka.« Dann beugte sie sich zu Rivkas Ohr, wies auf Chamutals Mutter und flüsterte verheißungsvoll: »Das ist Ihre neue Mitbewohnerin – Schifra.« Doch weder entgegnete Rivka etwas noch hob sie den Blick zu den fremden Gästen.

Am anderen Ende des Tisches saß eine lebhaft blickende alte Frau, die mit Holzklötzchen spielte und Chamutal nicht aus den Augen ließ. Die Schwester zeigte auf sie und sagte freundlich: »Und das ist Rosa, Ihre andere Mitbewohnerin. Rosa, das ist Ihre neue Zimmergenossin – Schifra. Sagen Sie ihr Guten Tag.«

»Ich habe noch nichts zu essen bekommen«, sagte Rosa, deren weit geöffnete, neugierige Augen weiter auf Chamutal ruhten.

»Haben Sie schon vergessen?«, sagte die Schwester geduldig. »Es gab doch Joghurt, Brot und Tee, und Sie haben alles brav aufgegessen.«

»Ich habe noch nichts zu essen bekommen«, wiederholte Rosa starrköpfig.

Die Schwester versuchte Chamutals Mutter für Hand-arbeiten zu interessieren. Sie stellte Körbchen voller Garnrollen, Schnurknäuel, Holzzylinder, Gummikugeln und Korken vor sie hin. Schifra sah auf die Gegenstände und sagte, dass sie sich ausruhen wolle. Arnon verabschiedete sich und Chamutal führte ihre Mutter zu ihrem neuen Bett. Auch Rivka und Rosa wurden zu Bett gebracht. Danach setzte sich das junge Mädchen an Rivkas Bett und streichelte ihre Hand. Auch hier im Zimmer schaute Rosa Chamutal ungeniert an.

»Möchtest du dich waschen?«

»Nein.«

Chamutal zog den Vorhang zu, der an einer Schiene oberhalb des Bettes angebracht war, und half ihrer Mutter das Nachthemd überzustreifen. Als sie den Vorhang beiseite schob, sah sie sich erneut Rosas wachsamem Blick ausgesetzt. Sie deckte ihre Mutter bis zum Hals zu.

»Möchtest du noch etwas, Mama?«

»Nur schlafen.«

Ihre Mutter war von dem Umzug und den neuen Eindrücken erschöpft, und Chamutal setzte sich an ihr Bett und dachte an die Angstattacken, unter denen sie als Kind vor dem Einschlafen gelitten hatte: Sie lag in der Dunkelheit und wusste, dass es ihr verboten war, nach den Eltern zu rufen oder die Tür zu öffnen, um ein wenig Licht ins Zimmer zu lassen; sie zog sich die Decke über den Kopf, um ihr Zittern und Zähneklappern unter Kontrolle zu bringen, und fürchtete, ihr kämen die Tränen und ihr Weinen würde die Eltern stören.

Die ganze Zeit stierte Rosa sie hungrig an und verfolgte jede ihrer Bewegungen, bis ihr die Situation unangenehm wurde und sie Rosa fragte: »Brauchen Sie etwas?«

»Mein Kind«, sagte Rosa mit zittriger Stimme auf Jiddisch und richtete sich langsam in ihrem Bett auf. Da öffnete Schifra, die schon fast eingeschlafen war, die Augen und fragte mit schnarrender Stimme: »Was will sie?«

»Mein Kind«, wiederholte Rosa und streckte ihre Arme zu Chamutal, die sich erhoben hatte und über sie beugte.

Aus dem Augenwinkel sah Chamutal ihre Mutter, die jetzt hellwach war und misstrauisch zu überlegen schien, ob sie richtig gehört hatte. Rosa saß kerzengerade, ihr Gesicht strahlte vor

Liebe und mit sanftem, glücklichem Blick sagte sie: »Mein Kind, mein Kind.«

»Wie bitte?« Schifra drehte sich zu ihr um.

»Mein Kind«, sagte Rosa noch einmal und ihre Augen glänzten.

»Mein Kind!«, schrie Chamutals Mutter, die ihren Kopf drohend in Rosas Richtung streckte. »Das ist mein Kind!«

Chamutal schreckte zurück und das junge Mädchen hörte auf, die Hand ihrer Großmutter zu streicheln.

Im selben Moment erschien die Schwester in der Tür. Als sie die streitenden Frauen und Chamutals blasses Gesicht sah, nahm sie diese zur Seite und trat zwischen die beiden Betten. Mit geübter Hand drückte sie die zankenden Frauen sanft auf ihre Kissen. Sie sagte: »Seid still. Schlafen gehen.« Und zu Chamutal gewandt fügte sie hinzu: »Mit der Zeit werden Sie sich daran gewöhnen. Jedes Mal, wenn sie sehen, dass jemand gut für seine Mutter sorgt, behaupten alle, das wäre ihr Kind.«

»Hat sie keine Kinder?«, fragte Chamutal, indem sie zu Rosa sah, deren sehnsüchtiger Blick immer noch auf ihr ruhte.

»Nein, sie hat niemanden. Sie wurde vor einer Woche aufgegriffen, als sie durch die Straßen irrte. Sie war ganz durchgefroren. Bisher gab es keine Suchmeldung. Wir brauchten zwei Tage, um sie wieder warm zu bekommen. Sie versucht es nicht nur bei Ihnen, sondern auch bei den Söhnen und Töchtern anderer Patienten.«

Am späten Abend, lange nachdem ihre Mutter eingeschlafen war, brach Chamutal auf. Bevor sie aus dem Zimmer ging, drehte sie sich noch einmal zu Rosa um, die inzwischen ebenfalls schlief.

Den Weg vom Fahrstuhl zu ihrem Auto legte sie mit großen Schritten, beinahe laufend zurück, als gälte es, sich in Sicherheit zu bringen; hastig ließ sie den Wagen an und gab Gas. Als sie zu Hause ankam, schaltete sie den Motor aus und blieb noch eine Weile hinter dem Lenkrad sitzen, verwirrt von dem, was auf der Pflegestation vorgefallen war, und dem plötzlichen Mitleid mit ihrer Mutter, einem Gefühl, das sie ihr gegenüber nie zuvor empfunden hatte. Hatten die Worte »Das ist mein Kind«, die ihre Mutter mit solcher Vehemenz ausrief, den Gefühlssturm in ihrem Innern aufziehen lassen und eine jahrzehntealte Empörung zum Schweigen gebracht? Lange saß sie reglos da und dachte an die Hände ihrer Mutter, die sich an ihr festhielten, als sie sie umzog, an die dürren Zehen, die zum Vorschein kamen, als sie ihre Strümpfe abstreifte, und an ihren energischen Einwand: »Das ist mein Kind!« Hätte Chamutal diesen Satz je früher aus dem Mund ihrer Mutter gehört, dann wäre heute alles anders zwischen ihnen.

»Na?«, fragte Arnon. »Haben sie versucht dich zu kidnappen?«

»Nein.« Plötzlich empfand sie Feindseligkeit, weil er lachte und ihre Erschütterung ihm fremd war. Wieder sah sie Rosas ausgestreckte Hände. »Scheinbar ist es ein Naturgesetz«, dachte sie im Stillen. »Nichts ist umsonst. Ihre Mutter bekommt etwas und Arnon muss etwas aufgeben.«

Sie schaute auf das Bett neben der Tür. Rosa war als Erste verschwunden und ihr Platz war an eine Frau gegangen, deren Namen Chamutal sich nie hatte einprägen können, die sie jedoch ebenfalls mit begehrlichem Blick verfolgt hatte, bis sie eines Tages nicht zurückkehrte und Bertha ihr Bett übernahm. Rivka hatte meist geschlafen. Als ihre Kinder, die genauso still wie sie waren, zu Besuch kamen, setzten sie die alte Frau in den Rollstuhl und schoben sie in den Garten. An stürmischen Tagen ließen sie sich im Foyer an der Glasscheibe nieder, so dass Rivka ins Grüne schauen konnte. Manchmal löste eine der Töchter ihr Haar, das dann in voller Länge, samtig und schütter, zum Vorschein kam. Behutsam kämmte sie es und flocht einen dünnen Zopf, den sie viermal im Kreis um ihren Hinterkopf wickelte. Und jeden Abend erschien ein anderer Enkel, der sie fütterte und ihre Hand streichelte, bis sie einschlief. Als Rivka verschwand, wurde ihr Bett frei für die Frau mit dem Hirntumor, deren Augenlicht in Gefahr war und deren Gedächtnis trotz der Versuche ihrer Tochter nicht erwachen wollte.

Während sie sich aufraffte, um hinauszugehen, überlegte Chamutal, was wohl aus Rosa geworden war, und dachte an ihren qualvollen Verzweiflungsruf: »Mein Kind, mein Kind.«

Als sie in der Tür zu Inlanders Zimmer stehen blieb, sah sie Scha'ul, der zu ihm sprach. Mit der Linken hielt er die Hand seines Vaters, während er mit der Rechten sanft seine Stirn streichelte. Einem verloren gegangenen Kind gleich sah der Alte ihn flehend an, mit einem Blick, den Chamutal schon einmal gesehen hatte – bei ihrem kranken Hund, als Michal ihn wie einen Säugling auf den Armen durchs Haus schleppte. Er strich über die Stirn seines Vaters und schien ihm Versprechungen zu machen und zu versichern, dass sie in Erfüllung gehen würden.

Einen Moment lang sah der alte Mann Chamutal fragend an und die Falten auf seiner Stirn vertieften sich. Es war der gleiche Blick, der in den Augen ihrer Mutter gewesen war, wenn sie sich bemühte sich an etwas Bestimmtes zu erinnern. Plötzlich drehte Scha'ul seinen Kopf in die Blickrichtung seines Vaters und sah hinter sich Chamutal.

»Guten Abend«, sagte er.

»Guten Abend.«

»Es sind noch zwei Tage.«

»Ja.« Unsicher überlegte sie, ob er sich auch der übrigen Dinge, die in der vorigen Nacht gesagt worden waren, entsann.

»Wie geht es deiner Mutter?«

»Sie ist eingeschlafen.«

»Wie lange stehst du schon so da?«

»Ein paar Minuten. Wie geht es ihm?«

»Er hat sich den Knöchel gebrochen und auch um die Rippen hat er einen Verband. Jeden Augenblick kommt der Arzt.«

»Hat er Schmerzen?«

»Ja. Würde es dir etwas ausmachen, auf die Einhaltung der Dreitagesfrist zu verzichten?«

»Ich warte im Wagen auf dich.«

Sie wartete eine Weile im Dunkeln, ehe er erschien. Sobald er neben ihr saß, nahm er ihren Kopf mit beiden Händen und bedeckte ihr Gesicht mit Küssen.

»Reden ist nicht meine Stärke«, sagte er. »Erst habe ich deinen Anfall von Patriotismus nicht verstanden und jetzt begreife ich den Sinn der Dreitagesfrist nicht. Und weil ich keine Ahnung habe, wovor du wirklich fliehst, weiß ich auch nicht, wie ich mich verhalten soll. Ich kann dir gar nicht sagen, wie sehr du mir gefehlt hast und wie wichtig du mir bist.«

»So wichtig wie Chicago?«, fragte sie lächelnd.

»Viel wichtiger«, antwortete er ohne ihr Lächeln zu erwidern.

»Wirklich?«

»Ja. Chicago sind die Schmerzen meines Vaters egal.«

»Das ist wahr.«

»Heißt das, dass du auf die zwei restlichen Trennungstage verzichtest?«

Sie schaute auf seine Hand, die auf dem Lenkrad ihres Wagens lag, und gelangte zu dem Schluss, dass seine Äußerung vom Vortag unter dem Einfluss des Weins zustande gekommen war. Während sie weiter auf seine Hand blickte, fiel ihr ein, wie diese Finger die Stirn seines Vaters gestreichelt hatten, und sie wunderte sich über ihren unsinnigen Vorschlag, sich drei Tage lang aus dem Weg zu gehen. Freude überkam sie, als sie jetzt daran dachte, dass sie die kommende Nacht – und vielleicht sogar ihr ganzes Leben – mit diesem Mann verbrächte, gestreichelt von dieser Hand, die so gut zu beruhigen verstand.

»Der Arzt will mit mir sprechen. Ich muss noch einmal zurück«, erklärte sie.

»Ich warte zu Hause auf dich.«

Was er in betrunkenem Zustand gesagt hatte, wiederholte er nicht und sie stellte keine Fragen. Doch eine neue Kraft war in ihnen, als sie sich in dieser Nacht liebten – als wollten ihre Körper zum Ausdruck bringen, was die Worte verheimlichten: all das, was das Leben jenseits des Schlafzimmers Ja'akov Inlanders versprach und nicht erfüllen konnte.

Drittes Kapitel

»Dann beweis mir deine Liebe«

Tags darauf schaute sie auf dem Weg zu ihrer Mutter bei Ja'akov Inlander vorbei und blieb eine Weile an seinem Bett stehen. Die blauen Augen, die ohne zu zucken immer zur Tür geblickt hatten, waren geschlossen, als sei die Kraft ihrer Lider endgültig aufgebraucht. Vor ein paar Tagen, es war Mittag, hatte sie ihn allein vorgefunden und sich ihm leise genähert, um sich wie jetzt an sein Bett zu stellen und ihn anzuschauen. Zum ersten Mal war sie ihm so nahe gewesen, konnte ungestört seine Gesichtszüge studieren, sich über ihn beugen und herausfinden, wie sehr er seinem Sohn ähnelte.

Das Gesicht des alten Mannes war schlaff, das Fleisch unter der hängenden Haut zusammengeschrumpft und unzählige Falten waren dicht gedrängt unter seinen Augen und an seinem Hals erkennbar. Sein Haar war schnurgerade gescheitelt und streng zur Seite gekämmt und erinnerte an die Frisur eines Internatszöglings, nur dass es weiß, fast wie Schnee aussah. Anders als sonst bei alten Menschen war die Form seines Mundes klar umrissen und seine Lippen hatten ihre Sinnlichkeit auf erstaunliche Weise bewahrt, obwohl sie gleichsam als Ausdruck von Bitternis zusammengezogen waren. Ein dünnes Lichtbündel fiel schräg durch den Spalt zwischen den Gardinen, teilte das Zimmer und schien wie ein gleißender Stern auf Ja'akov Inlanders geschlossene Lider.

Als sie wenige Nächte zuvor neben seinem Sohn gelegen hatte, hatte sie sich auch dessen Gesichtszüge aufmerksam angesehen. Jetzt, da sie den alten Inlander noch einmal prüfend betrachtete, war sie wieder verblüfft, wie ähnlich die beiden Männer sich waren: So sähe Scha'ul in dreißig Jahren aus. Und vielleicht stünde dann die Geliebte seines Sohnes über ihn gebeugt und vergliche seinen Nachkommen mit ihm, dessen Haar gegenwärtig erst hier und da grau war und dessen Gesicht noch jung wirkte und dennoch schon den Stempel dieser Abscheu und Ungeduld trug, die sich mit den Jahren verstärken würden.

Scha'ul Inlanders Vater schlief nicht. Während sie dastand und ihn ansah, schienen seine Lider einzig aus Falten zu bestehen, so fest kniff er sie zusammen. Sie zweifelte nicht, dass er ihre Gegenwart wahrnahm, aber nichts sehen, von nichts etwas wissen und nichts verstehen wollte; niemand sollte seine Ruhe stören, denn er hatte beschlossen sich von der Welt zu verabschieden.

In ihrem Rücken sagte plötzlich eine kräftige melodische Frauenstimme: »Entschuldigen Sie, kann ich Ihnen helfen?«

Chamutal drehte den Kopf und ihr Blick fiel auf eine Frau, deren Wangen gelblich braun waren wie die sonnengegerbten Gesichter von Bauern und die ihr den Weg versperrte.

»Ich sah Sie hier stehen … Kennen Sie den Herrn?« Die Frau schaute sie abschätzend an und der höfliche Ton ihrer Stimme konnte ihr Misstrauen nicht verbergen.

»Nein.«

»Ich bin seine Schwester und ich habe Sie noch nie gesehen. Deshalb frage ich«, sagte Scha'ul Inlanders Tante und ihre Augen folgten Chamutal, bis sie den Raum verlassen hatte.

Ihre Mutter schlief. Sie setzte sich an ihr Bett und dachte an den Artikel, den sie am selben Morgen redigiert hatte: »Gespräche mit dem Unterbewusstsein«. Darin war ein einmonatiges Experiment beschrieben, das eine kanadische Wissenschaftlerin geleitet hatte und an dem zwanzig Studenten als freiwillige Testpersonen beteiligt waren. Menschen, die nachweislich in der Lage waren, in das Unterbewusstsein anderer vorzustoßen, saßen Nacht für Nacht bei den schlafenden Studenten und flüsterten ihnen Detailwissen über ihnen unbekannte Fachthemen ein.

Chamutal beschloss, wie es in dem Artikel dargestellt war, zu ihrer schlafenden Mutter zu sprechen und ihre Gedanken direkt in deren Unterbewusstsein fließen zu lassen.

»Ich möchte mit dir sprechen, aber du hörst mir nicht zu«, sagte eine Stimme in ihr. »Daran ist nicht dein heutiger Zustand schuld, zwischen uns ging das schon immer so. Eigentlich weiß ich gar nicht, wie ich mit dir reden soll. Wir haben uns nie wirklich miteinander unterhalten, jedenfalls nicht so, wie Dorit und ihre Mutter es taten. Sie hatten eine Gesprächsecke. Zwischen Kühlschrank und Wand standen zwei Hocker, und wenn es etwas Wichtiges zu erörtern gab, schoben sie die Hocker beiseite, holten zwei kleine Teppiche aus dem Schlafzimmer und setzten sich dicht nebeneinander, so dass die eine der anderen direkt ins Ohr sprechen konnte. Und dann fingen sie an sich zu unterhalten.

Einmal kam ich zu Besuch, da waren sie mitten in solch einem Gespräch. Sie brachen es nicht ab, sondern baten mich einen Moment zu warten. Ich setzte mich ins Wohnzimmer und sah von dort ihre Fußspitzen, die hinter dem Kühlschrank hervorschauten. Ich hörte keine Worte, nur ihr Flüstern. Meine Kehle fing an wehzutun, so krampfhaft bemühte ich mich meine Tränen zurückzuhalten. Nichts wünschte ich mir von da an sehnlicher als eine Mutter mit einer solchen Gesprächsecke. Eines Tages nahm ich all meinen Mut zusammen und bat die

Lehrerin, vor der letzten Stunde heimgehen zu dürfen. Sie erlaubte es, aber ich ging nicht nach Hause, sondern zu Dorits Mutter.«

Plötzlich hörte die Stimme zu sprechen auf und Chamutal erinnerte sich an jenen Augenblick, da sie an die Haustür von Dorits Familie geklopft und Dorits Mutter geöffnet hatte. Ihr sorgenvoller Blick war zunächst auf Chamutal gerichtet, um gleich darauf nach ihrer Tochter Ausschau zu halten.

»Ist mit Dorit etwas nicht in Ordnung, Liebes?«

»Nein, nichts.«

»Warst du heute nicht in der Schule?«

»Die Lehrerin hat mir früher frei gegeben.«

»Dorit ist noch nicht da.«

»Ich weiß. Aber ich wollte mit Ihnen sprechen.«

»Mit mir?« Sie hatte die Tür noch nicht ganz geöffnet. »Was ist geschehen, Liebes? Habt ihr euch wieder einmal gezankt, du und Dorit?«

»Nein. Können wir uns nicht in die Gesprächsecke setzen?«

»Wohin?«

»In die Gesprächsecke.«

Dorits Mutter fing an zu lachen. »Du meinst, wir sollen die Teppiche holen und all das?«

»Ja.«

»Und mit wem willst du dort sitzen?«

»Mit Ihnen.«

»Mit mir?«

»Ja, wenn Sie nichts dagegen haben.«

Dorits Mutter blickte sie einen Augenblick schweigend an. Vielleicht war sie von dem entschiedenen Auftreten überrascht, das sie von Dorits sonst so zurückhaltender Freundin nicht kannte, und überlegte angestrengt, ob sie irgendetwas missverstanden habe. Dann, als begreife sie endlich, öffnete sie die Tür weit und sagte übertrieben höflich: »Bitte sehr, tritt näher.«

Sie ging ins Schlafzimmer und kam mit einer Decke in jeder Hand zurück. Das halb verlegene, halb belustigte Lächeln stand immer noch in ihrem Gesicht. Chamutal schob schnell die Hocker beiseite, damit Dorits Mutter die Decken ausbreiten konnte.

»Ist es so recht?«

»Ja.«

»Dann komm.« Dorits Mutter setzte sich und wies mit ausgestreckter Hand auf den freien Platz zwischen ihr und der Wand.

Als Chamutal sich vorsichtig in die schmale Lücke presste, spürte sie die Wärme, die von Dorits Mutter ausstrahlte und durch die Poren ihrer Haut sofort in sie einsickerte, ihren Körper durchfloss und bis in ihre Zehenspitzen drang, die sich sonst immer kalt anfühlten. Dann legte Dorits Mutter den Arm um ihre Schulter, und ein neuer Wärmeschwall brach sich Bahn, wie von einem Ofen, der gerade eingeschaltet wurde. Chamutal schloss die Augen wie jemand, der ganz und gar durchgefroren war und sich in der Wintersonne wärmte; sie lehnte den Kopf zurück und begann sich mit den Händen die Knie zu reiben: Das Wohlgefühl sollte sich ihrer ganz bemächtigen. So saßen sie minutenlang, dicht an dicht. Alles um sie her war still, sie hörten nur das immer gleiche Summen des Kühlschranks.

»Willst du, dass wir miteinander sprechen?«

»Nein, ich wollte nur ein Weilchen so sitzen.«

»Einverstanden«, sagte Dorits Mutter, deren Verwunderung wuchs.

Chamutal verharrte noch einige Minuten mit geschlossenen Augen. Sie lehnte sich an die riesige weiche Brust, atmete die Mischung aus Seifen- und Bratenduft ein und gab sich dem Wonnegefühl hin, das sie von innen her, Körperzelle für Körperzelle, auftauen ließ. Sie war froh, dass Dorits Mutter sich nicht bewegte oder unruhig wurde und auch keine Erklärung für ihre seltsame Bitte verlangte, sondern schweigend dasaß und ihr gestattete die Wärme ihres Körpers aufzusaugen und Frieden zu finden.

»Das war's schon?«, fragte Dorits Mutter, als Chamutal sich aus ihrer Umarmung löste und aufstand. Chamutal war nicht sicher, ob ihre Stimme normal klang oder ob nicht Erleichterung darin lag.

»Ja, ich wollte nur mit Ihnen hier sitzen.«

»Gut«, sagte Dorits Mutter. Offenbar bemühte sie sich so zu sprechen, als wäre all dies eine alltägliche Angelegenheit.

»Ich stelle nur schnell die Hocker zurück –«

»Das ist nicht nötig, Liebes, lass mich nur machen.« Dorits Mutter schien ihren seltsamen Besuch so schnell wie möglich beenden zu wollen.

Chamutal nahm ihre Schultasche und wandte sich zur Haustür. Als sie sich im Hinausgehen noch einmal umdrehte, sah sie, dass Dorits Mutter sie erwartungsvoll anschaute. Ihr Blick schien zu fragen, was jetzt noch passieren würde.

»Auf Wiedersehen«, sagte Chamutal höflich.

»Auf Wiedersehen, Liebes.«

Nachmittags mischte sich in die wohlige Erinnerung an die raumgreifende, sie in sich hineinziehende Wärme bereits die aufkeimende Furcht vor der Reaktion Dorits, die sie vielleicht suchen würde, und Chamutal floh zu Zipis Familie und, weil Zipis Mutter gerade die Böden wischte, weiter zur Praxis. Dort, im Schutz der Leute, könnte sie vorgeben, mit irgendeiner Aufgabe, die man ihr gestellt hatte, beschäftigt zu sein, und es fiele ihr leichter, Dorit alles zu erklären, wenn sie ihr nicht in die Augen sehen müsste. Vielleicht würden sie am Schluss sogar darüber lachen, überlegte Chamutal, um sich Mut zu machen.

Aber Dorit suchte sie nicht in der Praxis und auch am folgenden Tag in der Schule benahm sie sich wie gewohnt. Nach einigen Tagen dämmerte es Chamutal, dass Dorits Mutter ihrer Tochter nichts von dem sonderbaren Vorfall erzählt hatte –

vielleicht wusste sie selbst nicht, wie sie die Sache erklären sollte. Auch fortan begegnete Dorits Mutter ihr so freundlich wie stets zuvor; und dennoch sah Chamutal in ihrem Blick eine heimliche Besorgnis, als beobachte sie sie aus der Ferne, und das Versprechen eines geheimen Bundes, der zwischen ihnen beiden geschlossen worden war. Wenn sie in den folgenden Jahren aufeinander trafen – etwa wenn Chamutal Dorit besuchte, um mit ihr für eine Prüfung zu lernen oder um sie zu einer Klassenparty abzuholen, oder wenn Chamutal Dorits Mutter zufällig im Einkaufszentrum begegnete – hatte Chamutal jedes Mal den Eindruck, dass die Mutter ihrer Freundin sie zweifelnd anschaute, als sei der rätselhafte Vorfall von damals noch immer präsent. Aber nur flüchtige Blicke verrieten, was in ihrer beider Innern vorging; sie redeten nie darüber.

Erst bei der Schulfeier am Ende der achten Klasse, als Chamutal, das Abschlusszeugnis fürs Gymnasium an sich drückend, von der Bühne hinunterstieg, bahnte sie sich einen Weg durch die Menge zu Dorits Mutter, um sie tapfer zu umarmen und in ihr Ohr zu flüstern: »Ich wollte Ihnen für die Geschichte von damals danken.« Dorits Mutter wusste sofort, wovon die Rede war, als habe sie all die Jahre auf eine Erklärung gewartet. Sie zog Chamutal fest an ihre üppige, mütterliche Brust.

»Gern geschehen, Liebes.«

»Ich glaube, ich brauchte einfach etwas Wärme«, sagte Chamutal und in ihrer Stimme lag ein entschuldigender Unterton wie bei einem alten Menschen, der eine Jugendsünde gesteht.

»Wenn du mehr davon brauchst, bist du herzlich willkommen«, entgegnete Dorits Mutter, indem sie sich von ihr löste und ihre riesige Brust sich wieder über die gesamte Breite ihres Körpers ausdehnte. Wieder glaubte Chamutal in ihrer Stimme Erleichterung zu hören, als sei Dorits Mutter erst jetzt sicher, dass jener Vorfall kein Anzeichen von Wahnsinn gewesen war.

Chamutal lächelte dünn und erwiderte: »Danke, aber ich passe nicht mehr in die Ecke zwischen Kühlschrank und Wand.«

Genau in diesem Augenblick – das Bild von Dorits Mutter, die mit ausgebreiteten Armen vor ihr stand, war noch frisch – schlug Schifra Baum die Augen auf und sah Chamutal durchdringend an; dabei schauten ihre Pupillen starr zwischen den bewegungslosen Lidern hervor.

»Ich bin es, Mama – Chamutal.«

»Wo ist Dorit?«

»Wer?«, rief sie erschrocken.

»Dorit.«

»Welche Dorit?«, fragte Chamutal. Sie schrie fast vor Entsetzen.

»Dorit – du weißt schon, wen ich meine. Du hattest nur eine Dorit.«

»Außer mir ist niemand hier.« Chamutal spürte das Klopfen ihres Herzens bis in die Kehle.

»Ihre Mutter stiehlt mein Essen«, fuhr die alte Frau, die die Hände zu Fäusten ballte, fort und Chamutal sah sie schockiert an.

»Dorits Mutter?«

»Sie denkt, ich wüsste nicht, wie sie Kapo wurde. Aber jeder hier ist im Bilde.«

»Was erzählst du da?«, schrie Chamutal, deren Hilflosigkeit mit jedem neuen Schlag wuchs. Plötzlich richtete ihre Mutter sich auf und horchte gespannt auf die Geräusche von draußen.

»Hörst du?« Wie eine Radarantenne bewegte sie den Kopf bald nach rechts, bald nach links, um alle Laute genau zu empfangen.

»Das ist ein Autobus.«

»Behaupten sie das?«

»Ein Autobus der Linie fünfundzwanzig. Er hält gerade an.«

»Sie sagen, dass es ein Autobus sei. Aber glaub ihnen nicht. Man darf ihnen niemals vertrauen. Es ist ein Zug. Hörst du den Zug?«

»Nein.«

»In den Zug steige ich nicht. Sollen die Deutschen mich gleich hier töten, das wäre für mich am besten. Aber auf keinen Fall fahre ich mit dem Zug. Ich möchte fliehen, aber daheim ist keiner.«

»Ich werde da sein.«

»Wo wirst du sein?«

»Wo du möchtest.«

»Niemand erwartet mich. Ich erwache und niemand ist da.«

»Ich warte auf dich, Mama.« Das Mitleid und der zärtliche Ton kamen ungehindert aus ihr heraus, hin zu dieser Frau, die ihr so fremd wie nie zuvor war, und das Wort »Mama« stellte die Verbindung zwischen dem neuen Gefühl und einer alten Gewohnheit her, die aufzugeben jetzt nicht der richtige Zeitpunkt war.

»Hier?«

»Wo du möchtest.«

»Bis ich erwache?«

»Ja.«

»Und du gehst nirgends hin?«

»Nein. Ich bleibe hier.«

»Mir gefällt es, an einem Ort zu sein, wo mich jemand erwartet.«

»Also werde ich da sein.«

»Hast du denn Zeit? Bist du mit den Schulaufgaben schon fertig?«

»Ja.«

Ihre Mutter schloss die Augen. Kurz darauf war der verwirrte Ausdruck aus ihrem Gesicht verschwunden; mit einem Mal wirkte sie konzentriert. Als wolle sie sich vergewissern, dass ihre

Tochter wirklich noch auf ihrem Stuhl saß, schaute sie blinzelnd zu Chamutal. Ihr Blick wirkte misstrauisch und herausfordernd zugleich.

»Nutte«, flüsterte ihre Mutter und ihre Augen bewegten sich unruhig hinter den Lidern. Sie hatte deutlich genug gesprochen, so dass kein Zweifel bestand: »Nutte« hatte sie gesagt und Chamutal beschloss, sich diesmal nichts vorzumachen und sich nicht einzureden, sie habe falsch gehört. Trotzdem blieb sie ungerührt, als wäre während all der Tage ein Serum in sie eingeflossen, das die Wände ihres Herzens verhärtet hatte, um das zarte Innere vor den entsetzlichen Dingen, die hier passieren würden, zu schützen. Chamutal schaute sich um, um zu sehen, ob jemand den unflätigen Ausdruck gehört hatte, der weder hasserfüllt noch zornig klang, sondern fast gleichgültig, wie die sachliche Feststellung eines Faktums. Bertha war nicht in der Nähe und die Frau, die ihr Gedächtnis verloren hatte, saß auf dem Bett und betrachtete ihre Fingernägel. Chamutal schlug ihre Beine wieder übereinander und setzte sich bequem hin, um auszuharren, bis ihre Mutter wieder einschlafen würde.

In ihrer Kindheit hatte sie oft auf sie gewartet. Jede Woche war ihr Vater für zwei Tage in den Norden gefahren, wo er in Naharija bei Bekannten aus seiner Geburtsstadt übernachtete. Wenn er fort war, verbrachte Chamutal den ganzen Nachmittag allein, bis die Praxis, in der ihre Mutter arbeitete, schloss. Vor allem im Winter fürchtete Chamutal sich, bei Einbruch der Dunkelheit allein zu sein, und dann lief sie zur Praxis, in die weiße Privatwelt der Mutter, die von jenem besonderen, einem den Atem nehmenden Geruch nach Medikamenten und Reinigungsmitteln erfüllt war. Der Geruch war so stark, dass sie sich einbildete ihn sogar an den Kleidern und der Haut ihrer Mutter bemerken.

Mit einer abrupten Bewegung schob ihre Mutter den Kopf in Chamutals Richtung.

»Was ist passiert, Mama?«

Feindselig schaute ihre Mutter sie an.

»Ich bin es, Mama – Chamutal.«

Ihre Mutter gab ihr ein Zeichen, damit sie näher rücke. Chamutal zögerte einen Moment, dann hielt sie ihren Kopf über sie, so dass sie das Flüstern der alten Frau verstand: »Sie lassen sie nicht herein. Sie hören ihr Klopfen, aber sie öffnen ihr nicht.«

»Wem öffnen sie nicht?«

»Reisele«, erwiderte ihre Mutter mit wütender Miene. Die Wangenknochen schienen sich aus ihrem Gesicht herauszuheben und die Augen traten tief in ihre Höhlen zurück.

»Wer ist Reisele?«

»Reisele. Sie sitzt im Regen und wartet, aber niemand macht auf.«

»Weshalb nicht?«

»Aus Angst vor den Nazis.« Ihre Mutter schien die Erinnerung mit der Hand zu verscheuchen und ein neuer Funke eines tiefen, unbekannten Schreckens war in ihren Augen erkennbar.

»Jetzt will er, dass ich zu ihm komme.«

»Wer?«, fragte Chamutal und dachte an die Leute, die sich weigerten Reisele hereinzulassen.

»Mit einem Stock«, sagte ihre Mutter und Chamutal dachte an die Nazis.

»Wer will, dass du kommst?«

»Nachts«, sagte ihre Mutter in panischem Schrecken und Chamutal fiel der Dienst tuende Pfleger ein.

»Wer?«, fragte sie noch einmal.

»Er will, dass ich jetzt komme. Er sagt, er erwarte mich.«

»Wo erwartet er dich?«

»Im Himmel.«

»Wer erwartet dich im Himmel?«

»Er.«

»Menachem?«, sprach sie den Namen ihres Vaters aus, der seltsam in ihren Ohren klang.

»Gott«, sagte ihre Mutter. »Er wartet.«

»Was erzählst du da, Mama?« Chamutal war erschüttert, weil ihre Mutter plötzlich jiddisch redete und sie Zeuge eines Augenblicks wurde, in dem das Räderwerk in ihrem Kopf durcheinander geriet.

»Ja, ja, er wartet.«

»Soll er sich ein Weilchen gedulden«, sagte Chamutal, die bemüht war sich ihre Aufregung nicht anmerken zu lassen.

»Ich habe Angst vor ihm.« Als presse sie den letzten Saft aus ihren Augäpfeln, kniff ihre Mutter die Lider zu und begann zu weinen.

»Wovor hast du Angst?«

»Sprich du mit ihm, damit er mir nichts tut.«

»Was soll er dir tun?«

»In der Zeitung stand: Schläge und Säuren. Säure auf das Gesicht und in die Augen. Das wird er mit mir machen.«

Sie redet von meinem Vater, dachte Chamutal mit einem bitteren Lächeln und erinnerte sich an einen verängstigten Mann von kleiner, hagerer Gestalt, der winters wie sommers hustete und es nur in seinen Träumen wagte, die Wildheit, die in ihm steckte, herauszulassen – der die meisten Tage seines Lebens darauf verwandte, seine Aggressivität zum Schweigen zu bringen, sich zurückzunehmen, wenig zu sprechen, sich in Ecken zu verkriechen, lautlos nach Hause zu kommen und stets leise aufzutreten, um keinen Lärm zu verursachen, die Klagen seiner Frau mit gesenktem Kopf und ergeben wie ein Diener anzuhören und die Wut in seinem Innern aufschäumen, jedoch nie sich entladen zu lassen. Als er gestorben war, spürte man seine Abwesenheit nicht, außer in den Nächten, die mit einem Mal friedvoll waren.

»Nichts wird er dir tun, Mama. Er hat nie Schläge ausgeteilt.«

»Aber jetzt schlägt er. Er wartet schon lange auf eine Gelegenheit. Lies die Zeitung, da steht es drin. Und am Schluss geht es ins Krematorium, du wirst sehen.«

Mehr als alles andere wünschte Chamutal jetzt, ihre Cousine Zipi wäre da: In Zipis Hände wollte sie ihre Mutter übergeben, denn sie kannte seit frühester Jugend die Verhaltensregeln, die in diesen Gefilden galten, wo gefährliche Schatten umherhuschten und äußerste Geschicklichkeit vonnöten war, um sich sicher unter ihnen zu bewegen. Schon als Kind war Zipi freiwillig in diese Gefilde eingetaucht, wohingegen Chamutal sich ihnen immer verweigert hatte.

Abends, nachdem sie von der Pflegestation nach Hause gekommen war, rief Chamutal Zipi an: »Was wir befürchteten, ist eingetreten, Zipi. Heute hat sie angefangen vom Holocaust zu sprechen. Ich brauche dich jetzt.«

Ohne einen Augenblick des Zögerns ließ Zipi sich auf das Thema ein – fiel es doch schon seit ihrer Kindheit in ihren Zuständigkeitsbereich. Sie sagte: »Ich komme.«

Einen Augenblick schwiegen sie und Chamutal fragte sich, ob wohl auch Zipi an die Schreie dachte, die sie während so vieler Jahre nachts aus dem Wohnzimmer gehört hatten, in dem Chamutals Eltern schliefen.

»Warum schreit mein Vater so?«, hatte Chamutal, die von dem Schrecken klein und gebückt wirkte, Zipi eines Morgens auf dem Schulweg gefragt.

»Wegen des Krieges.«

»Woher weißt du das?«

»Er hat es mir erzählt.«

»Hast du ihn gefragt?«

»Ja, im vorigen Jahr.«

»Was ist im Krieg passiert?«

»Die Deutschen haben im Ghetto seine beiden kleinen Schwestern getötet. Sie schlugen sie mit dem Kopf an die Wand. Er hatte sich im Schrank versteckt und sah alles durch eine Ritze im Holz. Und darum hat er nachts Alpträume. Er –«

»Hör auf!«, flehte Chamutal mit zitternder Stimme und warf mit der Schultasche nach ihrer Cousine. »Ich kann das nicht hören.«

»Heute hat sie angefangen vom Holocaust zu sprechen«, sagte Chamutal, und weil Zipi in ihrer Stimme wieder jenes Zittern bemerkte, sagte sie, als erfülle sie einen Vertrag, der seit ihrer Kindheit zwischen ihnen bestand: »Ich komme. Nur morgen kann ich nicht, da habe ich niemanden, der mich hier vertritt. Aber übermorgen bin ich bei euch. Dann reden wir miteinander. Das ist kein Thema fürs Telefon.«

Nachts träumte Chamutal von Zipis Vater. Als sie um drei Uhr früh erwachte, hatte sie die Einzelheiten des Traums schon vergessen, aber das Gesicht des Mannes, das Überraschung, Misstrauen und Verschlagenheit in sich vereinte, verfolgte sie noch, als sie, um Scha'ul nicht zu wecken, vorsichtig aufstand, in die Küche ging und sich Coca-Cola einschenkte. Etwas an ihrem Durst und dem Sitzen in einer leeren Küche mitten in der Nacht schien ihr vertraut. Sie wusste: Säße sie weiterhin in dieser Stille und ließe die Erinnerung näher kommen, dann gelänge es ihr, sie zu begreifen.

Die alte Küche ähnelte der Küche im Haus ihrer Eltern, und Chamutal entsann sich der besonderen Betriebsamkeit, die manchmal dort erwacht, und der plötzlichen Unruhe, die das ganze Haus erfasst und den Lauf des Alltags durchbrochen hatte: Ein Gast war angekündigt. Die Gesichter der Erwachsenen – ihrer Eltern und der Eltern von Zipi – schienen verklärt; ständig tuschelten sie miteinander und blieben abends länger als gewöhnlich auf; die Frauen bereiteten gehackte Leber und alle möglichen Arten Gebäck zu und der Kühlschrank roch nach in Salz eingelegtem Fisch. Im Laufe der Zeit wurde

Chamutal klar, dass all dies Zeichen waren, die die Ankunft jemandes, der »von dort« stammte, ankündigten: ein entfernter Verwandter, ein Bekannter, ein Nachbar, ein Freund, jemand, der plötzlich aus der Vergangenheit auftauchte und Zipis Mutter oder Vater nahe stand, jemand, der aus der kleinen Stadt stammte, in der ihre Vorfahren bis zum Krieg gelebt hatten, und der den Geschmack des Schabbatbrots, das im Ofen ihres Großvaters gebacken worden war, nicht vergessen hatte. Wenn ihr Vater den Gast vom Bahnhof abholte, kam er in euphorischer Stimmung zurück, den zerschlissenen Koffer des Fremden in seiner Hand. Manchmal kam der Gast auch allein an. Die Begrüßung, die immer stürmisch ausfiel, war von Schluchzern, Geflüster und unterdrückten Seufzern und von langen, verzweifelten Umarmungen begleitet, als würden sie sogleich wieder getrennt und ein jeder in sein Schicksal zurückgeworfen.

Die Kinder beobachteten die Erwachsenen vom Flur aus und rissen Witze, um die fiebrige Erregung, die auch sie ergriffen hatte, zu überspielen. Schließlich erinnerte einer der Erwachsenen sich an ihr Vorhandensein und stellte sie dem Besucher vor. Als wollte er fliegen, breitete dieser die Arme aus, drückte die Kinder an seine Brust wie Menschen, die er sehr liebte, und schloss einem Betenden gleich die Augen. Im selben Moment fiel ihm etwas ein; er kramte in seinem Koffer, zog eine Tafel Schokolade oder Bonbons hervor und küsste die Kinder abermals. Später, wenn Zipis Bruder Marc sie allein ließ, saßen Chamutal und Zipi gemeinsam auf einem Stuhl, an der Schokolade, die sie sich in ihre Münder stopften, beinahe erstickend.

Bis tief in die Nacht saßen die Erwachsenen beieinander, Schenkel an Schenkel und eng umschlungen, redeten polnisch oder jiddisch, weinten bald mit gesenkter Stimme, bald unerwartet aufheulend und waren still, wenn einer von ihnen nach Worten rang. Von ihrem Bett aus hörte Chamutal ihr Gemurmel, ihren Kummer und ihr seltenes, kurzes Lachen. Morgens sah sie den Gast auf dem Klappbett vor der Küchentür schlafen, ganz erschöpft war er vom Sprechen und Weinen. Etwas Mächtiges verband ihn mit ihrem Vater und ihrer Mutter und mit Zipis Eltern, etwas Kühnes, Mysteriöses und furchtbar Schreckliches, das von einem Geheimnis umgeben war, über das nie gesprochen wurde. Es hatte mit den Schreien zu tun, die ihr Vater in seinem ruhelosen Schlaf ausstieß und die so oft die nächtliche Stille zerrissen. Wenn er geschrien hatte, sprang er immer aus dem Bett und rannte mit irrem Blick zur Wohnungstür und die Treppen hinunter, als würde er verfolgt. Er brüllte wie ein Tier und ließ die große Wut, die er am Tag unterdrückte, aus sich heraus, rannte bis zur letzten Stufe vor dem Bunker im Keller, kehrte um und kroch langsam die Treppe wieder herauf, als wäre er mit einem Schlag zwanzig Jahre älter.

Auf dem Weg zur Schule erzählte Zipi ihr von den Gästen: Einer hatte seine Eltern und seine kleinen Brüder zurückgelassen, als er vom Zug, der ins Todeslager fuhr, absprang und in die Wälder flüchtete; ein anderer hatte die Leichen der Juden, die in den Gaskammern erstickt worden waren, fortschaffen müssen; an einer Frau waren Experimente an der Gebärmutter und den Adern durchgeführt worden; wieder ein anderer war eine ganze Nacht lang unter Leichen begraben gewesen und hatte geglaubt, auch er wäre tot, bis die Sonne aufging und ein Dorfbewohner, der sich zum Plündern einfand, ihn aus dem Totenberg herauszog; ein Mann hatte sogar an dem Todesmarsch teilgenommen, zusammen mit seinem Bruder und weiteren achtundvierzig Leuten, die von Hunderten überlebt hatten – acht Stunden bevor die Amerikaner bis zu ihnen vordrangen, war ihm der Bruder aus dem Arm gerutscht und ein deutscher Soldat hatte ihn mit einem Kopfschuss getötet … Und während Zipi sprach, schleuderte Chamutal den Ranzen gegen ihr Bein und rief voll Abscheu: »Ich habe es dir schon einmal gesagt, ich will das nicht hören.«

Jetzt saß sie bei Scha'ul Inlander in der Küche, trank das zweite Glas Cola und dachte an jene Tage und den Traum von Zipis Vater, den sie eben geträumt hatte. Plötzlich wusste sie, bei welcher Gelegenheit sie diesen misstrauischen, hinterlistigen Gesichtsausdruck an Zipis Vater schon einmal gesehen hatte; und die Erinnerung traf sie wie ein Blitz: Eines Nachts, sie war acht oder neun Jahre alt, erwachte sie, weil sie Durst hatte, und ging im Dunkeln zur Küche. Als sie am Wohnzimmer vorbeikam, dessen Sofa jede Nacht zu einem Doppelbett ausgezogen wurde, glaubte sie von dort ein Flüstern zu hören. Ein Lichtstreifen fiel auf die zurückgeschlagene Bettdecke, und Chamutal, die noch schläfrig war, wunderte sich, dass außer ihr noch jemand wach war. Am nächsten Morgen sagte ihre Mutter zu ihr: »Papa ist krank. Geh nicht zu ihm hinein, damit du dich nicht ansteckst.« An der Wohnungstür, von wo aus sie Zipi hörte, die sich von ihrer Mutter verabschiedete, drehte sie sich um und rief: »Gute Besserung, Papa.« Als sie aber später nach Hause kam, war ihr Vater nicht da, und als ihre Mutter eintraf, erklärte diese kurz angebunden: »Papa fühlte sich besser und ist nach Naharija gefahren.«

Am Abend kehrte ihr Vater mit dem Koffer heim, den er jedes Mal mitnahm, wenn er in Naharija übernachtete. Chamutal lief zu ihm, doch sagte ihre Mutter etwas in aufgeregtem Ton auf Polnisch zu ihm, und als Chamutal ihn fragte: »Bist du wieder gesund, Papa?«, erklärte auch er ihr mit knappen Worten: »Mir geht es wieder gut.«

In der dunklen Küche, vor dem leeren Glas sitzend, hatte Chamutal das Rad der Erinnerung zurückgedreht und in aller Deutlichkeit war ihr nun klar, dass in der Nacht, in der ihr Vater bei Freunden aus seiner Heimatstadt schlief, Zipis Vater im Bett ihrer Mutter lag. Endlich wagte sie an Dinge zu denken, die sie all die Jahre fortgeschoben hatte: Bruchteile von Augenblicken, in denen ihre Mutter und Zipis Vater nebeneinander im Kino saßen, umrahmt von ihren beiden Familien – hielten sie sich unter den Mänteln, die gefaltet auf ihren Knien lagen, heimlich die Hand? Oder wenn sie in der Küche die Köpfe zusammensteckten, versuchten sie dann ein Treffen an irgendeinem Ort auszumachen, auf dem Speicher oder in der Praxis, wo sie einmal ein Kopfkissen mit einem Bezug, den sie von zu Hause kannte, entdeckt hatte? Plötzlich fielen ihr auch die Zigarettenstummel ein, die sie im Mülleimer und der Toilette gefunden hatte, und die Anspannung im Gesicht ihrer Mutter, wenn Zipis Vater unangemeldet in der Praxis erschien.

Zipis Vater und meine Mutter – sagte sie konsterniert, die äußeren Anzeichen erkennend, doch immer noch ungläubig und darüber verblüfft, wie perfekt sie sich selbst überlistet und nicht zur Kenntnis genommen hatte, was sie mit eigenen Augen sah. Während dreißig Jahren hatte sie ihre Erinnerung an sichere Orte gelenkt, bis sie erwachsen und verständig genug wäre und bereit dem Wissen ins Gesicht zu blicken. Jetzt, da sie das Colaglas anstarrte, wusste sie, weshalb jene ferne Erinnerung in dieser Nacht zu ihr zurückgekehrt war.

Als Chamutal zwei Tage später vom Parkplatz zur fünften Etage des Altenheims hinaufschaute, sah sie ihre Mutter am Fenster stehen. Etwas an ihr befremdete sie, doch erst als sie ihr Zimmer betrat, erkannte sie, was es war: Ihr Gesicht war voll roter Schminke. Ihre Lippen bedeckte ein sich wölbender breiter Streifen, der fast bis zum Kinn reichte und sich bis auf die Wangen zog. Chamutal war schockiert: »Wer hat das getan?«

»Ich.«

»Warum?«

»Jeden Tag entscheiden sie aufs Neue, wer gehen muss und wer bleiben darf.«

»Die Schwester hat mir nichts davon gesagt. Ich habe sie gerade erst gesehen.«

»Dort gibt es keine Schwester.«

»Wer entscheidet dann?«

»Sie«, zischte ihre Mutter und ihre Augen zuckten, als habe sie die Kontrolle über ihre Lider verloren.

»Wer? Die Ärzte?«

»Die Ärzte, ja. Ich muss mich schminken, damit sie sehen, dass mit mir alles in Ordnung ist.«

Endlich verstand sie und sie fühlte den dringenden Wunsch, diesem Ort zu entkommen. Sie schaute auf ihre Uhr: Jeden Augenblick musste Zipi eintreffen.

»Ich bin gleich zurück.«

Sie floh aus dem Zimmer, in das Foyer hinunter. Durch die große Glastür sah sie ihre Cousine, die mit ihren beiden Kindern an der Hand gegen den Wind ankämpfte. Chamutal ging ihr entgegen und sie umarmten einander herzlich.

Sie streichelte über Zipis Bauch: »Produzierst du Nachwuchs fürs Kinderhaus?«

»Nein, ich habe Fett angesetzt«, sagte Zipi und zog sie in das Gebäude. »Wie geht es ihr?«

»Sie hat sich heute zurechtgemacht wie eine Operndiva, damit man sie nicht ins Gas schickt. Im ersten Moment habe ich das gar nicht begriffen, obwohl sie schon seit zwei Tagen von nichts anderem mehr spricht.«

»Was genau sagt sie?« Zipi lotste sie zum Aufzug.

»Sie redet von den Zügen, vom Krematorium und von irgendeiner Reisele, die vor der Tür wartet und die man nicht hereinlässt«, erklärte Chamutal mit heiserer Stimme.

Zipi wurde blass.

»Sagte sie Reisele?«

»Ja.«

»Dann musst du mir zuhören.«

Nachdem sie ihren Sohn ermahnt hatte mit seinem Freund

nicht in den Park zu laufen und nicht wie beim letzten Mal verloren zu gehen, dirigierte sie Chamutal in eine Ecke des Foyers, wo sie zwischen dem Monsterabusch und dem öffentlichen Fernsprechapparat stehen blieben.

»Du musst dir das jetzt anhören, damit du weißt, wie du am besten reagierst, wenn sie wieder davon spricht«, flüsterte Zipi. »Deine Mutter war zwölf Jahre alt und bei einer polnischen Familie versteckt. Ihre Eltern hatten den Leuten Schmuck und Geld gegeben, und die Polen hatten versprochen deine Mutter bis zum Ende des Krieges bei sich zu behalten. Sie weiß nicht, weshalb ihre Eltern sie versteckten, ihre kleine Schwester aber bei sich behielten. Vielleicht hatten sie auch für sie etwas vorgesehen, doch blieb ihnen dafür keine Zeit mehr. Sie hatte also eine sechsjährige Schwester – das ist Reisele. Eines Tages kehrte Reisele zu dem Haus im Ghetto zurück und fand die Eltern nicht. Sie wusste aber, wo ihre Schwester, also deine Mutter, war und lief zu dem Haus der Polen. Sie klopfte an die Tür, aber sie ließen sie nicht herein. Da setzte sie sich vor das Haus, um zu warten. Nach einer Weile ging sie fort. Deine Mutter sah sie von einem kleinen Fenster oben im Haus, aber sie konnte nichts für sie tun.«

»Das alles hat sie dir erzählt?«, fragte Chamutal kleinlaut.

»Ja. Sie hatte jahrelang Alpträume, weil sie ihre kleine Schwester im Stich gelassen hatte. Sie fand nie heraus, was aus ihr wurde, nachdem sie von dem Haus der Polen weggegangen war. Nach dem Krieg erzählte ihr ein Nachbar, einmal hätten Hunde ein jüdisches Mädchen totgebissen. Aber sie weiß nicht, ob das ihre Schwester war oder was wirklich passiert ist.«

»Und sie blieb bei den Polen, bis der Krieg vorüber war?«

»Nein. Ein Jahr vor Kriegsende lieferten sie sie den Deutschen aus.«

In Chamutal meldete sich das alte Verlangen, Zipi etwas gegen das Bein zu schleudern und ihren Redefluss zu unterbrechen, aber sie hielt sich zurück und dachte fieberhaft: Es ist unmöglich, völlig unmöglich, diese Worte jetzt zu begreifen. Ich muss diese entsetzliche Geschichte beiseite schieben und Kräfte sammeln. Zu Zipi sagte sie – vielleicht um das Grauenhafte der Geschichte zu mindern: »Aber oft erzählt sie auch völligen Blödsinn.«

»Was zum Beispiel?«

»Diese Woche behauptete sie, die Mutter einer meiner Schulfreundinnen sei Kapo gewesen.«

»Die Mutter von Dorit?«

»Die Mutter von Dorit«, wiederholte Chamutal entgeistert. »Woher weißt du das?«

»Sie war wirklich Kapo.«

»Was redest du?!«

»Es ist wahr.«

»Wie kommst du darauf?«

»Dein Vater hat es mir erzählt. Eine Cousine deiner Mutter war in derselben Baracke wie sie, bis sie wegen Typhus auf die Krankenstation kam. Von dort ist sie nicht mehr zurückgekehrt. Deine Mutter hat Dorits Mutter auf einer Elternversammlung deiner Klasse wiedererkannt. Sie hätte die Kranke in der Baracke lassen können – andere taten das. Aber Dorits Mutter ließ sie auf die Krankenstation bringen und von dort wurde sie direkt ins Gas geschickt.«

»Wann hat er dir das alles erzählt?«

»Einmal, als ich das Gefühl hatte, dass er in der Stimmung war zu sprechen, habe ich ihn gefragt. Meist geschah das nach seinen Asthmaanfällen. Auch deiner Mutter habe ich Fragen gestellt, und auch meinen Eltern«, entgegnete Zipi und zog Chamutal von der Monstera weg zum Lift.

»Dorits Mutter war Kapo?« Während sie hinauffuhren, dachte Chamutal an die mütterliche Brust, die weich wie Kuchenteig war und in die sie in der Gesprächsecke ihre Wangen gedrückt hatte.

»Ja. Du wolltest nie etwas wissen von dem, was im Krieg passiert ist. Wenn ich auf dem Schulweg davon zu sprechen anfing, hieltst du dir mit beiden Händen die Ohren zu, um nichts zu hören. Ich habe immer Fragen gestellt.«

Chamutal glaubte einen tadelnden Unterton in Zipis Stimme zu vernehmen. Der Fahrstuhl hielt an, sie stiegen aus und gingen zum Zimmer ihrer Mutter.

»Waren mein Vater und meine Mutter im selben Lager?«

»Nein. Deine Mutter kam in ein Lager in Deutschland und dein Vater war in Mauthausen.«

»Und deine Eltern?« Chamutal überlegte, wie sie herausfinden könnte, was Zipi über die verbotenen Beziehungen ihrer Eltern wusste.

Zipi öffnete den Mund, um zu antworten, da schallte ein Schrei über den Flur, dem ein verblüfftes Schweigen folgte. Sekunden später wurden die Stille und die Ordnung von einer großen Unruhe durchbrochen: Ein Pfleger lief zu dem Zimmer, die Greise und Greisinnen hüpften und humpelten ihm hinterher und auch einige Rollstühle bewegten sich auf den Eingang des Zimmers zu. Vom anderen Ende des Ganges fegte ein junger Arzt herbei; er bahnte sich einen Weg zwischen Leuten und Rollstühlen hindurch und befahl ungehalten der Krankenschwester: »Ich wünsche, dass man sie von hier entfernt.«

Als Chamutal vor dem Zimmer angelangt war, konnte sie über die weißen Köpfe hinweg nur die Decke des Raumes und das Eisengestell mit dem zurückgezogenen Vorhang erkennen. Während Zipi zu ihrer Tante ging, blieb sie in der Tür des fremden Zimmers stehen und schaute auf die Gardinenringe, die sich ineinander verfingen, als der Vorhang hektisch zugezogen wurde und das an der Tür stehende Bett verbarg. Jetzt erst wusste sie, dass Scha'ul Inlanders Vater diesen Tumult ausgelöst hatte, und ihr Herz fing zu rasen an.

»Was ist geschehen?«, fragte sie über die Köpfe der Leute hinweg.

»Einer hat das Bewusstsein verloren«, antwortete eine alte Frau ohne sich umzudrehen.

»Er ist tot, er ist tot«, sagte ein Mann und trat den Rückzug an.

Zwischen den Stimmen hörte Chamutal das Geklingel indischer Glöckchen und Zipis Stimme, die fragte: »Was ist los, Chamutal?«

Chamutal hob zum Sprechen an, doch schrak sie zurück, als ob die Sprache die Wirklichkeit diktieren würde.

»Was ist los?« Zipi steckte den Kopf in das Zimmer und schaute Chamutal von der Seite an.

»Anscheinend ist jemand gestorben«, erklärte Chamutal in leisem Ton.

»Das ist schrecklich, so vor allen Leuten«, sagte Zipi in ihrem Rücken.

»Er ist gestorben«, wiederholte Chamutal nur für sich und wusste noch nicht, wie sehr dieser Tod auch ihr eigenes Leben berührte. Wie umnebelt folgte sie Zipi in das andere Zimmer.

Ihre Mutter erkannte Zipi sofort und erkundigte sich nach dem Befinden ihres Vaters, der schon seit Jahren tot war. Sie wollte wissen, ob er immer noch gegen Quark allergisch sei und so viel rauche, und als handelte es sich um eine vernünftige Frage, antwortete Zipi ihr in normalem Ton und versprach dafür zu sorgen, dass er mit dem Rauchen aufhörte. Chamutal nahm Platz, in ihrem Kopf drehte sich alles. Aufmerksam hörte sie ihrer Mutter zu, die über Zipis Vater sprach, und wusste, dass dies der richtige Moment war, um ihrem Verdacht von letzter Nacht nachzugehen, doch fand sie nicht die Kraft, sich von dem Satz, der wie ein Mantra immer wiederkehrte, zu befreien: »Er ist tot, er ist tot.« Sie hoffte, im Gespräch ließe sich die Situation aufklären, und ihr war klar, dass sie etwas unternehmen musste, aber sie wusste nicht, was. Deshalb tat sie so, als nähme sie Anteil an den Neuigkeiten, die Zipi von ihrem Jüngsten, Uriel, berichtete, von dem jetzt die Rede war, und überlegte, wie sie aus dem Zimmer fliehen und zum Telefon neben dem Aufzug gelangen konnte, um Scha'ul mitzuteilen, was sich ereignet hatte.

Sich mit der Hoffnung tröstend, dass sein Vater vielleicht nur ohnmächtig war, und einem seltsamen, kriechenden Gefühl der Schwäche nachgebend sah sie plötzlich Scha'ul in der Tür – er war bleich und aufgewühlt. Einen Moment lang hielt sie ihn für ein ihrem Wunsch entsprungenes Trugbild, doch sofort fasste sie sich. Er schaute in das Zimmer und seine Augen fingen an zu leuchten, als er sie sah. Beim Anblick ihres Gesichtsausdrucks aber trat er sofort den Rückzug an. Zipi beendete ihre Erzählung von Uriel.

»Fühlst du dich nicht gut, Chamutal?«

»Mir ist ein bisschen schwindelig.«

»Vielleicht fährst du lieber nach Hause und ich bleibe noch ein Weilchen bei ihr.«

»Ich wollte dich etwas über deinen Vater fragen …«

»Ich habe ihr versprochen ihm das Rauchen abzugewöhnen«, kicherte Zipi.

»Das meine ich nicht«, sagte Chamutal ernst. »Ich musste plötzlich an ihn und meine Mutter denken …«

»Was ist mit ihm und deiner Mutter?«

»Waren sie … Wie war ihr Umgang miteinander? Erinnerst du dich?«

»Sie konnten sich nicht ausstehen.«

»Wirklich?« Wieder sah Chamutal das Gesicht in dem Lichtkegel, der auf das Bett ihrer Eltern fiel.

»Ich wollte es dir nicht erzählen, aber in seiner letzten Lebenswoche verfluchte er sie ununterbrochen.«

»Weshalb?«

»Das habe ich nicht ganz verstanden. Vielleicht hatte es mit der Kriegszeit zu tun. Bei ihnen hängt ja alles mit dem Krieg zusammen.« Zipi musterte sie besorgt. »Geh nach Hause, Chamutal. Ich kann noch ein bisschen bleiben.«

»Es geht gleich vorüber.«

»Und was ist, wenn sie wieder anfängt davon zu sprechen?« Zipi sah sie aufmerksam an.

»Wovon? Von Uriel?«, sagte Chamutal zerstreut.

»Vom Holocaust.«

»Darf ich dich anrufen?«, fragte Chamutal in die Realität zurückkehrend.

»Selbstverständlich. Sooft du mich brauchst. Notfalls ist Dubik da.«

»Danke, Zipi.«

»Habe ich dir ein wenig helfen können?« Zipi legte den Arm um Chamutals Schulter.

»Du weißt gar nicht, wie sehr«, antwortete Chamutal und streichelte Zipis Hand.

»Ruf mich an, wenn du mit mir reden willst, wenn wieder etwas passiert.«

»Schade, dass sie nicht auch diese Dinge vergessen hat.« Chamutal starrte noch auf den leeren Eingang des Zimmers und sie wunderte sich, dass ihre Gedanken dennoch bei ihrer Mutter waren.

»Könnte sie es nur vergessen.«

Zipi hielt einen Augenblick inne, dann flüsterte sie in Chamutals Ohr, als könne sie ihre Neugier nicht länger im Zaum halten: »Kennst du ihn?«

»Wen?«

»Den großen Mann, der hier hereinguckte.«

»Äh … ich glaube, er ist der Sohn des Mannes, der gestorben ist.«

»Warum wollte er hier ins Zimmer?«

»Ich hatte nicht den Eindruck, dass er hierher wollte.«

»Er hat dich angeschaut. Mir schien, als wollte er mit dir sprechen.«

»Ich kenne ihn nicht.«

Chamutal brachte Zipi zum Parkplatz, und nachdem sie gesehen hatte, wie ihre Cousine weggefahren war, ging sie in die Cafeteria und setzte sich zu Scha'ul an den Tisch am Fenster, mit Blick auf das blühende Stiefmütterchenbeet. Den Umfang der Veränderung, die dieser Tod für ihr Dasein bedeutete, begann sie zu erfassen, als sie versuchte ihm in allen Einzelheiten zu beschreiben, was sie erlebt hatte: wie jäh ein Schrei erklang, wie die Pfleger in das Zimmer rannten und die Alten sich auf dem Flur drängten, wie der Arzt erschien und den Vorhang zuzog und wenige Minuten danach wieder hervorkam, kurz mit dem Pfleger sprach und fortging. Und die ganze Zeit wollte sie sagen: Wie seltsam, dass ich genau in diesem Moment da war. Sonst besuche ich meine Mutter nie um diese Zeit. Zipi war gekommen und ich musste mit ihr sprechen. Und zufällig war ich gerade dann dort.

Er nahm ihre Hand und ihrer beider Finger verschwanden unter ihrer Strickjacke. »Ich bin froh, dass wenigstens du da warst und er nicht ganz unter Fremden gestorben ist«, sagte er.

Plötzlich nahm sein Gesicht einen gelblichen Schimmer an und in seinen Augen zeigte sich ein verlorener, kindlicher Ausdruck, den sie noch nie an ihm gesehen hatte. Mit einer ihr unbekannten Bewegung, die ihr ins Gedächtnis rief, wie fremd sie sich eigentlich waren und wie wenig sie von ihm wusste, legte er sich die Hand auf den Mund, und inmitten ihrer Verwunderung bildete sich in ihrem Kopf ein bohrender Gedanke: Er hat keinen einzigen Grund mehr, hier zu sein. Nie wieder würde sein Vater in dem Bett gleich am Eingang liegen und auf die Tür starren, als warte er auf jemandes Ankunft, auf etwas, das geschähe, oder nie wieder würde er die Augen fest geschlossen halten, als sei er der Welt überdrüssig. Sie hob ihre freie Hand, strich mit dem Zeigefinger zärtlich über die Haut unter seinem Augenlid, so wie sie ihren Töchtern die Tränen abwischte, und sagte: »Genug, genug.« Sie wusste, dass dies nicht die passenden Worte waren, und doch waren es diejenigen, die sie in solchen Situationen zu sagen pflegte. Er beruhigte sich und saß still, sehr traurig, bis der verlorene Ausdruck aus seinen Augen verschwand und sein Blick fest wurde; unter dem Stoff der Jacke fühlte sie auf ihrem Handrücken seine heißen Finger.

»Ich bin sicher, du hättest ihm gefallen. Schade, dass du ihn am Ende so gesehen hast. Er war einmal ein beeindruckender Mann, selbst vor drei, vier Jahren noch …«

»Ja … wie haben sie dich so schnell verständigt?«

»Ich saß im Auto, kam gerade aus Carmi'el zurück.«

»Ich wollte dich selbst anrufen, aber ich konnte meine Cousine nicht allein lassen. Wann warst du zum letzten Mal bei ihm?«

»Heute früh.«

»War er wach?«

»Er schlief. Ich saß eine Weile bei ihm, dann erwachte er.«

»Habt ihr miteinander gesprochen?«

»Nur zwei Sätze. Ihm fiel das Reden schwer. Ich gab ihm zu trinken und er schlief wieder ein.«

»Und was sagte er?«

»Sein letzter Satz war: ›Pass gut auf sie auf.‹ Er meinte die Kinder. Vielleicht hätte ich sie mitbringen sollen.«

»Mach dir deswegen keine Gedanken«, sagte sie. »Fang damit gar nicht erst an. Du hast sehr viel mehr getan als andere. Sogar die Krankenschwester sagte, du seist ein guter Sohn.«

»Ich bin so glücklich, dass ich dir begegnet bin«, erwiderte er und drückte ihre Hand.

»Ihr musst du danken.«

»Wem?«

»Der Krankenschwester.«

»Ich werde es tun.«

»Was geschieht jetzt?«, fragte sie, sich des sonderbaren Heiratsantrags entsinnend.

»Ich muss mich um die Beerdigung kümmern«, antwortete er.

»Ich möchte dich etwas fragen.« Mit einem Mal fasste sie Mut, denn sie wusste, dass sie immer im Zweifel leben würde, wenn sie ihn jetzt nicht fragte. »Am Mittwoch nach der Schabbatfeier, bevor wir einschliefen – erinnerst du dich, dass du mir etwas vorschlugst?«

»Was?«, erkundigte er sich.

»Du hattest eine Idee, die uns beide betraf.«

»Ich erinnere mich nicht.«

»Anscheinend war es ein Missverständnis.«

»Anscheinend«, sagte er. »Ich muss wegen der Beerdigung auch einigen Verwandten Bescheid geben.«

Damit war die Geschichte beendet: Gewaltsam hatte sich Chamutal ihrer letzten Illusion entledigt.

»Es gibt etwas, worüber ich mich mit dir beraten möchte.«

»Worüber?« Hoffnung glomm in ihr auf.

»Ich wurde gefragt, ob ich Traueranzeigen auf der Straße aushängen will.«

Sie sah Traueranzeigen, die sich um Strommasten wölbten und auf den Ankündigungstafeln neben den Theater- und Kinoprogrammen prangten, um zu verkünden: Es gab einen Mann, der hieß soundso, und er ist gestorben. Manchmal blieb sie vor solchen Anzeigen stehen, las den Namen des Toten und überlegte, ob sie ihn gekannt hatte: Sie dachte, wie merkwürdig es war, dass sie länger verweilte, um Einzelheiten aus der Vita des Verstorbenen zu erfahren, die Namen der Frau, der Kinder, Schwäger und Enkel eines Menschen, von dessen Existenz sie nichts gewusst hatte – und nun teilte seine Familie all den Unbekannten auf der Straße, die ihn bislang gar nicht zur Kenntnis genommen hatten, mit, dass sie ihn nie mehr wiedersähen.

»Vielleicht ist das eine gute Idee. Es gibt sicher Leute aus der Nachbarschaft, die ihn kannten. Unter Umständen wollen sie zur Beerdigung kommen.«

»Das glaube ich nicht. Er hielt zu niemandem Kontakt.«

Seine Stimme hatte einen zornigen Klang, als wollte ihn jemand zu etwas zwingen, und er schien ihr fremd und fern, wie jemand, der nur mehr mit seinen eigenen Angelegenheiten befasst ist.

»So wie du?«, wollte sie fragen. »Hältst auch du zu niemandem Kontakt? War das, was zwischen uns stattgefunden hat, nur Lüge?« Stattdessen sagte sie: »Wenn du es nicht tust, wirst du dir möglicherweise eines Tages Vorwürfe machen.«

»Man wird sehen, möglicherweise«, sagte er ausweichend.

»Möchtest du, dass ich zur Beerdigung komme?«

»Willst du denn kommen?«, fragte er erstaunt.

»Nur, wenn du es willst.«

»Vielleicht ist es nicht ratsam. Die Leute könnten Fragen stellen. Wenn ein Nachbar teilnimmt – vielleicht hat man dich gesehen. Und meine Tante würde dich bestimmt wiedererkennen. Komm besser nicht.«

Sieh an, schon versucht er mich loszuwerden. Ein Gefühl der Kränkung regte sich in ihr. Ich habe in seinem Leben eine Rolle gespielt und die ist nun beendet. Und jetzt sitze ich da wie ein fleißiger Arbeiter, dem zu Unrecht gekündigt wurde. Sie entzog ihm ihre Hand, aber er reagierte nicht.

Und das war das Ende.

Sie saßen einander gegenüber, zwischen sich zwei Kaffeetassen und das Tablett, auf dem die Melonenstücke, deren Kerne im Fruchtfleisch funkelten, erstaunlich präzise geschnitten schienen.

Plötzlich betrachtete Scha'ul ihren Schal, der über der Lehne des Stuhls hing.

»Weshalb schaust du so?«

»Wegen der Farbe. Dieses Violett …«

Und schon ist er woanders, sagte sie zu sich. Sein Vater ist noch nicht unter der Erde, doch Scha'ul Inlander hat sich bereits verabschiedet. Die violetten Blumen sind ein deutlicher Hinweis.

»Gehst du jetzt in die Wohnung?«

»Ja, ich muss alles organisieren und mit den Verwandten telefonieren.«

»Soll ich dich begleiten?«

»Nein, danke«, sagte er mit überaus beschäftigt dreinschauender Miene. »Am effizientesten bin ich, wenn keiner dabei ist.«

Als sie im Auto saß und nach Hause fuhr, fast weiß vom Zorn über die Niederlage und die Geschwindigkeit, mit der sich ein Wandel in ihrem Leben vollzog, den sie weder initiiert hatte noch begrüßte, bemühte sie sich die Kränkung hinunterzuschlucken und den Sturm in ihrem Innern zu besänftigen, indem sie logisch argumentierte: Das war doch von Anfang an absehbar; wir bildeten eine Gemeinschaft auf Zeit, waren Gefährten auf einer kurzen Reise, als hätten wir wie zwei Geschäftsleute einen Vertrag unterzeichnet, der nur einen Punkt umfasste. Nun war die Fahrt zu Ende und der Vertrag ausgelaufen. Wäre deine Mutter zuerst gestorben, hättest auch du seine Bitte, an der Beerdigung teilnehmen zu dürfen, abgelehnt und wärst jetzt von deinen eigenen Angelegenheiten beansprucht. Aber so stichhaltig sie sein mochte, in Anbetracht der Erinnerungen brach ihre Argumentation zusammen: Die kraftvolle, schützende Umarmung, die sie beinahe erstickte, während ihr Gesicht in der Wärme seines pochenden Halses geborgen war, und die den Anschein erweckte, als wollte er sie sich einverleiben; der Mund, der ihr vom ersten Augenblick an gehorcht hatte, als wäre ihr erster, stürmischer Kuss tausendmal geprobt gewesen; die Süße der hungrigen, drängenden Berührung, die sie rief, um ihn zu retten, weil nur sie die Kraft besäße, seine Sorgen zu vertreiben; und seine ganze Existenz, die sich mit solcher Macht der ihren geöffnet hatte – wie könnte sie auf all das von heute auf morgen verzichten?

Während des ganzen Vormittags war sie wie gespalten: Ihre eine Hälfte saß in der Redaktion und prüfte gewissenhaft die imprimierten Druckfahnen – ihre andere Hälfte beobachtete Scha'ul Inlander aus der Ferne und verfolgte den Trauerzug Schritt für Schritt: Auf dem Platz am Friedhofstor versammeln sich die Angehörigen, unter die sich vielleicht noch ein oder zwei Nachbarn mischen. Einige treten zögernd näher, da sie Scha'ul Inlander erst dank der Verwandten, die vor ihnen eingetroffen sind, wiedererkennen. Verstohlen betrachten sie sein Gesicht und sagen, wie gut er aussehe, oder denken, dass er gealtert sei, seit sie ihn zuletzt sahen. Sie entschuldigen sich, weil sie nicht dazu gekommen seien, seinen Vater auf der Pflegestation zu besuchen; dass er in einer so schlechten Verfassung gewesen sei, hätten sie nicht geahnt. Vielmehr hätten sie schon einen Tag ins Auge gefasst, an dem sie ihn besuchen wollten, und sie hätten auch fest vorgehabt die Telefonnummer anzurufen, die Scha'ul ihnen gegeben hatte. Sie stellen ihm flüchtige Fragen über seinen Vater und ihre Stimmen klingen schuldig, als beschuldigte man sie. Und immer wieder erzählt er dieselbe Geschichte und bemüht sich die Ruhe zu bewahren: Inzwischen sind zwanzig Minuten vergangen.

Jetzt gehen sie über den überdachten Platz, auf den der in ein Tuch eingeschlagene Leichnam getragen wird. Wie stets drängeln ein paar Neugierige sich dicht an den Toten heran, um mit flinkem Blick die Körperteile zu begutachten, die sich unter dem Stoff abzeichnen. Scha'ul Inlanders Augen bleiben aus unbestimmtem Grund an den großen Zehen hängen. Mit fester Stimme spricht er die Worte des Vorbeters nach: »... voll Erbarmen, der du im Himmel wohnst, gib Frieden ...«: Fünfzehn Minuten sind vergangen.

Langsam und feierlich ziehen sie zu seinem Grab: ein Hofstaat, dessen meiste Angehörige grau- oder weißhaarig sind und obendrein schlecht zu Fuß; selbst der jüngste Trauergast, Inlanders Nachbar, ist über vierzig. Sie kommen an einer offenen Grube vorbei, an der sich eine große Menschenmenge versammelt hat. Der Blick der Vorübergehenden wird von den Stimmen heulender Kinder abgelenkt, nur Scha'ul Inlander geht entschlossen vorwärts schauend weiter: Wieder sind zehn Minuten verstrichen.

Jetzt sind sie am Grab angelangt und der Vorbeter singt die Liturgie. Das Heulen der Kinder folgt seinem Gesang. Die Trauernden senken den Kopf. Scha'ul Inlander scheint nur die Worte des Totengebets zu hören: »… und geheiligt werde sein großer Name in der Welt, die er nach seinem Willen erschaffen hat …«: Nochmals sind fünfzehn Minuten vergangen.

Nach der Liturgie harren sie am Grab aus. Die Cousine aus Kfar Saba legt einen orangefarbenen Nelkenstrauß nieder. Einige alte Leute bücken sich, um Steine zu sammeln und auch sie feierlich auf das Grab zu legen. Wie Perlen setzen sich feine Tropfen auf das Haar der Leute; es sind die Vorboten eines Regengusses. Scha'ul Inlander spürt sie zunächst nicht – vielleicht hindert die große Kippa, die seinen Kopf bedeckt, ihn daran. Dennoch entfernt sich niemand vom Grab, solange er nicht das Zeichen dazu gibt. Erst als seine Tante ein Kopftuch aus der Handtasche zieht und es energisch ausschüttelt, hebt er den Blick zum Himmel und tritt den Rückweg zum Platz am Friedhofstor an: Weitere zehn Minuten sind vorüber.

Auf dem Platz am Tor waschen sie sich die Hände unter dem Wasserhahn. Nun, da die Beerdigung beendet ist, wagt es jemand, ihn nach seiner Frau und seinen Kindern zu fragen. Als von Chicago die Rede ist, wird Scha'ul Inlander wieder lebendig. Erzählt er von den violetten Blumen, die seine Frau im Garten gepflanzt hat? Trotz dem zunehmenden Regen bleiben die Leute geduldig bei ihm stehen, um sich still zu verabschieden, ehe sie den Heimweg antreten. Zum ersten Mal an diesem Tag schenkt er ihnen wirklich Aufmerksamkeit und bedauert möglicherweise, nicht dazu gekommen zu sein, sich richtig mit ihnen zu unterhalten; unterdessen nimmt der

Regen an Heftigkeit zu. Er bestellt Grüße an die Angehörigen, die nicht mitgekommen sind, und ahnt wohl, dass er die meisten von ihnen nie wiedersehen wird. Plötzlich fallen ihm die vielen Möbel, Küchengeräte, Bettbezüge, Bilder und Ziergegenstände ein, die in der Wohnung sind. Er fragt, ob jemand daran interessiert sei. Drei Leute melden sich, um ein Andenken zu bekommen. Sie verabreden, einander in der Wohnung zu treffen, dann laufen sie wegen dem immer stärkeren Regen zu ihren Autos: Noch einmal sind fünfundzwanzig Minuten verstrichen.

Letztes Bild: Scha'ul Inlander sitzt in seinem Wagen – vielleicht ist ein Nachbar bei ihm, den er zurückfährt. Der Nachbar, verlegen wegen des schweigsamen, fremden Mannes, der sich nicht einmal bemüht freundlich zu sein, versucht die gedrückte Stimmung aufzulockern, indem er zum Lob des Verstorbenen Geschichten erzählt, die Beispiele für dessen Gutmütigkeit und edle Gesinnung geben: wie der alte Inlander großzügig sein Portemonnaie öffnet für die vielen Spendensammler, die an die Türen klopfen, und wie er die Wäschestücke aufsammelt, die von der Leine fallen, und dafür sorgt, dass ihre Besitzer sie zurückbekommen. Obwohl der Nachbar in der Gegenwartsform spricht, korrigiert Scha'ul Inlander ihn nicht. Doch aus Enttäuschung über die kühle Reaktion, die die Erzählung von den guten Taten des Vaters hervorruft, nimmt der Nachbar vielleicht an, der Sohn denke an Dinge, die einen nach der Beerdigung eines Angehörigen nun einmal beschäftigen, und verstummt. Bis sie auf dem Parkplatz vor dem Haus anhalten, herrscht Schweigen: fünfunddreißig Minuten lang.

Drei Stunden nachdem er ihren Berechnungen zufolge in der Wohnung angelangt war, verlor sie die Geduld und rief ihn vom Büro aus an. Seine Stimme klang sicher und fremd, ein neu erwachter Unternehmungsgeist tönte aus ihr.

»Ich dachte, du würdest mich anrufen, sobald du zurück bist.

Ich hatte dir die Nummer in der Redaktion gegeben. Jetzt bin ich schon daheim.«

»Ja, ich hatte vor, dich anzurufen.«

»Wie geht es dir?«

»Gut, gut.«

»Wie war die Beerdigung?«

»Einigermaßen.«

»Ich habe an dich gedacht.«

»Ich … Ich habe Besuch, es passt mir im Moment nicht so gut. Lass uns sagen, wir telefonieren in … jetzt ist es sechs Uhr … sagen wir in zwei Stunden.«

Ohne zu antworten warf sie den Hörer auf den Apparat und beschloss Scha'ul Inlander aus ihrem Leben zu streichen, genau so, wie er zweifelsohne bereits sie aus seinem Leben gestrichen hatte. Wenn er beschlossen hatte die Verbindung zwischen ihnen auf diese Weise zu kappen, würde sie weder protestieren noch klagen, und wenn sie nur rigoros genug wäre, empfände sie vielleicht nicht einmal Trauer. Besiegt und unfähig, das Mühlrad, das sich in ihrem Magen zu drehen begonnen hatte, anzuhalten, taute sie zwei Stücke Pizza auf und verzehrte sie vor dem Herd stehend; sie aß sie aus der Hand, ohne Serviette, wie es die Mädchen manchmal taten, die sie dafür schimpfte. Doch das Drehen in ihrem Magen beschleunigte sich noch, während das Gefühl des Besiegtseins dem brennenden Wunsch wich, Scha'ul Inlander Worte an den Kopf zu werfen, die ihm die Reise nach Chicago verleiden würden. Noch Stunden später lief sie im Wohnzimmer von einem Möbelstück zum anderen und versuchte ihre Wut zu beschwichtigen, indem sie Farnblätter abrupfte. Schließlich gab sie ihrem dringenden Verlangen nach: Sie wollte sein Gesicht sehen, wenn sie ihm die giftigen Sätze, die sich in ihr gesammelt hatten, entgegenschleuderte; von einer plötzlichen Laune getragen machte sie sich auf und fuhr zu ihm.

Als sie eintrat, umarmte er sie wie ein verloren gegangenes Kind, das von den Suchenden bereits aufgegeben worden war. Er drückte sie an seine breite Brust und küsste sie auf die Stirn und das Haar. Sie war über seine heftigen Gefühle verblüfft.

»Gott sei Dank, du bist da. Ich weiß nicht, wo mir der Kopf steht, ich werde hier noch verrückt.«

Während sie ihr Ohr an seinen Hals drückte und seinen hämmernden Pulsschlag hörte, wunderte sie sich, dass er das Wort »verrückt« gebrauchte, dem nichts von dem, was er getan oder gesagt hatte, zu entsprechen schien.

»Warum hast du nicht angerufen?«, fragte er.

»Du hörtest dich so fern an, dass ich keine Lust hatte, mit dir zu sprechen.«

»Meine Tante war hier, die Frau, der du begegnet bist. Sie stand ganz in meiner Nähe und ich hatte Angst, sie würde deine Stimme hören. Weshalb bist du nicht schon früher gekommen?«

»Ich wusste nicht, ob ich überhaupt kommen sollte«, sagte sie und machte sich von ihm los.

»Tausendmal war ich drauf und dran, deine Nummer zu wählen, aber ich weiß ja, dass man dich zu Hause nicht anrufen darf. Mein Flugzeug geht um zwölf Uhr. Ich habe schon ein Taxi bestellt. Was hätte ich getan, wenn du nicht gekommen wärst?« Er umfasste ihre Hände, so dass sie in seinen Handflächen lagen wie Blütenblätter in einer Knospe, und führte sie an seinen Mund.

»Du wärst abgereist.« Sie bemühte sich ihrer Stimme einen neutralen Klang zu geben, der nicht verriet, dass ihr das Herz zersprang.

Ein Koffer stand fertig gepackt neben der Tür und ein zweiter Koffer lag offen auf dem Bett. Ringsum waren Kleidungsstücke verteilt, darunter die grüne Jacke. Die anderen Kleidungsstücke waren bereits eingepackt, auch das blaue Samtkleid mit der Beduinenstickerei, das sie gemeinsam auf dem Flohmarkt in Jaffa ausgesucht hatten. Er führte sie zum Bett, setzte sie neben den Koffer und fuhr fort ihn mit raschen Handbewegungen zu füllen.

»Was soll das heißen?« Ihre Stimme schien ihr zu dünn, sie klang wie ein beleidigtes kleines Mädchen. »Sehe ich dich nicht wieder?«

»Hör zu«, sagte er, als hätte er weder ihre Frage noch das leise Aufheulen in ihrer Stimme gehört. Und sie dachte: So schnell geht das bei ihm – die Zeit der Gefühle ist vorbei, jetzt kommen wir zum praktischen Teil der Geschichte. »Ich habe den Schlüssel hierhin gelegt. Auf einen Zettel neben dem Telefon habe ich die Nummer des Maklers geschrieben. Auch er hat einen Schlüssel. Ich dachte, dass du vielleicht noch einmal herkommen willst, weil die Dinge sich im Moment überstürzen«, erklärte er und schaute vom Koffer auf. »Wirst du überhaupt herkommen wollen, wenn ich nicht mehr da bin?«

»Ich bin nicht sicher.«

»Manchmal will man sich von einem Ort verabschieden«, fuhr er fort, als rede er nicht von ihnen beiden, und da sie schwieg, fügte er hinzu: »Das wär's. Wenn du beschließt nicht mehr herzukommen, ruf ihn an, dann kümmert er sich um die Vermietung der Wohnung.«

»Wie lange darf ich sie behalten?«

»Solange du willst.«

Seine Abreise wurde konkret. Er würde das Auto zurückbringen, das sie nie wieder auf dem Parkplatz vor der Pflegestation stehen sähe, und morgen wäre er schon in Chicago; er ließe nicht nur die leere Wohnung, sondern auch das leere Krankenhausbett seines Vaters zurück.

Sie näherte sich ihm von hinten und umarmte ihn. Sie vergrub ihr Gesicht an seinem Rücken, und durch sein Hemd hindurch rieb ihr Kinn über die Ausbuchtungen seiner Wirbelsäule. Sie verschränkte die Hände auf seiner Gürtelschnalle, als wolle sie ihn nie mehr fortlassen – nicht von ihr und nicht von diesem Ort, als falle es ihr schwer, ihn ausgerechnet jetzt, da er so viel Gefühl gezeigt hatte, aufzugeben. Er erstarrte in der Gefangenschaft ihrer Umarmung.

Sie hob das Gesicht und sagte in sein Ohr: »Ich möchte dich um etwas bitten.«

»Worum?« Der beunruhigte Ton seiner Stimme entging ihr nicht.

»Fahr nicht heute.«

»Ich flehe dich an: Verlang nicht so etwas von mir.«

»Weshalb nicht?«

»Weil ich fahren muss.«

»Weshalb?«

»Du kennst die Gründe.«

»Sag sie mir.«

»Die Familie, die Arbeit – ich brauche es dir nicht zu erklären«, sagte er und sie übersetzte für sich, schonungslos mit sich selbst und ohne die Grausamkeit der Situation abzuschwächen: Es hat mit jenen Punkten in meinem Leben zu tun, die dich nichts angehen; sollte ich die Illusion geweckt haben, du hättest Anteil an allen Bereichen meines Daseins, so bitte ich dich um Verzeihung; aber unsere gemeinsame Zeit war begrenzt, sie stand im Dienst einer bestimmten Aufgabe; die ist nun vollbracht und unsere Zeit geht zu Ende; wir sind doch erwachsene Menschen, lass uns die Sache nicht noch komplizieren; ich lasse dir die Wohnung, ich war nett und gefühlvoll zu dir, das passiert mir nicht alle Tage – nimm es als Kompliment und sei zufrieden; bringen wir den Abschied friedlich hinter uns, jedes Übermaß an Dramatik ist mir zuwider, erspar mir das … Verzweifelt versuchte sie den Gedankenfluss zu stoppen, bis sie einen Satz fand, den sie zu ihm sagen konnte: »Ich wäre bei dir geblieben, auch wenn meine Mutter vor deinem Vater gestorben wäre.«

»Es tut mir leid«, entgegnete er.

»Nie mehr wirst du an mich denken.« Die Entschlossenheit,

die eben noch in ihrer Stimme gewesen war, schmolz dahin; ein Jaulen entfuhr ihr und sie begann unwillkürlich zu schluchzen. Sie ließ die Arme, die sie um seine Hüften geschlungen hatte, sinken und trat zurück wie jemand, der zu spät erkannt hatte, dass er das Opfer einer schrecklichen Untat geworden war.

Er drehte sich um und versuchte sie wie zuvor, als er ihr die Tür geöffnet hatte, zu umarmen, doch sie, die außer der Kränkung noch die Peinlichkeit ihrer Tränen ertragen musste, verkrampfte sich unter seiner Berührung.

»Ich werde dich nie vergessen. Aber du selbst sagtest, dass unser Zusammensein in eine andere Welt gehöre und unser Kennenlernen eine Übung des doppelten Abschieds sei.«

»Offenbar scheitere ich an dieser Übung.«

»Du sagtest, du entwickeltest ein Talent für das Abschiednehmen.«

»Ganz so begabt bin ich wohl nicht.«

»Ich muss wirklich abreisen«, beteuerte er, um einem neuerlichen Angriff vorzubeugen.

»Dann sagen wir uns jetzt einfach so Auf Wiedersehen?«, kam die Attacke aus einer anderen Richtung.

»Ja.«

Sie erschrak über die Endgültigkeit seiner Antwort. Allerdings verloren die Niederlage und die Scham an Bedeutung angesichts der Gewissheit, dass der schwerere Teil der Krankheit ihrer Mutter noch bevorstand und sie sich allein damit auseinandersetzen musste.

»Hätte dein Vater doch für immer weiterleben können!« Resigniert ließ sie die Arme sinken und beobachtete, wie er den Koffer neben der Tür abstellte.

»Ich habe keine Ahnung, wie ich mich verabschieden soll«, sagte er. »Ich möchte Dinge sagen, aber ich weiß nicht wie. Ich werde dir schreiben.«

»Wage das nicht.«

»Ich werde dir schreiben und die Briefe nicht abschicken.«

»Was ist wirklich zwischen uns gewesen?«, fragte sie verzweifelt, als definierten die Worte und nicht das Geschehene die Realität.

»Die Beziehung zweier erwachsener Menschen, die sich keinen Illusionen hingeben«, erklärte er nachdrücklich wie ein Lehrer, der zu einer langsamen Schülerin spricht, »die gemeinsam eine Reise unternehmen, deren Ziel von Anfang an feststeht: Er trägt seinen Vater zu Grabe und sie ihre Mutter. Danach müssen sie sich trennen.«

»Das ist alles?« Sie hörte die erbarmungslose Analyse und Tränen stiegen ihr in die Augen: Sie weinte über die Endgültigkeit, die nun auch ausgesprochen war, und den kühlen Ton, den er anschlug, und weil sie plötzlich wusste, dass er ihre gemeinsame Geschichte schon immer so gesehen hatte. Man hätte das Ganze auch so ausdrücken können: Sie waren ein Zweckbündnis eingegangen; zwei Menschen, die das Meer ausgespuckt hatte, hatten sich zusammengetan, um einen Augenblick lang, ehe jeder seinem eigenen Schicksal folgte, einander zu helfen und aufzurichten.

»Das ist viel. Und wenn sich einer von beiden obendrein verliebt hat, so wie ich, dann ist der gemeinsame Weg umso angenehmer und fällt der Abschied umso schwerer.«

»Wenn einer was tut?« Sie fragte sich, ob sie ihn falsch verstanden habe.

»Wenn sich einer von beiden verliebt, so wie ich«, wiederholte er.

»Dann beweis mir deine Liebe«, entfuhr es ihr und sie war überzeugt, dass er das Wort erst jetzt, kurz vor ihrer Trennung, zum ersten Mal aussprach, weil er bis dahin wohl gefürchtet hatte, sie würde es gegen ihn verwenden, wenn er es ihr zu einem früheren Zeitpunkt preisgegeben hätte.

»Wie bitte?«

»In der Nacht nach der Schabbatfeier hast du mir einen Heiratsantrag gemacht, weißt du das noch?«

»Da war ich nicht zurechnungsfähig«, erklärte er. »Es war ein völlig verrückter Augenblick. Lassen wir es dabei bewenden.«

»Sagen wir lieber, dass alle diese Tage verrückt waren.« Sie erinnerte sich, wie sie ihren Wagen durch den prasselnden Regen zum Museum gelenkt hatte.

»Ja, das glaube ich wirklich«, fügte er hinzu.

»In jener Nacht deutetest du an, du wolltest deine Familie verlassen.«

»Ich erinnere mich nicht.«

»Aber natürlich erinnerst du dich. Weshalb sonst musst du so plötzlich abreisen?«

»Du verstehst nicht, weshalb ich abreisen muss?«

»Erklär es mir.« Das war alles, was ihr noch blieb: es ihm so schwer wie möglich zu machen.

»Weil ich ein Waisenknabe bin, und du bist es nicht«, antwortete er. Offenbar wollte er sie zum Lachen bringen und ahnte nicht, wie schmerzlich seine Worte für sie waren, da der witzige Ton unvermittelt Arnon zwischen sie beide schob. Als sie nichts erwiderte, gab er den Versuch auf und sagte: »Ich muss einfach fahren.«

Aus Verzweiflung ließ sie sich zu etwas hinreißen, das sie noch nie getan und von dem sie nie angenommen hatte, dass sie je so weit ginge. Und obwohl sie es mittlerweile gewohnt war, immer neue, ihr unbekannte Gelüste an sich zu entdecken, war dieser Moment auch für sie erstaunlich, als überschreite sie ihre Grenzen. Mit beiden Händen griff sie an seinen Hosenschlitz. Eine hielt den Gürtel fest, während die andere am Reißverschluss zerrte, sich gefräßig in den sich öffnenden Schlund drängte und die Finger spreizte, um den großen geschmeidigen Auswuchs zu fassen, der unter ihrem Griff augenblicklich anschwoll.

»Nicht, Chamutal.« Mit beiden Händen umklammerte er ihre Handgelenke.

»Nur noch einmal«, sprach eine Fremde zu ihnen beiden, die

nun auch ihre Linke in seinen Hosenschlitz schob, um sein Glied mit all ihren Fingern zu umschließen.

»Es geht nicht, Chamutal.« Er klang bekümmert, weil sie sich derart vor ihm erniedrigte. Er befreite sich von den lüsternen Händen und versuchte verzweifelt den Reißverschluss hochzuziehen. »Jeden Moment kommt das Taxi.«

»Warte wenigstens so lange, bis meine Mutter tot ist«, sagte sie. Sie wusste, dass die Kränkung sie zerstörte, zugleich vertrieb sie jedoch die Tränen, die ihr den Hals zuschnürten, und gab ihr eine neue, klare Stimme, die, so bildete Chamutal sich im ersten Moment ein, nicht aus ihrer eigenen Kehle sprach: Sie war frei von Zittern und klang weder verlegen noch schuldbewusst, sondern fordernd und passte zu den eben unterbrochenen, entschlossenen Bewegungen ihrer Hände. Sie sah in sein Gesicht, aber sie konnte nichts darin lesen und dachte erneut, wie wenig sie ihn eigentlich kannte.

»Ich würde viel länger bleiben«, sagte er, doch seine Worte klangen vorsichtig und ein wenig ängstlich angesichts der Fremden, in die sich Chamutal so überraschend verwandelt hatte.

»Sie fängt an vom Holocaust zu reden. Ich habe nicht die Kraft, mit ihr und dem Grauen allein zu sein.«

Hupen schallte von der Straße herauf.

»Sie wird aufhören davon zu sprechen.«

»Nein. Sie hat gerade erst damit begonnen. Bitte, lass mich jetzt nicht allein.«

»Ich würde dich nie verlassen, aber ich muss fahren.«

»Nur noch ein paar Tage«, begann sie zu feilschen.

»Ich kann nicht.« Ungeduld lag in seiner Stimme.

Es hupte noch einmal.

»Chicago ruft dich«, sagte sie. Sie lehnte sich an die Wand und gab auf.

Er küsste sie auf die Stirn ohne auf ihre Erwiderung zu warten; vielleicht fürchtete er, sie würde ihn noch einmal an sich reißen. Kurz darauf hörte sie, wie er mit den Koffern die Treppen hinunterging und sich entfernte. Vom Fenster schaute sie nach ihm aus, bis er am Ende des Weges unter der gestutzten Baumkrone am Eingang des Grundstücks zum Vorschein kam. Sie beobachtete, wie er das Gepäck unter der geöffneten Kofferraumhaube verstaute, sie dann zuschlug, sich in das Taxi setzte, den Blick hob und ihr mit einer kurzen Bewegung der Hand vorsichtig winkte. Es war ein Winken, bei dem sie ein Kneifen in ihrem Herzen spürte, da sie verstand, dass er sie vor der falschen Hoffnung bewahren wollte, er würde an der nächsten Straßenecke seine Meinung ändern und zu ihr umkehren. Noch bevor der Wagen ihrem Blickfeld entschwunden war, wandte sie sich vom Fenster ab und setzte sich auf die Bettkante, wo sie lange Zeit ausharrte und nicht wusste, was sie jetzt tun sollte. Sie ähnelte dem Überlebenden, den sie einmal in einer Nachrichtensendung gesehen hatte: In einem Land in Südamerika saß er ratlos auf den Ruinen seines bei einem Erdbeben eingestürzten Hauses. Schließlich erhob sie sich und spazierte allein in der Wohnung umher: Sie ging von einem Zimmer ins andere und betrachtete die wenigen Bilder, die wie ungewollte Überreste eines Lebens noch an den Wänden hingen. Leere Rechtecke waren an den Stellen zurückgeblieben, an denen die Familienfotos gehangen hatten – anscheinend hatte er sie mitgenommen.

»Hätte ich dich bloß nie kennen gelernt«, sagte sie laut – wie ein schmerzhaftes Gewicht lastete ihr Herz in ihrer Brust – und überlegte, dass das Taxi sicher schon von der Schnellstraße zum Flughafen abgebogen war.

Sie ging in die Küche, spülte drei benutzte Gläser, die noch auf dem Tisch standen, und zwei Teelöffel, die im Ausguss vergessen worden waren, und deponierte die gesäuberten Gegenstände auf der alten Marmorplatte. Anschließend öffnete sie die alten Holzschränke und den Kühlschrank, holte die restlichen Lebensmittel heraus und warf sie in einen Müllsack.

»Wäre dein Vater doch gestorben, bevor meine Mutter auf die Pflegestation kam«, sagte sie und hörte wie ein fernes Echo die Melodie der Kinderflüche, die sie von früher kannte. Jetzt passierte er die Sicherheitskontrolle, überlegte sie. Ein Mädchen in Uniform wühlte in seinen Koffern: Sie berührte den Kulturbeutel, den kleinen Behälter mit dem Zahnputzzeug, den blauen Rasierapparat und die Schere für die Haare in den Ohren; die schwarzen Jeans, die grüne Jacke, die Hemden aus dünnem Flanell, die bunten amerikanischen Unterhosen; und auch die Familienfotos, die er mitgenommen hatte, entgingen ihr nicht.

Bei ihrem letzten Besuch auf der Pflegestation hatte sie mit ihrer Mutter im Speisesaal gesessen und versucht sie mit Distanz zu sehen: Fremdheit sollte zwischen sie treten, die sie mithilfe eines Gefühls, das ihr von Kindesbeinen an vertraut war, zum Überborden bringen wollte. Deshalb hatte sie insgeheim zu der Frau, die an ihrem Teelöffel leckte, gesagt: »Ich bin es, Mama – Chamutal. Wie konntest du meinen Namen vergessen? War ich in deinem Leben nur eine flüchtige Einzelheit, eine von Tausenden, deren Karteikarte du so geschickt hervorziehen konntest, dass ich dich dafür sogar bewunderte, eine, die du zufällig geboren hattest und die neben dir aufwuchs, während du von anderen Dingen in Anspruch genommen warst, eine, deren Husten dich beim Schlafen nur störte oder dich vielleicht sogar völlig ungerührt ließ, denn du halfst ihr nie, sich von den Anfällen, die ihren Körper viele Winter lang schüttelten, endlich zu befreien? War ich nur ein Mädchen, dessen Art, seine Kleider schmutzig zu machen, dich um den Verstand brachte und das die Muttergefühle, die du erhofft hattest, nicht in dir weckte, so dass du kein zweites Kind wolltest –«

Ihre Mutter hatte den Kopf gehoben und unerwartet mit

ihrer alten, wachen Stimme gesagt: »Sie verzärteln uns hier, immerzu gibt es Schokoladenpudding.«

»Du darfst dich ruhig einmal verwöhnen lassen«, hatte Chamutal widersprochen.

Ihre Mutter hatte sie mit klarem Blick angesehen: »Wenn man den Menschen verzärtelt, schwächt man ihn.«

»Hast du mich deshalb nicht verwöhnt?«

»Ja. Ich habe dich so erzogen, dass du stark wirst.«

»Weshalb ist das so wichtig?«

»Weil die Verwöhnten zuerst untergehen. Ich habe das oft genug erlebt.«

Chamutal hatte Atem geschöpft und leise gesagt: »Ein Kind braucht Liebe, Mama.«

»Liebe bekamst du, so viel du wolltest. Nur verwöhnt wurdest du nicht.«

»Ich wollte nicht verwöhnt werden. Darum ging es überhaupt nicht.«

Als wählte sie den günstigsten Augenblick, um ihrer Klarsicht zu entfliehen, hatte ihre Mutter auf den Teelöffel geblickt und verträumt gesagt: »Dann ist ja alles gut.«

Als sie die Marmorspüle und die Kacheln in Inlanders Küche gesäubert hatte, verweilte Chamutal vor dem Wasserhahn. Mit flinken Bewegungen begann sie ihn zu polieren, indem sie ihn immer wieder anhauchte und mit einem trockenen Lappen darüber rieb. Obwohl sie sich der Lächerlichkeit ihres Tuns bewusst war, genoss sie es, zu sehen, wie das Metall unter ihren Händen aufblinkte. Aber sie hatte nicht die leiseste Vorstellung, was sie täte und wohin sie ginge, sobald der Wasserhahn fertig geputzt wäre, und so wienerte sie unermüdlich das Nickelrohr, das sie an einen krummen Nacken erinnerte, und dachte unter plötzlichen Schmerzen an die erste Begegnung auf jenem Parkplatz: Damals hatte keiner von ihnen geahnt, dass die

Angelegenheit so enden, dass Chamutal dastehen und mit Inbrunst einen Wasserhahn in einer verwohnten Wohnung polieren würde. Doch unter der Oberfläche fand ein Begreifen statt, das hartnäckig wie eine Buschtrommel meldete und verkündete, dass ein neues Kapitel begann, erschreckend, doch unvermeidlich.

Das Telefon klingelte und gleichsam als Eingeständnis, dass alle Regeln aufgehoben waren, vergaß sie die vereinbarten Vorsichtsmaßnahmen und griff spontan nach dem Hörer.

»Ich fürchtete, du wärest schon fort«, sagte er.

»Ich bin völlig durcheinander, deshalb bin ich noch hier.«

»Ich bin auch durcheinander.«

»Und traurig.«

»Ich auch.«

Sie schwiegen einen Moment, dann fragte sie: »Wo bist du gerade?«

»Oben in der Abflughalle. Ich dachte, dass wir vielleicht nie mehr miteinander sprechen würden, weil ich dich zu Hause nicht anrufen kann.«

»Nein, tu das lieber nicht.«

»Bist du mir noch böse?«

»Ich weiß nicht, was ich empfinde. Vorhin wünschte ich noch, dir nie begegnet zu sein.«

»Ich bin froh dich getroffen zu haben.«

»Weshalb bist du froh? Wir sind uns begegnet und schon verlassen wir uns.« Sie begann sich zu ärgern, doch wusste sie nicht, worüber.

»Ich habe nicht das Gefühl, dass wir einander verlassen haben. Du bist ein wichtiger Teil meines Lebens. Du weißt gar nicht, was du für mich bedeutest«, erklärte er und ihr dämmerte, woraus ihr Ärger erwuchs: Jetzt, da er in sicherer Entfernung war, traute er sich Dinge zu sagen, die nicht der Wahrheit entsprachen.

»Wie wichtig?«, fragte sie zornig.

»Eines Tages werde ich es dir erzählen«, antwortete er.

»Wann?«

»Wir werden den richtigen Zeitpunkt für uns finden. Ich komme zurück.«

»Ja«, sagte sie höhnisch lachend, »in vierzig Jahren, auf die Pflegestation.«

»Vorher, das verspreche ich dir.«

»Ich weiß nicht.« Plötzlich war ihre Kraft verbraucht. Tränen stiegen in ihr auf und sie sah wieder den Überlebenden in Südamerika. »Ich fühle mich so erbärmlich. Wie bin ich in diese Geschichte nur hineingeraten? Wäre meine Mutter doch vor deinem Vater gestorben!«

»Könnte ich zurückkommen und dich umarmen ... Wie soll ich dir erklären, wie wichtig du mir bist? Ohne dich hätte ich mich von meinem Vater nicht richtig verabschieden können.«

Mit den Fingern wischte sie ihre Tränen fort und atmete erneut den Geruch seiner Haut.

»Was tust du in der Wohnung?« Anscheinend war er seines Gefühlsausbruchs wegen verlegen und versuchte wieder sicheres Terrain zu erreichen.

»Ich habe die Küche geputzt.«

Sein seltenes Lachen tönte durch den Hörer: »Wirklich?«

»Was sonst, glaubst du, könnte ich hier tun?« Sie hatte den vernünftigen Ton, in dem sie normalerweise sprach, wiedergefunden. »Dasitzen und heulen?«

»Ich hätte geweint, wenn ich mich vor dem Taxifahrer nicht geschämt hätte.«

Sie wollte nicht wieder sentimental werden, also fragte sie ihn: »Weshalb rufst du an?«

»Um dir zu erklären, warum ich auf und davon bin und gleich das erste Flugzeug gebucht habe –«

»Die Familie, die Arbeit – du brauchst es mir nicht zu erklären«, zitierte sie den Wortlaut der Kränkung, die sie schon einmal vernommen hatte.

»Das ist es nicht. Wenn ich jetzt nicht fliehe, bleibe ich für immer. Aber ich darf nicht bleiben, auch dir zuliebe nicht.«

Ihr Herz spielte verrückt vor Schmerz.

»Weshalb hast du mich damals zum Kaffeetrinken eingeladen?«, fragte sie verzweifelt.

»Ich hätte es nie getan, wenn nicht die Schwester zu mir gesagt hätte, dass du mich suchtest.«

»Wann war das?«

»Am selben Tag. Gewöhnlich lade ich keine Frauen mit Ehering zum Kaffeetrinken ein. Meine Telefonkarte geht zu Ende, komm, sag mir Auf Wiedersehen.«

»Hätte die Schwester bloß nichts gesagt …«

»Ich möchte –«

Ein aggressives Tuten kam aus dem Hörer und sie legte auf. Dann befestigte sie den Wohnungsschlüssel an ihrem Schlüsselbund und sagte laut: »Auf immer und ewig will ich dich vergessen – von diesem Moment an.« Sie hörte das Echo eines Satzes aus ihrer Kindheit, einen jener unerfüllbaren Schwüre.

Noch bevor sie zu ihrer Mutter ging, betrat sie Inlanders Zimmer und starrte auf sein leeres Bett: Es war schon gemacht worden; ein frisches Laken war sorgfältig über die Matratze gespannt und die Decke lag glatt darüber. Einen langen Moment stand Chamutal da und ignorierte die misstrauischen Blicke des alten Mannes, der den unter dem Fenster angebrachten Haltegriff festhielt, als wäre er ein Zügel. Wie unschuldig das Bett aussieht, dachte sie – als hätte der Tischler es gerade erst angefertigt. Es schien ohne Vergangenheit und nicht die heimtückische Falle, die schon auf den nächsten alten Menschen lauerte, damit er hineinsinke, um darin zu liegen, bis ein letztes Flattern ihn von dem Zum-Gang-Starren erlöste, von dem Warten auf jemanden, der ihn besuchte und seine Einsamkeit für ein paar Minuten durchbräche. Und wenn die Kraft des alten

Menschen erschöpft wäre, hielte er die Augen tagelang geschlossen und läge weiter in diesem Bett, sich in seiner Körper- und Seelenqual wälzend, ein Opfer seiner Erinnerung, die aus verschlossenen Kammern aufflöge, um ihn frech anzugrinsen, bis sein Körper, vollends verbraucht, verschwände und sein Platz frei würde für die vielen anderen Alten, die darauf warteten, herzukommen, um in diesem Bett zu sterben, das vorübergehend seins gewesen war.

Scha'ul Inlander käme nie mehr hierher – und wieder sah sie deutlich, welch zufälligen Platz sie in seinem Leben besetzt hatte, in den drei Wochen, in denen sein Vater verfiel; sie war verletzt und wütend auf den alten Mann, der ihrer Mutter beim Sterben zuvorgekommen war. Sie ging hinaus auf den Flur, und als sie das gegenüberliegende Zimmer betrat, stellte sie fest, dass ihre Mutter schlief – bei dem Gedanken, dass sie künftig mit ihr allein wäre, erschrak sie.

Über den Flur kam ein junger Arzt, der stehen blieb, als er sie sah. Er stellte sich vor und fragte, in welcher Verwandtschaftsbeziehung sie zu der Patientin stehe. Danach erklärte er, dass es unsinnig wäre, zu versuchen ihre Mutter zu wecken, denn der Oberarzt habe ihr eine Spritze gegeben, damit sie bis zum folgenden Morgen durchschlafe.

»Weshalb hat sie die Spritze bekommen?«

»Sie hatte eine Schmerzattacke und ihre Blutwerte sind alles andere als gut.«

»Steht es denn so schlimm um sie?«, fragte Chamutal konsterniert, weil ihr geheimer Wunsch sich erfüllte. Der Oberarzt und sein junger Kollege schienen ihre Gedanken erraten zu haben und zu versuchen, sie mit vereinten Kräften Realität werden zu lassen.

»Es ist besser, wenn sie schläft, dann leidet sie nicht«, sagte der Arzt und wandte sich ab, um weiterzugehen. Er tat so, als existierte das geheime Band nicht, das zwischen ihnen beiden geknüpft worden war.

Als wolle sie demonstrieren, dass sie ihren Pflichten in jedem Fall nachkäme, setzte sie sich zu ihrer Mutter, aber sofort wandte sie ihren Blick wie aus Gewohnheit zu dem leeren Bett im Zimmer gegenüber. Erst jetzt, nach seiner Abreise, begriff sie, wie tief Scha'ul Inlander in ihr Dasein vorgestoßen war, und erinnerte sich, dass er sie einmal verwundert gefragt hatte: »Wie konnte uns so etwas passieren? Frauen mögen fröhliche Männer, aber ich bin immer so ernst.« – »Ich mag ernste Menschen«, hatte Chamutal ihm damals geantwortet. »Für sie wurde ich geboren. Sie haben mir die Aufgabe erteilt, sie fröhlich zu machen. So war ich auch mein Leben lang dafür da, meine Eltern froh zu machen.« – »Du machst mich wirklich froh«, entgegnete er nachdenklich, worauf sie lachend bemerkte: »Meine Auftraggeber werden mit mir zufrieden sein.«

Jetzt – rechnete sie aus – war er schon in Chicago. Vielleicht verflüchtigte sich dort seine Trübsal. Seine Frau und seine Kinder holten ihn vom Flughafen ab, schon von weitem winkten sie ihm zu und liefen ihm entgegen. Als alle einander umarmten, bildeten sie zusammen einen festen Block: Er schlang seine Arme um die Frau und die Kinder und sagte immerzu, dass er sich furchtbar nach ihnen gesehnt habe. Kurz darauf fuhren sie in einem großen Auto über die Michigan Avenue, und er schaute zu den Wipfeln der Kentucky-Coffee- und der Storaxbäume hinauf und erzählte, wie aufgeregt er gewesen sei, als er die Twin Towers und den Sears Tower in ›Auf der Flucht‹ gesehen habe. An der Haustür prangte ein Schild mit der Aufschrift »Welcome«, das sie zusätzlich bemalt hatten, und drinnen, in der Mitte des gedeckten Tischs, stand ein Gesteck aus violetten Gartenblumen. Seine Frau erzählte, dass der Lehrer ihren Sohn über alle Maßen gelobt habe und dass die Chicago Bulls wieder gesiegt hätten. Dann holte er die Geschenke, die er für seine Familie gekauft hatte, heraus und seine Frau war begeistert von dem blauen Samtkleid mit der Beduinenstickerei. Sie aßen und lachten zusammen und begriffen erst jetzt, wie schwer ihnen die Trennung gefallen und wie gut es war, wieder beieinander zu sein.

Später in ihrem großen Ehebett, das ebenso breit wie lang war, legte sie sich mit dem Rücken an seiner Brust und er zog sie fest an sich; seine Hand glitt von ihrem Scheitel zu ihren Knien und legte unterwegs überall Feuer. Dann drehte er sie zu sich um und ließ seine Zunge über ihren Körper wandern; seine klugen Finger, die selbst im Dunkeln leicht ihren Weg fanden, krochen in sie hinein, um das altbekannte Geflüster der Lust aus ihr herauszukitzeln. Er nahm sie mit der betörenden Grobheit, die ihm eigen war, bis sie aufschrie, während er in ihr Ohr seufzte, wie sehr er diesen Augenblick vermisst hatte. Selig lächelnd schlief sie im Rund seiner engen Umarmung ein, noch ein wenig verwirrt, weil seine Gewalttätigkeit so plötzlich von Sanftheit abgelöst worden war, und auch er fiel in Schlaf unter den weichen amerikanischen Daunenbetten.

Chamutal stand da und betrachtete sie, so wie er einmal bei ihr im Schlafzimmer gestanden hatte, um sie und Arnon zu beäugen. Sie ging an das Fußende des Bettes, hob die Decke an und schob sich zwischen die Schlafenden: Sie glitt an seinem Körper hinauf und griff sanft seine Arme, löste sie von seiner Frau und legte sie um ihren eigenen Körper, um ihren Kopf auf den vertrauten Platz an seiner Schulter zu betten. Wie ein Hund, der den Geruch seines früheren Herrn sucht, schnupperte sie an ihm und hörte, wie er im Schlaf ein englisches Wort sagte – sogar in seinen Träumen war er nach Chicago zurückgekehrt, überlegte sie, und dachte weder an die Frau in Israel, der er die Heirat versprochen und die er dann im Stich gelassen hatte, noch an das Bild, das sie ohne Ende peinigte, von dem diktatorischen Zufall, der zwei Menschen zusammenwirft und sich anfreunden lässt, nur um sie aufgrund einer grausamen Laune oder einer nicht minder brutalen Gleichgültigkeit wieder auseinanderzureißen.

Chamutal kam zu dem Schluss, dass die Trennung von

Scha'ul Inlander ihr so sehr zusetzte, dass sie zu einem weiteren Abschied noch nicht imstande war. Und obwohl eine böse Stimme ihr ohne Unterlass zuflüsterte, dass es für sie und ihre Mutter besser wäre, wenn die alte Frau noch im selben Moment stürbe, in dem Chamutal mit geschlossenen Augen in dem fremden Bett lag und mit verklärtem Gesicht an dem Körper des schlafenden Mannes ruhte, sagte sie: »In fünf Wochen habe ich Geburtstag, Mama, genau zu Lag ba-Omer. Halte noch so lange aus.« Sie hob den Kopf, um ihn Sekunden später wieder an den Schlafenden zu betten, und fügte hinzu: »Bitte!«

Siebzehn Tage nach dem Tod seines Vaters saß sie im Büro und schaute in den Kalender, um im Hinblick auf die nächste Ausgabe ihrer Zeitschrift ein Treffen mit einem Journalisten zu vereinbaren. Plötzlich fiel ihr auf, dass sich ihre monatliche Regel bereits um sechs Tage verzögert hatte, und sie war fassungslos.

Aus der Erinnerung tauchte ein Taxi vor ihren Augen auf, das sie von einer Arztpraxis fortbrachte, in der sie im dritten Schwangerschaftsmonat abgetrieben hatte. Zwei Tage zuvor war sie aus der Armee entlassen worden und einen Monat später sollte sie zwanzig Jahre alt werden. Die Gynäkologin war die Einzige, die von der Schwangerschaft wusste. Sie wunderte sich, dass Chamutal allein zu dem Termin gekommen war, und schlug ihr vor jemanden anzurufen, der sie danach heimbrächte, aber Chamutal bestand darauf, mit dem Taxi nach Hause zu fahren.

Als der Wagen in die Straße, in der sie wohnte, einbog, sagte sie zu dem Fahrer: »Ich habe eine Bitte«, und der Mann, der bis dahin seinen Gedanken nachgehangen und mit einem Metallfaden die Zwischenräume zwischen seinen Zähnen gesäubert hatte, schien plötzlich zu erwachen. »Was?«, fragte er.

»Schauen Sie einen Augenblick her und sagen Sie mir, ob ich blass aussehe.«

»Sie sehen völlig gesund aus.«

»Nicht zu blass?«

»Weder blass noch rosig, sondern normal. Sie sehen aus, als wäre alles in Ordnung.«

»Ich hatte eine Abtreibung vor anderthalb Stunden«, sagte sie.

Der Metallfaden fiel hinunter und verursachte ein Geräusch, das an einen erstickten Schrei erinnerte; doch der Taxifahrer bückte sich nicht, um den Faden aufzuheben. Chamutal bemerkte das Erstaunen des Mannes und dass er sie mit verändertem Blick ansah, als wollte er sagen: »Eigentlich erkenne ich Verrückte sofort. Und als die hier einstieg, hatte ich nicht den Eindruck, dass sie so eine wäre. Aber man kann nie wissen.«

»Sie wirken völlig normal«, wiederholte er und brachte das Taxi vor der Hausnummer, die sie ihm genannt hatte, zum Stehen. »Weder zu blass noch sonst wie.«

»Danke«, entgegnete sie und griff nach dem Türhebel.

Schnell stand er vom Fahrersitz auf, ging um das Taxi, öffnete ihre Tür und streckte ihr die Hand entgegen. »Brauchen Sie vielleicht Hilfe? Soll ich die Tasche tragen?«

»Vielen Dank. Stellen Sie sie einfach dort an die Treppe.«

»Ich werde Sie und Ihre Tasche bis zu Ihrer Wohnung bringen«, sagte er mit übertriebener Höflichkeit, hinter der er seine Verunsicherung zu verstecken versuchte.

»Gut. Stellen Sie die Tasche vor meine Tür in der dritten Etage – Wohnung Nummer elf. Ich werde die Treppe in aller Ruhe hinaufgehen. Ich danke Ihnen sehr.«

Als sie eine halbe Stunde später auf dem Bett in ihrer leeren Wohnung lag und dort, wo die Gynäkologin herumgestochert hatte, einen schneidenden Schmerz spürte, dachte Chamutal an den Taxifahrer, den sie aus seiner Grübelei aufgescheucht hatte. Sie bedauerte fast ihn so erschüttert zu haben, doch dann tröstete sie sich mit dem Gedanken, dass Taxifahrer an Fahrgäste, die sie an ihren Geheimnissen teilhaben ließen, gewöhnt waren. Sie hatte unbedingt mit jemandem sprechen wollen, am liebsten mit einem Fremden, damit sie sich eines Tages, wenn sie die Operation und den Praxisgeruch vergessen hätte, an den Klang der Worte erinnerte, die von dem Vorfall unabhängig ihre Konkretheit bewahren würden; selbst wenn sie zweifeln sollte, ob der Eingriff wirklich stattgefunden hatte, würde sie sich sicher an den Satz, den sie wie eine Banalität in den Innenraum des Taxis gesprochen hatte, erinnern: »Ich hatte eine Abtreibung vor anderthalb Stunden.«

Als sie jetzt an jenen Moment zurückdachte, hatte sie nicht einmal einen Taxifahrer zum Reden. Sie überlegte, welcher der beiden Männer die Schwangerschaft verursacht haben könnte, die sie unverhofft dem geringen Prozentsatz der Frauen zuordnete, bei denen die Spirale versagte. Wie betäubt von der neuen Situation und der Tatsache, dass sie so lange nichts bemerkt hatte, blätterte sie in ihrem Terminkalender: Mit Arnon hatte sie zuletzt geschlafen, als die Schlafzimmertür aus den Angeln gehoben war und sie mit dem Sex bis nach Mitternacht gewartet hatten; das war vor zwei Monaten, genau an dem Tag, an dem sie Scha'ul Inlander zum ersten Mal begegnet war, vier Stunden nachdem sie ihm die Bitte der Krankenschwester ausgerichtet hatte. Sie saß auf dem Bürostuhl, streichelte ihren Bauch und beschloss: Das Kind ist von dem Mann aus Chicago.

Den ganzen Abend verbrachte sie im Büro und verzögerte aus Furcht, Arnon und den Mädchen zu begegnen, noch ehe sie sich beruhigt hätte, ihre Heimkehr. Sie beschäftigte sich mit sinnlosen Tätigkeiten und blätterte in der fertigen Zeitschrift. Gegen Mitternacht schien es ihr, als habe sie sich an den Gedanken gewöhnt, und wie ein Gruß stieg als Bestätigung aus den Tiefen ihres Körpers ein Prickeln auf.

Kurz darauf schlich sie wie eine Diebin in ihr Haus und begab sich sofort in die Küche, um sich ein großes, stark gewürztes Spiegelei mit schwarz gebratenem Rand zuzubereiten – sie hatte die Launen, denen sie während ihrer früheren Schwangerschaften frönte, wiederentdeckt. Sie trug das Essen in das unbeleuchtete Wohnzimmer, setzte sich mit dem Tablett auf dem Schoß in den Sessel und versuchte das Datum der Niederkunft auszurechnen.

»Es wird ein Junge«, versprach sie sich und malte sich aus, wie das Kind mit gespanntem Rücken und konzentriertem Blick vor dem Computerbildschirm in seinem Zimmer säße und in allem Scha'ul Inlanders verkleinertes Ebenbild wäre.

»Guten Appetit«, hörte sie plötzlich vom oberen Ende der Treppe Arnons Stimme. Sie schrak auf und erkannte die Silhouette ihres Mannes, die sich von der hell schimmernden Wand abhob und einem Serienmörder aus einem Film, den sie gesehen hatte, ähnelte.

»Danke«, erwiderte sie und das angebrannte Eiweiß blieb ihr fast im Hals stecken.

»Schade, dass deine Zeitschrift schon fertig ist. Ich könnte noch einen Alptraum beisteuern«, sagte er und Chamutal unterdrückte einen Schrei.

»Was für einen Alptraum?«, fragte sie panisch.

»Vielleicht gebt ihr mal ein Fortsetzungsheft heraus«, sagte er nachdenklich, während Chamutal herauszuhören versuchte, ob seine Bemerkung witzig klang oder eine Drohung enthielt.

»Was hast du denn geträumt?«, erkundigte sie sich vorsichtig.

»Dass ich Rekrut im Grundwehrdienst bin und wir einen Zugführer haben, der uns am liebsten mit Essensentzug bestraft. Er selbst brät sich ständig Spiegeleier, stellt sich in den Eingang des Zelts und verspeist sie vor unseren Augen.«

Erleichtert stimmte sie ein viel zu lautes Gelächter an und gleich danach, als wäre in ihrem Innern ein Mechanismus in Gang gesetzt, der auf jedes Lachen Tränen folgen ließ, begann sie zu weinen und sah durch ihre feuchten Augen Arnon, der langsam zu ihr herunterkam und dessen Füße die Dunkelheit verschluckte, während sein Gesicht die ganze Zeit im Licht war.

»Weinst du, Chamutal?«

»Nein.«

Er beugte sich zu ihr: »Du weinst. Weshalb?«

»Ich weine nicht.«

»Sag weshalb, Chamutal.«

»Ich weiß es nicht.«

»Meinetwegen?«

»Nein.«

»Wegen deiner Mutter?«

»Mag sein«, antwortete sie schnell, sich seinen Gedanken zu eigen machend.

»Dann weine«, sagte er. »Man behauptet, das sei gut.« Als wolle er den ernsten Ton, in dem er gesprochen hatte, mildern und als wisse er, dass sie beide noch nicht bereit waren sich wie in einer Filmszene in die Arme zu sinken, griff er nach dem Spiegelei auf ihrem Teller, riss ein Stück davon ab und steckte es in seinen Mund, während er mit seiner Linken über ihre tränennasse Wange wischte und hinzufügte: »Auch ich würde heulen, wenn mein Spiegelei verbrannt wäre.«

In den folgenden Tagen fühlte sie, wie die Schwangerschaft ihre Gebärmutter wachsen ließ. Alle vier gingen sie vorsichtig miteinander um, jeder, so gut er konnte. Arnon und die Mädchen, so stellte sich heraus, hatten im Kibbuz eine Psychologin konsultiert. Zwar weigerten sie sich zu erzählen, was sie ihr gesagt hatten und wozu die Psychologin ihnen riet, doch fühlte Chamutal, dass ihr verändertes Verhalten, insbesondere Hilas, von diesen Gesprächen beeinflusst war. Die Behutsamkeit, die jetzt in ihrem Haus herrschte, war Chamutal angenehm: Die

Mädchen dachten nach, ehe sie etwas zu ihr sagten, und waren bemüht, die Art des Gesprächs, das ihnen bis vor einigen Monaten geläufig gewesen war, wiederzubeleben; Chamutal antwortete ihnen im gleichen Ton und kochte für sie. Als Arnon sie nach der Gasheizung fragte, erteilte sie die gewünschten Auskünfte, ging einkaufen und kehrte danach sofort heim.

Ihr Herz jedoch lauschte immerzu auf den sich blähenden Bauch und sie schmiedete bereits Pläne, wie sie dem Kind beibrächte die Bäume zu lieben, vor allem die Kentucky-Coffee- und Storaxbäume, und wie sie zu seiner Bar-Mizwa gemeinsam nach Chicago flögen und in das Büro seines Vaters gingen – Scha'ul Inlander würde das Kind anschauen und in ihm den Jungen wiedererkennen, der er auf der Fotografie seiner eigenen Bar-Mizwa in der Großen Synagoge in der Allenbystraße gewesen war.

Nach zwei Tagen, auf der Toilette der Redaktion, entdeckte sie Blut auf ihrem Stuhl. Sie blieb lange auf dem Rand der Keramikschüssel sitzen und betrachtete die unverwechselbare rote Masse; dabei erinnerte sie sich an die Krankenschwester ihrer Grundschule und betrauerte lautlos weinend das Kind, das in ihrer Fantasie Gestalt angenommen und darin achtundvierzig Stunden gelebt hatte.

»Hast du keinen Appetit mehr?«, fragte am selben Abend Arnon.

»Doch.«

»Schade«, erwiderte er, »ich bin nämlich schon süchtig nach Spiegelei.«

Als das Telefon klingelte, nahm Arnon ab. Er sagte kein Wort, sondern reichte Chamutal mit versteinerter Miene den Hörer: »Es ist der Arzt. Deine Mutter hat das Bewusstsein verloren.«

Acht Tage blieb Schifra Baum ohne Bewusstsein, doch erhielt sie ihr Herz am Leben. Sie starb am neunundzwanzigsten April, acht Tage bevor ihre Tochter neununddreißig Jahre alt wurde.

Bei der Beisetzung ihrer Mutter erlebte Chamutal alles, was sie sich im Geist ausgemalt hatte, als der alte Inlander zu Grabe getragen worden war. Auf dem Weg zu dem offenen Erdloch begleitete sie das Gefühl, sie wirkte bei einer Vorstellung mit, deren Proben Wochen vorher stattgefunden htten. Erst als der tote Körper hinabgesenkt war, sah sie ihn erleichtert an, denn jetzt war das physische Leid beendet und die gequälte Seele zur Ruhe gekommen. Sanft und voll Erbarmen stiegen zum letzten Mal die Worte in ihr auf: »Ich bin es, Mama – Chamutal«, als wollte sie den in Tücher gewickelten Körper besänftigen, indem sie ihm versprach in seiner Nähe zu bleiben, bis das Erdloch zugeschüttet und das Gebet zu Ende gesprochen wäre; sie würde warten, bis die wenigen Trauergäste Steine auf dem frischen, noch streng nach Meer riechenden Sand niedergelegt hätten, und ginge erst fort, wenn die Blumen, die aus demselben Geschäft wie einst ihr Brautstrauß stammten, über das Grab verstreut wären.

Nach der Beisetzung beschloss sie in ihrem Wagen allein nach Hause zu fahren, und obwohl sie noch keine weitergehende Absicht hegte, näherte sie sich, als steuerte ihr Wagen von selbst dorthin, der Avnijahustraße und hielt vor Inlanders Haus an. Eine Nachbarin, die einen verblichenen karierten Herrenmorgenrock trug, öffnete einen Spaltbreit die Tür ihrer Wohnung und spähte ins Treppenhaus. Chamutal fürchtete, die Frau würde sie ansprechen oder sogar wiedererkennen, doch sah sie nur mit vorwurfsvollem Blick zu, wie Chamutal die Treppe erklomm und langsam aus ihrem Sichtfeld verschwand, und danach sperrte sie unter lautem Schlüsselgeklingel ihre Wohnungstür zu.

Ein erstickender Geruch stand in der Küche und Chamutal rechnete nach, dass sie seit fast einem Monat nicht mehr in der Wohnung gewesen war. Sie öffnete die Fenster, ging in das Schlafzimmer und legte sich auf die harte Matratze, um nachzusinnen, was diese Wände im Laufe von Jahrzehnten gesehen hatten: Sie dachte an Scha'ul Inlanders Eltern, die Freundinnen seines Vaters und dessen Einsamkeit, an ihre und Scha'uls kurze Liebe und an die Matratze, die all den Schweiß und die Körperflüssigkeiten genauso aufgesogen hatte wie jetzt ihre Tränen. Sie schloss die Augen und hörte sich zu ihm sprechen; sie überlegte, dass die Menschen in jenem anderen Teil der Welt schliefen, und richtete, in ihrer Vorstellung den Ozean durchquerend, ihre Worte direkt an sein Unterbewusstsein: Wie geht es dir dort, in Chicago, wo wie in deinen Erzählungen mitten im Sommer Niederschlag fällt, so dass die Bäume und die violetten Blumen deiner Frau ganz nass sind? Wie gehst du in jenen regenschweren Regionen mit deiner Trauer um? Stehst du manchmal am Fenster und denkst an den Strand des Sheraton? Und bringt das Gefühl von Freiheit in deiner fremden Stadt den Kummer zum Schweigen? Bestimmt schläfst du jetzt und hältst deine Frau so, wie du hier mich umarmtest. Bist auch du am Test im Abschiednehmen gescheitert? Ein paar Fragen sind noch offen, weil unsere Trennung so plötzlich kam. Erinnerst du dich, dass wir darüber diskutierten, was übrig bleibt, wenn die Erinnerung verloren geht? Am Ende ist nur noch Angst da – erst als du schon fort warst, fand ich das heraus. Trauerst du noch um deinen Vater? Und weißt du, dass vor einer Woche unser Kind starb? Vielleicht zerstreust auch du dich manchmal, indem du dir ausmalst, wie es wäre, sich nach Neuseeland abzusetzen, und fragst dich wie ich, ob wir auch auf einem Weg, der nicht von Sterbenden gesäumt ist, Gefährten hätten sein können. Denkst du manchmal an mich, hast du Sehnsucht? Welche Augenblicke unserer gemeinsamen Stunden dir dann wohl einfallen? Ich hoffe, dass du mich am Ende deines Lebens nicht verfluchen wirst, so wie Zipis Vater meine Mutter verfluchte. Heft dreizehn ist fertig, vielleicht interessiert dich das; und in acht Tagen habe ich Geburtstag, sicher wirst du dich daran nicht erinnern, ich werde neununddreißig, so alt wie Kleopatra, als sie starb – vor lauter Sehnsucht habe ich ihre Geschichte in der Enzyklopädie nachgelesen. Die Frau mit den Fotografien ist ein paar Tage nach deiner Abreise erblindet und gestern starb meine Mutter, das kannst du noch nicht wissen, jetzt bin ich auch eine Waise.

Wie lange sie so dagelegen hatte, wusste sie nicht. Nachdem sie aufgestanden war, ging sie zum Telefon, wählte die Nummer des Maklers und reagierte mit fester, offiziöser Stimme auf die Ansage auf seinem Anrufbeantworter: »Guten Tag, ich rufe wegen der Wohnung in der Avnijahustraße sechzehn an. Die Wohnung kann wieder vermietet werden. Mir wurde gesagt, sie hätten einen Schlüssel. Vielen Dank.«

Als sie den Hörer aufgelegt hatte, regten sich Zweifel in ihr und sie rief abermals bei dem Makler an, um die Telefonnummer in Chicago zu hinterlassen, die sie zu wählen niemals imstande wäre. Danach ging sie zur Tür, drehte sich noch einmal um und schaute zum Abschied auf die alten Schränke, die sie durch die geöffnete Küchentür ansahen, zum Wohnzimmer, das in geheimnisvoller Dunkelheit lag, und dem Schlafzimmer, das jetzt verschlossen war – alles, was es gesehen und gehört hatte, war darin gespeichert, und bald kämen andere Menschen und trügen ihre Tränen, ihren Schweiß und ihre Geheimnisse hinein.

Am letzten Tag der Trauerwoche kam ein Anruf vom früheren Altenheim ihrer Mutter. Mit einer Stimme voll Vorwurf und Überdruss erinnerte die Sekretärin Chamutal an den Besitz ihrer Mutter, der bei ihnen nur so lange zwischengelagert sein sollte, bis sie sich im neuen Altenheim eingerichtet hätte.

Inzwischen seien aber schon vier Monate verstrichen, und wenn heute keiner vorbeikäme, würde der Inhalt ihres Schrankes einer wohltätigen Organisation übergeben.

Chamutal sagte: »In Ordnung. Geben Sie alles fort«, aber später dachte sie, dass es besser wäre, die eingelagerten Gegenstände noch einmal durchzusehen – möglicherweise fände sie einen Brief oder ein wertvolles Dokument. Nachdem sie die verantwortliche Angestellte in der Aufbewahrung mit großer Mühe ausfindig gemacht hatte, versprach sie ihr telefonisch, in einer Stunde in dem Heim zu sein.

Als sie dort ankam, führte die Frau, die einen großen Pappkarton hinter sich herschleifte, sie zwischen den Eisenschränken im Kellergeschoss des Gebäudes hindurch, bis sie vor einem Schrank stehen blieb und sagte: »Gucken Sie nach, was Sie behalten wollen, und legen Sie den Rest in den Karton. Wir kümmern uns, dass die Sachen dahin kommen, wo sie gebraucht werden.«

Chamutal stand vor der geöffneten Eisentür und fühlte sich in ein Leichenschauhaus versetzt, in dem die toten Körper in herausziehbaren Eisenboxen verwahrt werden. Ihr Blick fiel auf Kleider, von denen sie die meisten nicht wiedererkannte. Auf dem Boden des Schrankes standen drei Handtaschen, vier Paar gebrauchte und ein Paar neue Schuhe. Doch weder Briefe noch Dokumente entdeckte sie, nur ein kleines, mit einem Reißverschluss versehenes Fach einer Handtasche, das mit Autobusfahrkarten und ungültigen alten Münzen vollgestopft war. Als blätterte sie in einem Buch, sah sie die Kleider und Blusen auf den Bügeln durch. Vieles war nie getragen worden, einige Kleider steckten sogar noch in der Zellophanhülle, in der sie gekauft worden waren. Es schienen Anschaffungen für eine besondere Gelegenheit, die sich dann nie ergeben hatte – so ähnlich wie gewisse Kleider, die Chamutal in ihrer Kindheit bekommen hatte: Ihr Weiß war zu festlich, um an einem normalen Tag angezogen zu werden, und der richtige Augenblick, sich darin zu zeigen, fand sich nie. Wenn die Kleidungsstücke zu klein wurden, brachte ihre Mutter sie ins Geschäft zurück und stritt mit der Verkäuferin oder Ladenbesitzerin, die eine Bluse, die zwei Jahre alt war, nicht zurücknehmen wollte, selbst wenn sie nie getragen worden war. Aber letztlich hielt sie dem Drängen der energischen Oberschwester nicht stand und tauschte die Bluse gegen ein anderes, ebenso festliches weißes Modell ein, für dessen Benutzung es in den folgenden Jahren bestimmt einen Anlass gäbe. Und die ganze Zeit stand Chamutal mit hängendem Kopf in dem Geschäft, und erst wenn die Besitzerin, die offenbar Mitleid mit ihr empfand, sie fragte, ob ihr die neue Bluse gefalle, erwachte sie aus ihrer Erstarrung und nickte.

Chamutal betrachtete die Kleider, die ihre Mutter sich gekauft und nie getragen hatte – das Modell aus Chiffon mit tiefem Dekolleté, das gelbe, das eine Schleppe zierte, das schwarze mit den durchsichtigen Ärmeln und dem Schlitz, der sich den ganzen Oberschenkel hinaufzog –, und dachte an die Frau, die sich Kleider für eine andere Existenz zugelegt hatte, während ihr vorläufiges Dasein ein Zustand des Wartens war, und die auch ihre Tochter nach diesem Prinzip erzogen hatte, demzufolge es im Jetzt kein Vergnügen gab, weil der richtige Augenblick noch nicht gekommen war. Die Kleider, von denen Chamutal nicht wusste, wann ihre Mutter sie je hätte anziehen wollen, waren das beklemmende Zeugnis einer lebendigen Glut, die früher in ihr gewesen war, und der Hoffnung, dass ein Augenblick nahte, der sich eines solchen blauen oder grünen Chiffonkleides als würdig erwiese; bis jedoch der Tag der Erlösung anbrach, musste das Kleid im Schrank ausharren. Wieder dachte Chamutal, dass sie ihre Mutter nie wirklich gekannt hatte, und so setzte sie die Kleiderschau fort, als läse sie darin die trügerischen Wunschträume eines Menschen.

Plötzlich hielten ihre Hände auf einem Kostüm inne, dessen Farbe ihre Mutter immer als »bordeaux« bezeichnet hatte. An das zweiteilige Kleidungsstück mit den kleinen glänzenden Knöpfen, die wie geschliffene Edelsteine geformt waren, erinnerte sie sich sofort: Ihre Mutter trug es, wenn sie manchmal ins Café gingen; grüßte jemand sie, deutete sie eine höfliche Verbeugung an, und der V-Ausschnitt der Jacke verrutschte und gab den Blick auf den Spalt zwischen ihren Brüsten frei. Der weit geschnittene Glockenrock war besonders gut zum Tanzen geeignet und Chamutal entsann sich, dass ihre Mutter ihn auch bei einem der seltenen Feste anhatte, die bei ihnen zu Hause stattfanden. Viele Menschen waren eingeladen, von denen Chamutal die meisten nicht kannte. Nach dem Essen wurden die Möbel an die Wände gerückt und der Teppich aufgerollt, so dass der blanke Fußboden vor den Tänzern lag. Ihr Vater und ihre Mutter betraten die improvisierte Tanzfläche zuerst, während Chamutal und Zipi ihnen von einer Ecke aus kichernd zuschauten. Dann schlossen sich weitere Gäste zu Paaren zusammen, um sich mit synchronen Tangoschritten über das Parkett zu schieben und mit schönen, aufeinander abgestimmten Bewegungen bald zur einen Seite und bald zur anderen zu werfen. Nur Chamutals Eltern bewegten sich kaum von der Stelle, ihre Bewegungen waren sparsam und kaum wahrnehmbar.

Wie in einem alten Film sah Chamutal Zipis Vater in einem Sessel in einer Ecke des Raumes sitzen: Nur einen Schritt weit von Chamutals Eltern entfernt zog er mit lasziver Lässigkeit an seiner Zigarette und schaute ihnen zu. Er hatte die Beine provokant von sich gestreckt und hielt die Füße verschränkt, und Chamutal sah genau, dass die von dem weinroten Rocksaum umspielten Waden ihrer Mutter sich, sobald sie sich von ihm wegdrehte, heimlich an seinen Schenkeln rieben. Gebannt, als beobachtete sie durchs Schlüsselloch etwas Verbotenes, kostete es Chamutal Mühe, die Erinnerung an jenen Tanz abzuschütteln.

Als sie jetzt über den Stoff strich, durchfuhr ein heißer Stoß ihre Hand, als berührte sie einen lebendigen Körper, und ein unbekanntes Gefühl bemächtigte sich ihrer, das in den Tiefen ihrer Erinnerung blockiert gewesen schien: Sie kehrten von der Beerdigung ihres Vaters zurück und hatten soeben die Wohnung betreten und die Tür zugesperrt, da nahm ihre Mutter sie in die Arme, so dass die Wärme ihres Körpers sie umfing, und sagte: »Ab jetzt muss ich auf dich aufpassen.« Chamutal war wütend, denn Schifra hatte bis zum siebzehnten Lebensjahr ihrer Tochter nicht die Verpflichtung empfunden, sich ihr zu widmen. Beim Befühlen des Kleides spürte sie plötzlich wieder die Macht, die in der Umarmung jener Frau gelegen hatte, deren Fleisch sie gewesen war, schon bevor sie zur Welt kam: Alles, was Chamutal tat, war das Ergebnis dieser Verbindung, in die ihr ganzes Dasein von Anbeginn an verschlungen war und die sie selbst nach dem Tod nicht losließ.

Weder hatte sie eine Vorstellung, was sie mit dem bordeauxfarbenen Kostüm anfangen sollte, noch fragte sie sich, weshalb sie von allen Kleidungsstücken gerade dieses auswählte, doch sie nahm es vom Bügel, hängte es sich über den Arm und sagte zu der Frau, die über die Aufbewahrung wachte: »Ich habe die Sachen im Schrank gelassen, weil sie sowieso nicht in den Karton passen. Geben Sie ruhig alles weg.« Und im selben Moment hörte sie Arnons Lästermaul: »Versuchen Sie's mal bei der Königin von England.«

Am nächsten Morgen erwachte sie früh, weil sie dicht an ihrem Ohr ein leises Singen und verlegenes Gekicher hörte. Arnon, Hila und Michal standen an ihrem Bett und beugten die Köpfe über sie, um ihr gemeinsam ein Geburtstagsständchen darzubringen. Als sie sich aufrichten wollte und auf die Ellbogen stützte, sah sie ein Geschenk, das die drei auf ihrem Bauch deponiert hatten.

Wie jedes Jahr versuchte sie zunächst zu erraten, was es war, und tastete routiniert über das raschelnde Papier. Drei Versuche hatte sie frei: War es eine Mundharmonika, ein Schminkdöschen oder eine Sonnenbrille? Erst danach durfte sie die Verpackung aufreißen und zum Vorschein kam ein schwarzes Ledertäschchen, aus dem sie unter dem Gelächter der Mädchen eine durchsichtige kleine Schachtel zog, in der ein Schnuller lag. Sie dachte daran, wie Arnon sich auf den Fußboden geworfen und einen Säugling, der nach frischen Windeln verlangte, nachgeäfft hatte.

Bald darauf verließen die Mädchen das Schlafzimmer, und bevor sie aufstand, um zum traditionellen Geburtstagsfrühstück hinunterzugehen, fragte sie Arnon: »Steht ihr noch mit der Psychologin aus dem Kibbuz in Verbindung?«

»Wieso willst du das wissen?«, fragte er misstrauisch.

»Ich habe den Eindruck, als gehorchtet ihr irgendwelchen Anweisungen.«

»Wäre das schlecht?«

»Nein.«

»So denke ich auch.«

»Habt ihr mit ihr über meine Mutter geredet?«

»Wir mussten ihr versprechen dir einstweilen nichts zu erzählen.«

»Und? Hat sie euch ausgeschimpft?«

»Ausgeschimpft?«

»Weil ihr mich im Stich gelassen habt. Ich musste allein …«

Er sah ihr unverwandt in die Augen und sagte: »Wir haben dich im Stich gelassen?!«

» … allein mit ihr zurechtkommen.«

»Sie behauptete nicht, dass wir dich im Stich gelassen hätten«, gab er scharf zurück.

»Aber ihr habt über meine Mutter geredet.«

»Schon möglich.«

»Worüber genau?«

»Wir haben versprochen –«

»Darüber, dass ich keine bessere Mutter als sie bin?«

Einen Augenblick herrschte Stille.

»Um die Wahrheit zu sagen«, hob er von neuem an und das Zögern in seiner Stimme zeigte an, dass er es ernst meinte – doch dann unterbrach ihn Michals Stimme, die sie zu Tisch rief.

»Was ist die Wahrheit?«, fragte sie aufgeregt, denn sie fühlte, dass sie an den Kern der Dinge vorstieß.

»Ach« – plötzlich wandelte sich der Ausdruck seiner Augen und sie wusste, dass er das, was er hatte sagen wollen, für sich behielte – »die Wahrheit ist, dass ich sie im dritten Schuljahr mal eine ganze Nacht in den Traktorschuppen eingesperrt habe. Deshalb sind mir ihre Ratschläge verdächtig, sie will sich bestimmt nur rächen.«

Wie an jedem ihrer Geburtstage bemühte sie sich so zu tun, als hätte sich seit letztem Jahr nichts verändert. Sie zog ihren Morgenmantel an und ging zu den anderen in die abgedunkelte Essecke hinunter. Dort saßen sie schon um einen schön gedeckten Tisch mit Blumen, einer Flasche Wein und brennenden Kerzen und einer Stoffserviette in einem silbernen Serviettenring neben jedem Teller.

Nachdem sie sie gelobt hatte, dass der Tisch so schön aussehe, frühstückten sie gemeinsam im Kerzenschein und Hila bat um ein Entschuldigungsschreiben für die Schule, falls sie sich, wie letztes Jahr zu Pessach, betränke. Alle vier wussten sie noch, wie Chamutal an jenem Pessachabend aufgestanden war und in die Frühlingslieder des Kibbuzchors eingestimmt hatte. Chamutal schaute auf das Profil Hilas, deren puppenhafte Züge verschwunden waren, und bedauerte das plötzliche Heranwachsen ihrer Tochter versäumt zu haben, die bis vor kurzem noch ein kleines Mädchen gewesen und jetzt bereits eine junge Frau war. Sie spürte eine tiefe Zuneigung zu ihr und die Worte ihrer Mutter schossen ihr durch den Kopf: »Mein Kind.«

Ihre Töchter witzelten über das fortgeschrittene Alter des Geburtstagskinds; dabei rutschte Hila eine Bemerkung über die Pflegestation heraus, doch gleich entschuldigte sie sich und Michal sagte, in solch einem Alter könne man sogar noch schwanger werden: Zum Beispiel habe Limors Mutter, die noch älter sei, Zwillinge bekommen. Erst danach sagte Chamutal, dass dies ihr erster Geburtstag ohne ihre Mutter sei, und alle waren still, bis Arnon fragte, ob er sich etwas wünschen dürfe: dass jetzt, da die Zeitschrift fertig gestellt sei und es keine Besuche auf der Pflegestation mehr gebe, endlich »alptraumfreie Tage« anbrächen. Als er das Glas hob, stießen die Mädchen laut klirrend mit ihm an, doch Chamutal dachte an Scha'ul Inlanders Eltern, die sich wegen eines Glases, das bei einer solchen Gelegenheit zerbrochen war, heftig gestritten hatten.

Während sie dasselbe tat und sprach wie in den Jahren zuvor und das bekannte Ritual wie bei einem Gottesdienst zum wiederholten Mal vollzog, war sie sich doch der Unnatürlichkeit bewusst, als wollten sie die Rückkehr der Realität in die einmal verlassenen Bahnen erzwingen. Zugleich wusste sie, dass diesmal eine Last sie bedrückte, die ein Psychologe wohl als leichte, andauernde Depression bezeichnet hätte, deren Existenz übrigens auch Arnon ahnte – das sagten ihr die Seitenblicke, mit denen er ihre Reaktionen beobachtete.

Als sie sich später an der Wohnungstür von ihnen verabschiedete, küssten sie sich nur flüchtig, als fürchteten sie, dass eine festere Umarmung zu verpflichtend wäre.

Michal rief ihr von draußen zu: »Nach der Schule gehe ich Zweige für Lag ba-Omer sammeln, fürs Lagerfeuer. Macht euch keine Sorgen um mich.«

Auch war ihr, als vernehme sie dicht an ihrem Ohr ein Flüstern Arnons: »Mein Geschenk ist in Vorbereitung. Du bekommst es, sobald es fertig ist.«

Und mit einem Grinsen fügte er hinzu: »Alles geschieht, wie es die rachsüchtige Psychologin befohlen hat.«

Von seiner Bemerkung verwirrt hörte sie, wie sie sich laut rufend von dem Hund verabschiedeten und die Autotüren zuschlugen; den Hall ihrer Stimmen nahm sie noch wahr, als sie längst fort waren.

Chamutal blieb zu Hause und genoss die Stille, die nach dem stürmischen Aufbruch ihrer Familie einkehrte. Sie überlegte, welchen Wink ihr die Mädchen mit der durchsichtigen Schachtel hatten geben wollen, und dachte über Arnons Worte nach: »Mein Geschenk ist in Vorbereitung. Du bekommst es, sobald es fertig ist.« Was wusste er über die zurückliegenden Wochen, in denen sie sich von ihm abgespalten hatte?, fragte sie und entsann sich des wütenden Blicks, mit dem er protestiert hatte: »Wir haben dich im Stich gelassen?!« Sie verdächtigte ihn, von Anfang an alles durchschaut zu haben.

Dann duschte sie, zog sich an und schminkte sich. Im Spiegel sah sie mit Erstaunen, dass ihr Gesicht noch immer das alte war und von den Wirrnissen, die ihr Leben auf den Kopf gestellt hatten, nichts verriet. Und unablässig horchten ihre Ohren auf das Telefon. Als sie, schon ein wenig enttäuscht, das Haus verlassen wollte, klingelte es plötzlich und ihr Herz fing unbändig zu schlagen an.

»Herzlichen Glückwunsch«, sagte eine aufgekratzte Stimme. »Ich wollte nur sichergehen, dass in der nächsten Stunde jemand zu Hause ist.«

»Wer spricht da?«

»Das Blumengeschäft. Wir haben einen Strauß aus dem Ausland für Sie.«

»Ich bin da«, sagte Chamutal, während ihre Tasche zu Boden sank.

Lange saß sie vor dem riesigen Lilienstrauß, dessen Größe an einen Busch erinnerte und der in einem Kupfertopf steckte, und weinte. Wieder und wieder las sie die Karte, auf der kein

Absender, sondern lediglich ihr Name und ihre Anschrift vermerkt waren und auf dessen Rückseite geschrieben stand: »Und viel Wasser kann nicht löschen … Schon gar nicht an Lag ba-Omer.« Eine Sehnsucht ergriff sie, so schmerzhaft, dass sie beinahe daran erstickte: Sie spürte ein furchtbares Drücken in ihrer Brusthöhle und unter ihren Rippen; es war die Sehnsucht nach ihrer Mutter, zu der sie erst jetzt, nach ihrem Tod, die wichtigen Dinge sagen konnte, und dem Mann, der wie ein Zugvogel in ihr Leben gekommen war, um bald darauf fortzufliegen und Erinnerungen zurückzulassen, die nur sie und er teilten. An die Grenzen ihrer selbst hatte er sie geführt, in Regionen, von deren Existenz sie nichts wusste, zu tiefer Trauer, stiller Freude und einer Leidenschaft des Körpers, die sie vor ihm noch nicht erfahren hatte und nach ihm vielleicht nie mehr erleben würde. Er fehlte ihr, auch weil er ein Teil der letzten Erinnerung an ihre Mutter und all die Bilder war, die in dieser Zeit in ihr wiedererwacht waren. Solange er sich noch in ihrer Nähe befand, hatte sie nicht verstanden, wie viel er ihr wirklich bedeutete und wie richtig es war, dass er in ihr Leben eindrang. Plötzlich empfand sie Mitleid mit sich und ihm, denn wieder wurde sie der Kürze des Augenblicks gewahr, in dem sich ihre Lebenswege gekreuzt und für achtzehn chaotische Tage miteinander verschlungen hatten, und jener Moment schien ihr wie die Sekunde des Glücks, die es einem manchmal ermöglicht, eine Katastrophe noch abzuwenden. Sie hatten die Tage wie zwei Blinde durchquert, die gemeinsam über eine lärmende Verkehrsstraße gehen, in dem Glauben, dass ihr Erfolg davon abhinge, wie fest sie einander an den Händen hielten. Die Notwendigkeit, an der Haut seines Halses zu schnuppern, ihn anzufassen, ihn zu sehen oder mit ihm zu sprechen und ihm zu sagen, wie dankbar sie sei, ihn getroffen zu haben, war mit einem Mal so bedrängend, als hinge ihr Leben davon ab, ihm das alles in diesem Augenblick mitzuteilen. Kummer befiel sie, weil dies der Lauf einer Welt war, in der die Menschen ihr Schicksal immer erst im Nachhinein erfassen.

Nicht einmal aufstehen konnte sie, um im Büro anzurufen und zu sagen, dass sie erst später komme. Doch die ganze Zeit über stand eine zweite Chamutal neben ihr und führte ihr vor Augen, wie lächerlich die Szene war: eine neununddreißigjährige Frau, die eine Karte an ihre Brust drückte und heulend vor einem Blumenstrauß saß.

Sie dachte an die Art des Abschieds, die er gewählt hatte, und an ihre Hände, die in seinen Hosenschlitz fuhren, während ihr Mund bettelte: »Warte, bis meine Mutter tot ist. Ich will nicht allein sein, wenn sie stirbt« – als hätte sie weder einen Ehemann noch eine Cousine noch Töchter. Und als sie wieder Arnons Worte hörte: »Mein Geschenk ist in Vorbereitung. Du bekommst es, sobald es fertig ist«, wurde ihr vollends klar, dass sie sich an die Realität halten musste, weil das Erinnern einem nichts als Schmerz einbrachte. So verkehrte ihre Sehnsucht sich in Wut, schließlich hatte er ihre Hände von seinen Lenden fortgestoßen und war den Weg bis zum Tod ihrer Mutter nicht mit ihr gegangen, so wie sie ihn bis an das Grab seines Vaters begleitet hatte. Auf einmal schien es ihr unerträglich, in Gegenwart dieses blühenden Straußes zu leben, denn bis er verwelkt wäre, würde er Bilder aus der Vergangenheit auf sie einstürmen lassen.

Energisch riss sie das raschelnde Zellophanpapier auf, löste das Bastband von den Stielen, teilte den Strauß und packte die beiden Hälften getrennt ein. Danach holte sie zwei Einmachgläser, trug alles zusammen zu ihrem Auto und begab sich auf den Weg zur Pflegestation.

Unterwegs aber änderte sie ihre Meinung und steuerte zunächst die Avnijahustraße an. Die Wohnung Nummer fünf im Haus Nummer sechzehn war bereits wieder bewohnt; Chamutal wunderte sich, wie schnell man neue Mieter gefunden hatte. Von ihrem Wagen aus konnte sie erkennen, dass die Fensterrahmen weiß gestrichen worden waren und Nanaminze auf dem Fensterbrett der Küche wuchs. Unwillkürlich fragte sie sich, ob die neuen Mieter das Bett mit der harten Matratze wohl behalten hatten und was aus dem Kupferschild mit Ja'akov Inlanders Namen geworden war. Aus einem Strauß zog sie eine Blüte als Gruß der alten an die jetzigen Bewohner, stieg aus ihrem Wagen und steckte den Stängel in den Briefkastenschlitz; sie schämte sich ein wenig, weil ihr sentimentales Verhalten der Heldin eines Kitschromans würdig war. Auf dem Briefkasten stand: »Immanuela und Gal Ja'akovi«, und sie empfand eine unerwartete Freude, weil ein Ehepaar in der Wohnung wohnte und sich in aller Ruhe in dem großen Bett vergnügen konnte, und zwar so, wie es sein sollte: frei von den Gedanken, die Chamutal beim Liebesakt durch den Kopf gingen. Und danach – stellte Chamutal sich vor – saßen Gal und Immanuela in der engen Essecke der Küche, die wahrscheinlich die älteste der ganzen Stadt war, tranken Tee mit Nanaminze und planten eine Reise für den Herbst oder suchten einen Namen für ihr Baby aus. Als sie von ihrem Wagen noch einmal zum Fenster des Schlafzimmers hinaufblickte, schaute sie wie jemand, der ein Foto aus seiner Kindheit betrachtet.

Etwas später fuhr sie auf dem Parkplatz der Pflegestation vor und brachte ihren Wagen an derselben Stelle wie an jenem ersten Abend zum Stehen. Ihre Füße wussten den Weg auswendig: Ohne zu überlegen gelangte sie in die fünfte Etage und ging an den Rollstühlen vorüber, die an der Wand des Flurs aufgereiht standen. Einen Augenblick bildete sie sich ein, Bertha komme schlurfend auf sie zu; dann aber erkannte sie, dass es sich um eine Fremde handelte. Als sie das Zimmer ihrer Mutter erreichte, sah sie wie in einem wiederkehrenden Alptraum auf ihrem Bett die Frau, die das Gedächtnis verloren hatte: Sie saß da und stierte mit erloschenen Augen in die Luft. Auch die beiden anderen Betten waren mit neuen Patientinnen belegt: Beide waren weißhaarig und ähnelten einander wie Schwestern, und als sie die Hälse reckten, bemerkte Chamutal in ihrem Blick das altbekannte Aufblitzen der Hoffnung. Sie grüßte sie, ging zum Waschbecken und füllte die Einweckgläser mit Wasser; all ihre Bewegungen wurden von zwei tastenden Augenpaaren begleitet. Eine Hälfte des Straußes stellte sie in eins der mitgebrachten Gläser und ging damit zu dem Fenster, das nach Osten zeigte und an dem bis vor kurzem noch die alte Frau gelegen hatte, die von ihren Enkeln in einer Art Schichtdienst zärtlich betreut worden war. Sie stellte das Glas auf die Fensterbank neben den Ficus, den sie bereits als Pflanzenbaby gekannt hatte und der jetzt kräftige dunkle Blätter hervorbrachte. Anschließend schaute sie noch einmal zu der Frau, die im Bett ihrer Mutter lag, dann verließ sie das Zimmer und überquerte den Flur. Als sie in das Zimmer seines Vaters trat, entzündete sich ein Licht in den Augen der beiden alten Männer, die wach in ihren Betten lagen. Sie begrüßte sie, näherte sich dem westwärts gewandten Fenster und platzierte das Einweckglas mit dem Rest des Straußes, der auch nach seiner Teilung noch prächtig aussah.

Plötzlich spürte sie einen Blick in ihrem Rücken und drehte sich um. Sie fürchtete, sie würde sich in einem Bild aus der Vergangenheit selbst dort sehen: Sie saß in dem anderen Zimmer am Fußende des Bettes ihrer Mutter und studierte neugierig ihr eigenes künftiges Erscheinungsbild.

Aber in der Tür stand die Schwester und strahlte sie an.

»Sieh mal an, wen wir da haben! Darauf hätte ich wetten können«, rief sie Chamutal freudig zu. »Und meinen Lebtag habe ich noch nicht so schöne Blumen gesehen. Wie ich den Strauß im Zimmer Ihrer Mutter entdeckte, dachte ich sofort an Sie. Mir war gleich klar, dass ich Sie hier finden würde, im Zimmer seines Vaters.«

Chamutal zuckte zusammen wie jemand, der auf frischer Tat ertappt worden ist.

»Wie geht es Ihnen?«, sagte sie, weil ihr nichts anderes einfiel, und überlegte, ob die große Freundlichkeit der Krankenschwester nur Täuschung sei und, wenn es so wäre, welche Bedeutung das noch hätte.

»Wie immer, mal besser und mal schlechter. So ist das im Leben, nicht wahr?«

»Woher wussten Sie … ich meine … dass ich in diesem Zimmer bin?«

»Ah«, entgegnete die Krankenschwester mit Bedauern im Gesicht, »es tut mir leid, wenn ich etwas gesagt habe, was ich nicht hätte sagen sollen.«

»Aber woher wussten Sie es?«

»Was?«, fragte die Krankenschwester vorsichtig und versuchte in Chamutals Augen zu lesen, da sie sich nicht noch einmal durch eine unbedachte Äußerung in Verlegenheit bringen wollte. Doch dann fuhr sie fort: »Woher ich wusste, dass Sie und sein Sohn –?«

»Ja.«

»Ich sehe alles, was hier passiert. Außerdem war ich dran schuld, stimmt's?«

»Ja.« Ein Gedanke durchfuhr Chamutal: Die Krankenschwester war der einzige Zeuge der Ereignisse, die in dieser Zeit in ihrem Leben passiert waren. Und sofort fühlte sie eine Art Verbundenheit zwischen ihnen und sie sagte: »Ich habe eine Bitte.«

Aus dem Augenwinkel nahm sie mit einem Mal Bertha wahr, die auf eine Gehhilfe gestützt im Eingang des Zimmers stand: Ihr Oberkörper war nach vorn geneigt, ihr Hals gestreckt und ihre Augen blinzelten.

»Guten Tag, Bertha«, sagte Chamutal freundlich, als wäre sie eine liebe Freundin.

Mit einer ungeduldigen Handbewegung bedeutete Bertha ihr näher zu treten, und sagte mit gedämpfter Stimme: »Sie sind nicht da.«

»Wer ist nicht da?«

»Weder er noch sie«, rief Bertha wütend, weil sie glaubte, Chamutal stelle sich unwissend. »Niemand ist da!«

»Wie geht es Ihnen, Bertha?«, fragte Chamutal.

Die Einsamkeit der alten Frau, die allerdings schon genug von ihr zu haben schien und sich anschickte fortzugehen, indem sie die Gehhilfe unter großer Kraftanstrengung weiterschob, weckte heftiges Mitleid in Chamutal.

»Was möchten Sie?«, fragte die Schwester.

»Bitte?«

Chamutals Augen folgten Bertha, die sich langsam entfernte und deren Worte in ihren Ohren klangen: »Weder er noch sie«, hatte sie ohne Trauer und ohne Mitleid gesagt, weder rebellisch noch schicksalsergeben, sondern wie die Feststellung einer Tatsache, als spräche ein Händler, der die Vorräte zählt, oder jemand, der die Kunst des Abschieds gut gelernt hatte.

»Sie sagten, Sie hätten eine Bitte.«

Chamutal sah, wie Bertha aus ihrem Blickfeld verschwand: »Was für eine Bitte?«

»Ich weiß nicht. Eben sagten Sie, Sie wollten was von mir.«

Nachdem Chamutal ihre Gedanken geordnet hatte, entgegnete sie: »Das ist wahr. Darf ich Sie zu einer Tasse Kaffee und einem Stück Kuchen einladen?«

»Warum nicht?«, sagte die Krankenschwester, die erleichtert die Schultern zuckte, da sie offenbar lästige Fragen erwartet hatte. »Noch zehn Minuten, dann bin ich frei wie ein Vogel – so sagt man doch.«

In der Cafeteria steuerte Chamutal unmittelbar auf den Tisch zu, an dem sie mit Scha'ul Inlander zum ersten Mal gesessen hatte.

»Er ist abgereist, nicht?«, fragte die Krankenschwester, ohne von ihren Fingern, die an einem Süßstofftütchen rissen, aufzuschauen.

»Ja.«

»Alles fing damit an, dass ich Ihnen zurief, Sie sollten ihm sagen, er müsse Windeln für seinen Vater besorgen, nicht wahr?«

»Ja.«

Erst jetzt erkannte Chamutal, weshalb es sie so sehr gereizt hatte, die Pflegestation noch einmal zu besuchen.

»Aus den Super-Maxi floss dem Armen schon alles raus.«

»Ja.«

»Bedauern Sie's, dass ich Ihnen das mit den Windeln gesagt hab'?«

»Nein, ich glaube nicht.«

»Ich hatte keine Lust rauszugehen, es war schrecklich windig. Aber ich sah Sie die Station verlassen, da dachte ich –«

»Sie brauchen sich nicht entschuldigen, wirklich nicht.«

»Wenn ich das damals nicht zu Ihnen gesagt hätte, wäre vielleicht nichts passiert.«

»Das stimmt. Aber ich bedaure es überhaupt nicht. Es ist nur so … so … wenn es zu Ende geht …«

Die Schwester verstand sofort: »An manchen Tagen kriegen wir Honig zu essen, an anderen müssen wir Essig trinken. Aber ein Herz, das wehtut, ist besser als eins, das gar nichts fühlt, finden Sie das nicht auch? Der Schmerz kommt und er geht wieder, aber die Erinnerungen bleiben.«

»Sie haben Recht.«

Chamutal wunderte sich über die Poesie, die in der rauen Sprache mitschwang, und dachte, dass es auf der ganzen Welt keinen unpassenderen Ort gab, um so schön vom Erinnern zu sprechen.

»Aber weil Sie Ihre Mutter hier hatten und er seinen Vater, war es für Sie beide vielleicht leichter auszuhalten … Wissen Sie, wenn mich manchmal meine Schwester besucht, rede ich von der Station, aber meine Schwester versteht nur die Hälfte von dem, was ich sage, und stellt Fragen, die an der Sache vorbeigehen. Solch ein Ort ist nicht wirklich von dieser Welt. Wer ihn nicht kennt, hat nicht die leiseste Ahnung. Sobald man aber hierher kommt, passiert etwas Verrücktes mit einem – das geht jedem so, sogar dem normalsten Durchschnittsbürger.«

»Was zum Beispiel?«, fragte Chamutal, begierig, sich selbst und was ihr an diesem Ort widerfahren war, besser zu verstehen.

»Man kommt aus dem Takt, dreht sich tausend Grad nach rechts und tausend Grad nach links. Plötzlich tut man Dinge, an die man vorher nicht einmal im Traum dachte. Und was Sie beide betrifft: Sie haben sich gleich verstanden, weil Sie in ein und derselben Situation steckten. Nur ist ein Pflegeheim keine gute Umgebung fürs Kennenlernen.«

»Nein?«

»Natürlich nicht. Hier kommt man zum Sterben her. Wegen Ihrer Mutter und seinem Vater und den ganzen Rollstühlen und Windeln kann man hier keine Freundschaften schließen. Auf jeder dieser fünf Etagen könnten Sie mit einer Lupe alle Zimmer absuchen – Sie würden nicht ein Gramm Liebe entdecken. Vielleicht ist die Geschichte zwischen Ihnen und ihm jetzt vorbei, aber glauben Sie mir, sie musste so enden. Ich sage immer: Was geschehen muss, geschieht. Gott ist weiser als die Menschen, nicht wahr? Da hilft weder ein starker Wille noch starke Muskeln.«

Fasziniert sagte Chamutal: »Ich glaube, Sie haben Recht.«

»Genauso ist es. Sie brauchen nicht traurig sein. Nach jeder Ebbe kommt eine Flut. Sie haben einen Platz, an den Sie zurückgehen können. Ich habe Ihren Mann und Ihre Töchter gesehen. Eine wunderbare Familie.«

»Ja, es gibt einen Platz, an den ich zurückkehren kann.«

»Ihr Mann sieht fantastisch aus und ist so sympathisch. Einmal hat er mich zum Lachen gebracht, aber ich weiß nicht mehr, womit.«

»Ja, er lacht gern.«

»Gehen Sie zu ihm, er wird Sie glücklich machen und die trüben Gedanken wegblasen.«

Chamutal sah die Schwester an, die jetzt die Füllung des Apfelkuchens kritisch betrachtete.

»Sie sind sehr nett«, sagte sie mit dem Herzklopfen, mit dem man gewöhnlich zu einem geliebten Kind spricht.

»Danke schön«, entgegnete die Schwester und biss in den Kuchen. »Er ist voller Spelze. Sie sind auch nett.«

Plötzlich verspürte Chamutal den Drang, sie zu berühren und in die Arme zu nehmen. Da das aber unmöglich war, holte sie, von einem unvorhersehbaren Impuls getrieben, aus dem seitlichen, von einem Reißverschluss gesicherten Fach ihrer Handtasche den Armreif aus gehämmertem Gold und legte ihn neben den Kuchenteller.

»Entschuldigen Sie, dass er nicht eingepackt ist. Aber ich möchte Ihnen etwas schenken, auch im Namen meiner Mutter – zur Erinnerung.«

Das letzte Stückchen Kuchen vor ihren geöffneten Mund haltend starrte die Schwester auf das Geschenk.

»Ist das nicht der von Ihrer Mutter, der fast gestohlen wurde?«

»Ja.«

»Der aus echtem Gold, das haben Sie doch gesagt?«

»Genau der. Ich werde ihn ohnehin nicht tragen. Und Sie sagten doch, er sei schön.«

»Oj.« Sprachlos betrachtete die Schwester den Armreif und wagte nicht ihn zu berühren. »Sie schenken mir einen goldenen Armreif! So ein wertvolles Geschenk hat mir hier noch niemand gemacht.«

Chamutal nahm das Schmuckstück und schob es über das Handgelenk der Schwester. Die junge Frau drehte langsam den Arm, indem sie den Reif bald dicht vor ihre Augen hielt, bald weit von sich streckte.

»Nein.« Hastig streifte sie den Reif ab und er schepperte auf dem Kunststofftisch, bis er still darauf liegen blieb. »Mein Mann wird sich fragen, was zum Teufel ich getan habe, um an so ein

Geschenk zu kommen. Er hat schon die dollsten Geschichten gehört. Er wird noch denken, ich hätte ihn gestohlen. Nein, das kann ich nicht annehmen.«

»Ich werde einen Brief schreiben«, sagte Chamutal, die bereits ihre Tasche öffnete und einen Block herauszog. »Und ich notiere meine Telefonnummer, für den Fall, dass er Fragen hat.«

Sie drückte den Stift auf das Papier und blickte auf: »Ich weiß gar nicht, wie Sie heißen«, sagte sie und seine Worte fielen ihr ein: »Ich glaube, wir kennen uns schon gut genug, dass ich auch Ihren Namen erfahren darf.«

»Dina«, antwortete die Krankenschwester lachend. »Aber hier nennen mich alle nur Schwester. Keiner macht sich die Mühe, zu überlegen, wie ich heiße.«

»Für Dina«, notierte Chamutal eine gängige Floskel, »die freundlichste Schwester der ganzen Station. Vielen Dank für die aufopfernde Pflege meiner Mutter, Chamutal Na'or.«

»Ich weiß wirklich nicht, was ich sagen soll.« Die Augen der Krankenschwester schauten von dem Armreif auf und blickten in Chamutals Gesicht. »Sie sind so traurig und ich bin überglücklich wegen dem Armreif.«

Chamutal steckte den Block in ihre Tasche zurück und sagte: »So ist das Leben, nicht wahr? Nun sind Sie dran, Honig zu essen.«

»Ich werde mit Ihnen teilen. Bei ihm haben Sie genug Essig getrunken.«

Chamutal sah sie liebevoll an, als wolle sie prüfen, wie viel Verstehen sich hinter ihrer Bemerkung verbarg. »Warum? Glauben Sie, dass er ein verbitterter Mensch ist?«

»Verbittert ist nicht das richtige Wort. Aber nach zwei Stunden in seiner Gesellschaft braucht man dringend eine Pille gegen Sodbrennen.«

Chamutal lachte und der Blick der Krankenschwester wandelte sich.

»Sie sehen schöner aus, wenn Sie lachen, glauben Sie mir.

Die Menschen lachen nicht genug. Wer in seinem Leben viel lacht, kommt auch nicht so schnell ins Pflegeheim.«

»Wir hatten überhaupt keine Gelegenheit, uns zu unterhalten. Und jetzt tut es mir beinahe leid, dass ich nicht mehr herkomme, weil ich Sie dann nicht mehr wiedersehe.«

»Es ist besser so, das können Sie mir glauben.« Im Nu wurde die Krankenschwester ernst und die Linien, die sich von ihren Mundwinkeln nach oben zogen, ließen ihr Gesicht älter aussehen. »So etwas zu sagen ist nicht schön, aber für alle hier wäre es besser, sie wären schon tot.«

»Sie erleben hier bestimmt sehr viel.«

»Millionen Geschichten.« Die Krankenschwester zeigte mit ihrem Kinn zur Decke und rollte mit den Augen; ihre Trauer war schon wieder verflogen. »Einmal sagte ich zu meinem Mann: Ich brauche kein Fernsehen, keine Reisen ins Ausland und auch keine Zeitung. Alle Geschichten führen am Ende ins Pflegeheim.« Sie lächelte und sah Chamutal von der Seite an. »Wissen Sie, was er mir geantwortet hat?«

»Ich habe keine Ahnung.«

»Doch, Sie wissen es. Schließlich sind alle Männer gleich, sie denken sofort an sich. Er sagte zu mir: Brauchst du mich auch nicht?«

Chamutal lachte: »Was haben Sie ihm erwidert?«

»Ich?« Sie strich mit den Fingern über den Armreif. »Ein falsches Wort, und er lässt mich keinen Nachtdienst mehr machen. Ich antwortete: Dich brauche ich von allem auf der Welt am meisten. Du bist meine Sonne, mein Licht.«

»Stimmt das nicht?«

»Natürlich nicht. Wenn es wahr wäre, würde ich dann hierher kommen, um alte Leute zu waschen? Nein. Ich würde daheim mit ihm zusammensitzen, für ihn putzen und ihn den ganzen Tag anschauen.«

Sie erzählte dies mit kindlicher Aufrichtigkeit und versuchte weder etwas zu beschönigen noch sich selbst hinters Licht zu führen: Ihre ganze erbärmliche Lebensgeschichte war in diesen Satz eingeschlossen, der Chamutals Innerstes aufwühlte und sie trauriger stimmte, als sie es sich je hätte vorstellen können. Sie dachte nur, wenn sie allein wären, würde sie ihren Kopf auf diese kräftige Schulter legen und wie ein Kind losheulen.

»O Gott, ich muss nach Hause. Jetzt habe ich schon mehrere Autobusse verpasst.« Schwester Dina erhob sich und überall um sie her fielen Kuchenkrümel nieder. »Er schaut gleich auf die Uhr und denkt sich sonst was. Ich bin gespannt, was er zu dem Armreif sagt. Nochmals vielen herzlichen Dank dafür.«

Dann verstummte sie und schaute Chamutal an, die sitzen geblieben war und deren Arme schlaff um das Melonentablett lagen.

»Kommen Sie, kommen Sie. Es ist alles in Ordnung«, sagte sie und ihre Stimme nahm wieder den Ton an, dessen sie sich auf der Station bediente. Mit sanftem Nachdruck führte sie ihre Hand unter Chamutals Achsel und hob ihren kraftlosen Arm. »Lassen Sie uns von hier weggehen. Und kommen Sie nie mehr her, das ist besser für Sie. Sie müssen ins Leben zurückkehren und alles, woran man sich nicht zu erinnern braucht, vergessen. Bestimmt werden Sie zu Hause auch schon erwartet. Kommen Sie. Das Beste ist, dorthin zu gehen, wo man erwartet wird.«

Traum von Chamutal Na'or, Redakteurin einer psychologischen Zeitschrift, verheiratet und Mutter zweier Töchter. All das träumte sie in der Nacht ihres neununddreissigsten Geburtstags, acht Tage nach dem Tod ihrer Mutter.

Sie träumt, sie beträte einen lärmenden Vergnügungspark. Die meisten Kinder, die dort sind, sind in Begleitung ihres Großvaters oder ihrer Großmutter gekommen. In einem Winkel des Parks steht ein Eiswagen, der die lieblichen

Klänge einer Spieluhr von sich gibt. Die Frau läuft zwischen den Leuten und den Spielgeräten umher und will ein Karussell besteigen, aber das Karussell ist mit Kindern voll besetzt. Mit einer Berührung ihrer Finger hält sie es an, so dass die Kinder in hohem Bogen von ihren Plätzen fliegen. Sie besteigt das leere Karussell, und Hunderte Kinder und Erwachsene melden sich freiwillig, um es zu drehen. Alle laufen im selben Rhythmus und die Frau ist sehr glücklich.

Plötzlich liegt der Park verlassen da: Die Erwachsenen, die Kinder, der Eismann und sogar die Blumen und die Vögel sind verschwunden. Sie will absteigen, aber in rasendem Tempo wird sie immer kleiner und kann mit ihren geschrumpften Fingern den Sicherheitsriegel nicht öffnen. Sie schreit: »Mama, Mama!«, und das Echo einer Männerstimme antwortet ihr.

Dann fühlt sie, wie ihre Glieder wieder wachsen. Sie wird größer und gewinnt Kraft und kann schließlich alleine absteigen. Doch als sie ihre Hände auf den Sicherheitsriegel legt, sieht sie, dass sie ganz faltig geworden und voller Altersflecken sind, und begreift, dass sie jetzt eine alte Frau ist. Wieder kann sie ohne fremde Hilfe nicht absteigen. Daher lässt sie sich auf die Holzbank zurücksinken und wartet, dass sie von neuem Kind wird und anschließend eine kräftige junge Frau, die die Kraft hat, alleine aufzustehen. In der Zwischenzeit hat sie sich beruhigt, sie sitzt geduldig da, schaut um sich und wartet auf den richtigen Augenblick.

Auf einer Schaukel in ihrer Nähe sitzt ein Skelett, das sie begierig ansieht. Es scheint ihr, als versuche es sich etwas ins Gedächtnis zu rufen, und sie sagt zu ihm: »Ich bin es – Chamutal.«

Lange schaut es zu ihr hin, dann sagt es: »Wann hörst du endlich auf, ständig ›Ich bin es – Chamutal, ich bin es –

Chamutal‹ zu sagen? Die Leute haben die Nase voll davon. Kaum tauchst du hier auf, schon suchen alle das Weite. Sogar die Bäume haben sich davongemacht. Mittlerweile weiß jeder, dass du Chamutal bist. Sei endlich still.«

Glossar

Afikoman: Ein Stück ungesäuerten Brotes, das man vom Seder am Pessachabend aufhebt und versteckt bis zum nächsten Pessachfest.

Bar-Mizwa: Mit vollendetem dreizehnten Lebensjahr wird jeder jüdische Junge ein Bar-Mizwa (hebr.: Sohn der Pflicht) und in religiöser Hinsicht erwachsen. Zur Feier des Tages darf er zum ersten Mal in der Synagoge aus der Bibel vorlesen.

Beigel/Beigelach (plur.): Hefeteigkringel

Begräbnis: Juden beerdigen ihre Toten möglichst noch am Todestag selbst. Zur Erinnerung an die vierzig Jahre währende Wanderung des Volkes Israel in der Wüste legt man üblicherweise Steine (statt Blumen) auf das Grab.

Chamutal: Der weibliche Vorname Chamutal kommt in der Bibel zweimal vor, in 2. Könige 24,18 und Jeremia 52,1.

Dizengoff: Belebte Flaniermeile im Zentrum Tel Avivs.

Gebetsriemen: Nach der jüdischen Tradition muss der Gläubige beim Morgengebet an Kopf und Arm Gebetsriemen anlegen, die die Konzentrationsfähigkeit erhöhen sollen. An ihnen sind zwei Kapseln befestigt, die auf Pergament geschriebene Bibelstellen enthalten.

Jalkut Schim'oni: Wichtige, Simon (Schim'on) Kara zugeschriebene Sammlung von Midraschim (vom 3. Jahrhundert bis ins Mittelalter gewachsener Fundus biblischer Exegesen und Legenden).

Kapo: KZ-Häftling, der ein Arbeitskommando leitete und somit als »Vorgesetzter« seiner Leidensgenossen fungierte. Das konnte ihm Vorteile im grausamen Lageralltag verschaffen.

Kibbuz: Im Kibbuz gab es früher keine Wohnungen, sondern – außer den Wohn-/Schlafzimmern der Paare und Unverheirateten – zahlreiche Gemeinschaftsräume, zum Beispiel Versammlungszimmer, eine Kantine und Gemeinschaftsduschen. Die Kinder wohnten in sogenannten Kinderhäusern.

Kurkar: Bräunlicher Kalkstein, der an den Küsten Israels vorkommt und zum Häuserbau verwendet wird.

Lechi: Militante jüdische Untergrundorganisation in den vierziger Jahren, vor der Gründung des Staates Israel. Ihre Angehörigen bekämpften nicht nur Araber und Engländer, sondern standen phasenweise auch in offener Opposition zum zionistischen Establishment in Palästina.

Omer/Lag ba-Omer: Zwischen dem ersten Pessachtag und Schawuot, dem Wochenfest fünfzig Tage nach Pessach, findet das Omer-Zählen statt. Es stand ursprünglich in Zusammenhang mit den Erntegaben der Bevölkerung an den Jerusalemer Tempel. Später wurde die Omer-Periode zu einer Zeit der Trauer, denn in der Antike und im Mittelalter war sie besonders oft von Verfolgungen überschattet. Allerdings ist der dreiunddreißigste Tag der Omer-Zeit (Lag ba-Omer) von der Trauer ausgenommen. Der Überlieferung zufolge hörte das Sterben an diesem Tag auf.

Pessach: Der hebräische Name des im Frühjahr begangenen Passahfests, das an den Auszug der Kinder Israels aus Ägypten erinnert.

Purim: Eine Art jüdischer Karneval. Das Fest, das meist in den Februar fällt, erinnert an die Rettung der Juden durch die Königin Esther (vgl. das Buch Esther in der Bibel).

Rachel: hebräische Dichterin (Rachel Bluwstein 1890–1931), die unter dem Namen ›Rachel‹ veröffentlichte und damit an Rachel Morpurgo, die einzige hebräische Dichterin der Aufklärung, erinnerte.

Reservedienst: Nach Beendigung des regulären Militärdienstes müssen die israelischen Männer jährlich, meist für mehrere Wochen, zum Reservedienst einrücken.

Rosch HaSchana: Das jüdische Neujahrsfest im September/Oktober. Vgl. Schuljahr/Kalenderjahr.

Sabre: Das arabische Lehnwort »sabre« bezeichnet die Frucht des Feigenkaktus. In Palästina bzw. Israel geborene Juden werden als »Sabre« bezeichnet, weil man sagt, sie glichen der Kaktusfrucht: Unter der stacheligen Schale verberge sich ein süßer, saftiger Kern.

Schabbatfeier: Die strengen Schabbatgesetze machen für fromme Juden eine »gespielte« Schabbatfeier unmöglich.

Schawuot: Fest fünfzig Tage nach Pessach. Die Überlieferung besagt, dass an diesem Tag die göttliche Offenbarung auf dem Berg Sinai stattfand.

Schul-Abschlussfeier: Der Wechsel von der Grundschule ins Gymnasium erfolgt in Israel zu einem späteren Zeitpunkt als in Deutschland.

Schuljahr/Kalenderjahr: Das jüdische Jahr beginnt im September oder Oktober, das Schuljahr hingegen schon unmittelbar nach den Sommerferien.

Tippat Chalav: bedeutet wörtlich »Milchtropfen«. Institution, die junge Mütter und ihre Säuglinge betreut.

Traktat Berachot: Teil der nachbiblischen religiösen Literatur (Talmud/Mischna).

Wenn ihr wollt, ist es kein Märchen: Zitat Theodor Herzls, des Begründers des politischen Zionismus (1860–1904). Es spielt auf die Vision von der Gründung eines jüdischen Staates an. Zionismus ist ein Hauptthema im israelischen Schulunterricht.